心安，一切皆安

丰子恺的生命智慧

丰子恺 著

只 为 优 质 阅 读

好
读
Goodreads

目录

壹 在自己喜欢的人事里，不宠无惊过一生

从孩子得到的启示	三
给我的孩子们	一〇
作父亲	一四
儿女	一九
送阿宝出黄金时代	二五
华瞻日记	三一
随感十三则	三四
阿难	四三
辞缘缘堂	六〇
还我缘缘堂	七〇

叁 做个简单的人,不畏将来,不念过往

中举人 一四一
我的母亲 一四七
学画回忆 一五一
我的苦学经验 一六〇
癞六伯 一七四
王囡囡 一七七
旧话 一八一
为青年说弘一法师 一八九
访梅兰芳 二〇三
悼夏丏尊先生 二〇九
天童寺忆雪舟 二一五

贰 我们所见的世界，处处美丽

生机	七七
物语	八一
清晨	九一
纳凉闲话	九七
杨柳	一〇二
春	一〇六
惜春	一一〇
秋	一一六
初冬浴日漫感	一二三
清明	一二七
端午忆旧	一二七
过年	一三〇

肆 你若爱,生活哪里都可爱

闲居	二三一
读书	二三五
胡桃云片	二三八
吃瓜子	二四二
闲	二四九
爆炒米花	二五一
吃酒	二五四
酒令	二五九
山水间的生活	二六一
山中避雨	二六五
沙坪的酒	二六八
湖畔夜饮	二七三

壹

在自己喜欢的人事里,
不宠无惊过一生

从孩子得到的启示

晚上喝了三杯老酒,不想看书,也不想睡觉,捉一个四岁孩子华瞻来骑在膝上,同他寻开心。我随口问:

"你最喜欢什么事?"

他仰起头一想,率然地回答:

"逃难。"

我倒有点奇怪:"逃难"两字的意义,在他不会懂得,为什么偏偏选择它?倘然懂得,更不应该喜欢了。我就设法探问他:

"你晓得逃难就是什么?"

"就是爸爸、妈妈、宝姐姐、软软……娘姨,大家坐汽车,去看大轮船。"

啊!原来他的"逃难"的观念是这样的!他所见的"逃难",是"逃难"的这一面!这真是最可喜欢的事!

一个月以前,上海还属孙传芳的时代,国民革命军将到上海的消息日紧一日,素不看报的我,这时候也订一份《时事新报》,每天早晨看一遍。有一天,我正在看昨天的旧报,等候今天的新报的时候，忽然上海方面枪炮声响了，大家惊惶失色，立刻约了邻人，扶老携幼地逃到附近的妇孺救济会里去躲避。其实倘然此地果真进了战线，或到了败兵，妇孺救济会也是不能救济的。不过当时张皇失措，有人提议这办法，大家就假定它为安全地带，逃了进去。那里面地方很大，有花园、假山、小川、亭台、曲栏、长廊、花树、白鸽，孩子一进去，登临盘桓，快乐得如入新天地了。忽然兵车在墙外轰过，上海方面的机关枪声、炮声，愈响愈近，又愈密了。大家坐定之后，听听，想想，方才觉到这里也不是安全地带，当初不过是自骗罢了。有决断的人先出来雇汽车逃往租界。每走出一批人，留在里面的人增一次恐慌。我们集合邻人来商议，也决定出来雇汽车，逃到杨树浦的沪江大学。于是立刻把小孩子们从假山中、栏杆内捉出来，装进汽车里，飞奔杨树浦了。

所以决定逃到沪江大学者，因为一则有邻人与该校熟识，二则该校是外国人办的学校，较为安全可靠。枪炮声渐渐远弱，到听不见了的时候，我们的汽车已到沪江大学。他们安排一个房间给我们住，又为我们代办膳食。傍晚，我坐在校旁的黄浦江边的青草堤上，怅望云水遥忆故居的时候，许多小孩子采花、卧草，争看无数的帆船、轮船的驶行，又是快乐得如入新天地了。

次日，我同一邻人步行到故居来探听情形的时候，青天白日的旗子已经招展在晨风中，人人面有喜色，似乎从此庆承平了。我们就雇汽车去迎回避难的眷属，重开我们的窗户，恢复我们的生活。

从此"逃难"两字就变成家人的谈话的资料。

这是"逃难"。这是多么惊慌、紧张而忧患的一种经历！然而人物一无损丧，只是一次虚惊。过后回想，这回好似全家的人突发地出门游览两天。我想假如我是预言者，晓得这是虚惊，我在逃难的时候将何等有趣！素来难得全家出游的机会，素来少有坐汽车、游览、参观的机会。那一天不论时，不论钱，浪漫地、豪爽地、痛快地举行这游历，实在是人生难得的快事！只有小孩子真果感得这快味！

他们逃难回来以后，常常拿香烟簏子来叠作栏杆、小桥、汽车、轮船、帆船；常常问我关于轮船、帆船的事；墙壁上及门上又常常有有色粉笔画的轮船、帆船、亭子、石桥的壁画出现。可见这"逃难"在他们脑中有难忘的欢乐的印象。所以今晚我无端地问华瞻最喜欢什么事，他立刻选定这"逃难"。原来他所见的，是"逃难"的这一面。

不止这一端：我们所打算、计较、争夺的洋钱，在他们看来个个是白银的浮雕的胸章；仆仆奔走的行人，血汗涔涔的劳动者，在他们看来个个是无目的地在游戏、在演剧；一切建设，一切现象，在他们看来都是大自然的点缀、装饰。

唉！我今晚受了这孩子的启示了：他能撤去世间事物的因果关系的网，看见事物的本身的真相。他是创造者，能赋给生命于一切的事物。他们是"艺术"的国土的主人。唉，我要向他学习！

给我的孩子们

我的孩子们！我憧憬于你们的生活，每天不止一次！我想委曲地说出来，使你们自己晓得。可惜到你们懂得我的话的意思的时候，你们将不复是可以使我憧憬的人了。这是何等可悲哀的事啊！

瞻瞻！你尤其可佩服。你是身心全部公开的真人。你什么事情都想拼命地用全副精力去对付。小小的失意，像花生米翻落地了，自己嚼了舌头了，小猫不肯吃糕了，你都要哭得嘴唇翻白，昏去一两分钟。外婆去普陀烧香买回来的泥人，你何等鞠躬尽瘁地抱它，喂它；有一天你自己失手把它打破了，你的号哭的悲哀，比大人们的破产、失恋、broken heart（心碎）、丧考妣、全军覆没的悲哀者哀得都要真切。两把芭蕉扇做的脚踏车，麻雀牌堆成的火车、汽车，你何等认真地看待，挺直了嗓子叫"汪——""咕咕咕……"来代替汽笛。宝姐姐讲故事给你听，说到"月亮姐姐挂下一只篮来，宝姐姐坐在篮里吊了上去，瞻瞻在下面看"的时候，你何等激昂地同她争，说："瞻瞻要上去，宝姐姐在下面看！"甚至哭到漫姑面前去求审判。我每次剃了头，你真心地疑我变了和尚，好几时不要我抱。最是今年夏天，你坐在我膝上发现了我腋下的长毛，当作黄鼠狼的时候，你何等伤心，你立刻从我身上爬下去，起初眼瞪瞪地对我端详，继而大失所望地号哭，看看，哭哭，如同对被判定了死罪的亲友一样。你要我抱你到车站里去，多多益善地要买香蕉，满满地擒了两手回来，回到门口时你已经熟睡在我的肩上，手里的香蕉不知落到哪里去了。这是何等可佩服的真率、自然与热情！大人间的所谓"沉默""含蓄""深刻"的美德，比起你来，全是不自然的、病的、伪的！

你们每天做火车、做汽车、办酒、请菩萨、堆六面画、唱歌，全是自动的，创造创作的生活。大人们的呼号"归自然！""生活的艺术化！""劳动的艺术化！"在你们面前真是出丑得很了！依样画几笔画，写几篇文的人称为艺术家、创作家，对你们更要愧死！你们的创作力，比大人真是强盛得多哩。瞻瞻！你的身体不及椅子的一半，却常常要搬动它，与它一同翻倒在地；你又要把一杯茶横转来藏在抽斗里，要皮球停在壁上，要拉住火车的尾巴，要月亮出来，要天停止下雨。在这等小小的事件中，明明表示着你们的弱小的体力与智力不足以应付强盛的创作欲、表现欲的驱使，因而遭逢失败。然而你们是不受大自然的支配，不受人类社会的束缚的创造者，所以你们的遭逢失败，例如火车尾巴拉不住，月亮呼不出来的时候，你们决不承认是事实的不可能，总以为是爹爹妈妈不肯帮你们办到，同不许你们弄自鸣钟同例，所以愤愤地哭了，你们的世界何等广大!

你们一定想:终天无聊地伏在案上弄笔的爸爸,终天闷闷地坐在窗下弄引线的妈妈,是何等无气性的奇怪的动物!你们所视为奇怪动物的我与你们的母亲,有时确实难为了你们,摧残了你们,回想起来,真是不安心得很!

阿宝!有一晚你拿软软的新鞋子,和自己脚上脱下来的鞋子,给凳子的脚穿了,划袜立在地上,得意地叫"阿宝两只脚,凳子四只脚"的时候,你母亲喊着"龌龊了袜子!"立刻擒你到藤榻上,动手毁坏你的创作。当你蹲在榻上注视你母亲亲手毁坏的时候,你的小心里一定感到"母亲这种人,何等煞风景而野蛮"吧!

瞻瞻!有一天开明书店送了几册新出版的毛边的《音乐入门》来。我用小刀把书页一张一张地裁开来,你侧着头,站在桌边默默地看。后来我从学校回来,你已经在我的书架上拿了一本连史纸印的中国装的《楚辞》,把它裁破了十几页,得意地对我说:"爸爸!瞻瞻也会裁了!"瞻瞻!这在你原是何等成功的欢喜,何等得意的作品!却被我一个惊骇的"哼!"字喊得你哭了。那时候你也一定抱怨"爸爸何等不明"吧!

软软!你常常要弄我的长锋羊毫,我看见了总是无情地夺脱你。现在你一定轻视我,想道:"你终于要我画你的画集的封面!"

最不安心的,是有时我还要拉一个你们所最怕的陆露沙医生来,叫他用他的大手来摸你们的肚子,甚至用刀来在你们臂上割几下，还要叫妈妈和漫姑擒住了你们的手脚，捏住了你们的鼻子，把很苦的水灌到你们的嘴里去。这在你们一定认为是太惨无人道的野蛮举动吧！

孩子们！你们果真抱怨我，我便欢喜；到你们的抱怨变为感激的时候，我的悲哀来了！

我在世间，永没有逢到像你们这样出肺肝相示的人。世间的人群结合，永没有像你们样的彻底的真实而纯洁。是我到上海去干了无聊的所谓"事"回来，或者去同不相干的人们做了叫作"上课"的一种把戏回来，你们在门口或车站旁边等我的时候，我心中何等惭愧又欢喜。惭愧我为什么去做这等无聊的事，欢喜我又得暂时放怀一切地加入你们的真生活的团体。

但是，你们的黄金时代有限，现实终于要暴露的。这是我经验过来的情形，也是大人们谁都经验过的情形。我眼看见儿时的伴侣中的英雄、好汉，一个个退缩、顺从、妥协、屈服起来，到像绵羊的地步。我自己也是如此。"后之视今，亦犹今之视昔"，你们不久也要走这条路呢！

我的孩子们！憧憬于你们的生活的我，痴心要为你们永远挽留这黄金时代在这册子里。然这真不过像"蜘蛛网落花"，略微保留一点春的痕迹而已。且到你们懂得我这片心情的时候，你们早已不是这样的人，我的画在世间已无可印证了！这是何等可悲哀的事啊！

作父亲

楼窗下的弄里远地传来一片声音:"咿哟,咿哟……卖小鸡喽!"渐近渐响起来。

一个孩子从算草簿中抬起头来,张大眼睛倾听一会儿,"小鸡!小鸡!"叫了起来。四个孩子同时放弃手中的笔,飞奔下楼,好像路上的一群麻雀听见了行人的脚步声而飞去一般。

我刚才扶起他们所带倒的凳子,拾起桌子上滚下去的铅笔,听见大门口一片呐喊:"买小鸡!买小鸡!"其中又混着哭声。连忙下楼一看,原来元草因为落伍而狂奔,在庭中跌了一跤,跌痛了膝盖骨不能再跑,恐怕小鸡被哥哥、姐姐们买完了轮不着他,所以激烈地哭着。我扶了他走出大门口,看见一群孩子正向一个挑着一担"咿哟,咿哟"的人招呼,欢迎他走近来。元草立刻离开我,上前去加入团体,且跳且喊:"买小鸡!买小鸡!"泪珠跟了他的一跳一跳而从脸上滴到地上。

孩子们见我出来,大家回转身来包围了我。"买小鸡!买小鸡!"的喊声由命令的语气变成了请愿的语气,喊得比前更响了。

他们仿佛想把这些音蓄入我的身体中,希望它们由我的口上开出来。独有元草直接拉住了担子的绳而狂喊。

　　我全无养小鸡的兴趣;而且想起了以后的种种麻烦,觉得可怕。但乡居寂寥,绝对屏除外来的诱惑而强迫一群孩子在看惯的几间屋子里隐居这一个星期日,似也有些残忍。且让这个"咿哟,咿哟"来打破门庭的岑寂,当作长闲的春昼的一种点缀吧。我就招呼挑担的,叫他把小鸡给我们看看。

　　他停下担子,揭开前面的一笼。"咿哟,咿哟"的声音忽然放大。但见一个细网的下面,蠕动着无数可爱的小鸡,好像许多活的雪球。五六个孩子蹲集在笼子的四周,一齐倾情地叫着"好来!好来!",一瞬间我的心也屏绝了思虑而没入在这些小动物的姿态的美中,体会了孩子们对于小鸡的热爱的心情。许多小手伸入笼中,竞指一只纯白的小鸡,有的几乎要隔网捉住它。挑担的忙把盖子无情地盖上,许多"咿哟,咿哟"的雪球和一群"好来,好来"的孩子就变成了咫尺天涯。孩子们怅望笼子的盖,依附在我的身边,有的伸手摸我的袋。我就向挑担的人说话:

　　"小鸡卖几钱一只?"

　　"一块洋钱四只。"

　　"这样小的,要卖二角半钱一只?可以便宜些否?"

　　"便宜勿得,二角半钱最少了。"

　　他说过,挑起担子就走。大的孩子脉脉含情地目送他,小的孩子拉住了我的衣襟而连叫"要买！要买！"。挑担的越走得快，他们喊得越响，我摇手止住孩子们的喊声，再向挑担的问：

"一角半钱一只卖不卖？给你六角钱买四只吧！"

"没有还价！"

他并不停步，但略微旋转头来说了这一句话，就赶紧向前面跑。"咿哟，咿哟"的声音渐渐地远起来了。

元草的喊声就变成哭声。大的孩子锁着眉头不绝地探望挑担者的背影，又注视我的脸色。我用手掩住了元草的口，再向挑担人远远地招呼：

"二角大洋一只，卖了吧！"

"没有还价！"

他说过便昂然地向前进行，悠长地叫出一声："卖——小——鸡——！"其背影便在弄口的转角上消失了。我这里只留着一个号啕大哭的孩子。

对门的大嫂子曾经从矮门上探头出来看过小鸡，这时候就拿着针线走出来，倚在门上，笑着劝慰哭的孩子，她说：

"不要哭！等一会儿还有担子挑来，我来叫你呢！"她又笑着向我说：

"这个卖小鸡的想做好生意。他看见小孩子哭着要买，越是不肯让价了。昨天坍墙圈里买的一角洋钱一只，比刚才的还大一半呢！"

我同她略谈了几句，硬拉了哭着的孩子回进门来。别的孩子也懒洋洋地跟了进来。我原想为长闲的春昼找些点缀而走出门口来的，不料讨个没趣，扶了一个哭着的孩子而回进来。庭中柳树正在骀荡的春光中摇曳柔条，堂前的燕子正在安稳的新巢上低徊软语。我们这个刁巧的挑担者和痛哭的孩子，在这一片和平美丽的春景中很不调和啊！

关上大门，我一面为元草揩拭眼泪，一面对孩子们说：

"你们大家说'好来，好来'，'要买，要买'，那人就不肯让价了！"

小的孩子听不懂我的话，继续抽噎着；大的孩子听了我的话若有所思。我继续抚慰他们：

"我们等一会儿再来买吧，隔壁大妈会喊我们的。但你们下次……"

我不说下去了。因为下面的话是"看见好的嘴上不可说好，想要的嘴上不可说要"。倘再进一步，就变成"看见好的嘴上应该说不好，想要的嘴上应该说不要"了。在这一片天真烂漫光明正大的春景中，向哪里容藏这样教导孩子的一个父亲呢？

儿女

　　回想四个月以前，我犹似押送囚犯，突然地把小燕子似的一群儿女从上海的租寓中拖出，载上火车，送回乡间，关进低小的平屋中。自己仍回到上海的租界中，独居了四个月。这举动究竟出于什么旨意，本于什么计划，现在回想起来，连自己也不相信。其实旨意与计划，都是虚空的，自骗自扰的，实际于人生有什么利益呢？只赢得世故尘劳，作弄几番欢愁的感情，增加心头的创痕罢了！

　　当时我独自回到上海，走进空寂的租寓，心中不绝地浮起这两句《楞严》经文："十方虚空在汝心中，犹如白云点太清里；况诸世界在虚空耶！"

　　晚上整理房室，把剩在灶间里的篮钵、器皿、余薪、余米，以及其他三年来寓居中所用的家常零星物件，尽行送给来帮我做短工的、邻近的小店里的儿子。只有四双破旧的小孩子的鞋子（不知为什么缘故），我不送掉，拿来整齐地摆在自己的床下，而且后来看到的时候常常感到一种无名的愉快。直到好几天之后，邻居的友人过来闲谈，说起这床下的小鞋子阴气迫人，我方始悟到自己的痴态,就把它们拿掉了。

朋友们说我关心儿女。我对于儿女的确关心,在独居中更常有悬念的时候。但我自以为这关心与悬念中,除了本能以外,似乎尚含有一种更强的加味。所以我往往不顾自己的画技与文笔的拙陋,动辄描摹。因为我的儿女都是孩子们,最年长的不过九岁,所以我对于儿女的关心与悬念中,有一部分是对于孩子们——普天下的孩子们——的关心与悬念。他们成人以后我对他们怎样?现在自己也不能晓得,但可推知其一定与现在不同,因为不复含有那种加味了。

回想过去四个月的悠闲宁静的独居生活,在我也颇觉得可恋,又可感谢。然而一旦回到故乡的平屋里,被围在一群儿女的中间的时候,我又不禁自伤了。因为我那种生活,或枯坐,默想,或钻研,搜求,或敷衍,应酬,比较起他们的天真、健全、活跃的生活来,明明是变态的,病的,残废的。

在一个炎夏的下午,我回到家中了。第二天的傍晚,我领了四个孩子——九岁的阿宝、七岁的软软、五岁的瞻瞻、三岁的阿韦——到小院中的槐荫下,坐在地上吃西瓜。夕暮的紫色中,炎阳的红味渐渐消减,凉夜的青味渐渐加浓起来。微风吹动孩子们的细丝一般的头发,身体上汗气已经全消,百感畅快的时候,孩子们似乎已经充溢着生的欢喜,非发泄不可了。最初是三岁的孩子的音乐的表现,他满足之余,笑嘻嘻摇摆着身子,口中一面嚼西瓜,一面发出一种像花猫偷食时候的"ngam ngam"的声音来。这音乐的表现立刻唤起了五岁的瞻瞻的共鸣,他接着发表他的诗:"瞻瞻吃西瓜,宝姐姐吃西瓜,软软吃西瓜,阿韦吃西瓜。"这诗的表现又立刻引起了七岁与九岁的孩子的散文的、数学的兴味:他们立刻把瞻瞻的诗句的意义归纳起来,报告其结果:"四个人吃四块西瓜。"

于是我就做了评判者,在自己心中批判他们的作品。我觉得三岁的阿韦的音乐的表现最为深刻而完全,最能全般表出他的欢喜的感情。五岁的瞻瞻把这欢喜的感情翻译为(他的)诗,已打了一个折扣;然尚带着节奏与旋律的分子,犹有活跃的生命流露着。至于软软与阿宝的散文的、数学的、概念的表现,比较起来更肤浅一层。然而看他们的态度,全部精神没入在吃西瓜的一事中,其明慧的心眼,比大人们所见的完全得多。天地间最健全的心眼,只是孩子们的所有物,世间事物的真相,只有孩子们能最明确、最完全地见到。我比起他们来,真的心眼已经被世智尘劳所蒙蔽,所斫丧,是一个可怜的残废者了。我实在不敢受他们"父亲"的称呼,倘然"父亲"是尊崇的。

我在平屋的南窗下暂设一张小桌子,上面按照一定的秩序而布置着稿纸、信笺、笔砚、墨水瓶、糨糊瓶、时表和茶盘等,不喜欢别人来任意移动,这是我独居时的惯癖。我——我们大人——平常的举止,总是谨慎、细心、端详、斯文。例如磨墨、放笔、倒茶等,都小心从事,故桌上的布置每日依然,不致破坏或扰乱。因为我的手足的筋觉已经由于屡受物理的教训而深深地养成一种严谨、警惕的惯性了。然而孩子们一爬到我的案上，就捣乱我的秩序，破坏我的桌上的构图，毁损我的器物。他们拿起自来水笔来一挥，洒了一桌子又一衣襟的墨水点；又把笔尖蘸在糨糊瓶里。他们用劲拔开毛笔的铜笔套，手背撞翻茶壶，壶盖打碎在地板上……这在当时实在使我不耐烦，我不免哼吓他们，夺脱他们手里的东西，甚至批他们的小颊。然而我立刻后悔：哼喝之后立刻继之以笑，夺了之后立刻加倍奉还，批颊的手在中途软却，终于变批为抚。因为我立刻自悟其非：我要求孩子们的举止同我自己一样，何其乖谬！我——我们大人——的举止严谨、警惕，是为了身体手足的筋觉已经受了种种现实的压迫而痉挛了的缘故。孩子们尚保有天赋的健全的身手与真朴活跃的元气，岂像我们的穷屈？揖让、进退、规行、矩步等大人们的礼貌，犹如刑具，都是戕贼这天赋的健全的身手的。于是活跃的人逐渐变成了手足麻痹、半身不遂的残废者。残废者要求健全者的举止同他自己一样，何其乖谬！

　　儿女对我的关系如何？我不曾预备到这世间来做父亲，故心中常是疑惑不明，又觉得非常奇怪。我与他们（现在）完全是异世界的人，他们比我聪明、健全得多；然而他们又是我所生的儿女。这是何等奇妙的关系！世人以膝下有儿女为幸福，希望以儿女永续其自我，我实在不解他们的心理。我以为世间人与人的关系，最自然最合理的莫如朋友。君臣、父子、昆弟、夫妇之情，在十分自然合理的时候都不外乎是一种广义的友谊。所以朋友之情，实在是一切人情的基础。"朋，同类也。"并育于大地上的人，都是同类的朋友，共为大自然的儿女。世间的人，忘却了他们的大父母，而只知有小父母，以为父母能生儿女，儿女为父母所生，故儿女可以永续父母的自我，而使之永存。于是无子者叹天道之无知，子不肖者自伤其天命，而狂进杯中之物，其实天道有何厚薄于其齐生并育的儿女！我真不解他们的心理。

近来我的心为四事所占据了：天上的神明与星辰，人间的艺术与儿童。这小燕子似的一群儿女，是在人世间与我因缘最深的儿童，他们在我心中占有与神明、星辰、艺术同等的地位。

送阿宝出黄金时代

阿宝,我和你在世间相聚,至今已十四年了,在这五千多天内,我们差不多天天在一处,难得有分别的日子。我看着你呱呱坠地,嘤嘤学语,看你由吃奶改为吃饭,由匍匐学成跨步。你的变态微微地逐渐地层进,没有痕迹,使我全然不知不觉,以为你始终是我家的一个孩子,始终是我们这家庭里的一种点缀,始终可做我和你母亲的生活的慰安者。然而近年来,你态度行为的变化,渐渐证明其不然。你已在我们的不知不觉之间长成了一个少女,快将变成成人了。古人谓:"父母之年不可不知也,一则以喜,一则以惧。"我现在反行了古人的话,在送你出黄金时代的时候,也觉得悲喜交集。

所喜者,近年来你的态度行为的变化,都是你将由孩子变成成人的表示。我的辛苦和你母亲的劬劳似乎有了成绩,私心庆慰。所悲者,你的黄金时代快要度尽,现实渐渐暴露,你将停止你的美丽的梦,而开始生活的奋斗了,我们仿佛丧失了一个从小依傍在身边的孩子,而另得了一个新交的知交好友。"乐莫乐于新相知";然而旧日天真烂漫的阿宝,从此永远不得再见了!

记得去春有一天,我拉了你的手在路上走。落花的风把一阵柳絮吹在你的头发上、脸孔上,和嘴唇上,使你好像冒了雪,生了白胡须。我笑着搂住了你的肩,用手帕为你拂拭。你也笑着,仰起了头依在我的身旁。这在我们原是极寻常的事:以前每天你吃过饭,是我同你洗脸的。然而路上的人向我们注视,对我们窃笑,其意思仿佛在说:"这样大的姑娘儿,还在路上教父亲搂住了拭脸孔!"我忽然看见你的身体似乎高大了,完全发育了,已由中性似的孩子变成十足的女性了。我忽然觉得,我与你之间似乎筑起一堵很高、很坚、很厚的无形的墙。你在我的怀抱中长起来,在我的提携中大起来;但从今以后,我和你将永远分居于两个世界了。一刹那间我心中感到深痛的悲哀。我怪怨你何不永远做一个孩子而定要长大起来,我怪怨人类中何必有男女之分。然而怪怨之后立刻破悲为笑。恍悟这不是当然的事、可喜的事吗?

记得有一天,我从上海回来。你们兄弟姊妹照例拥在我身旁,等候我从提箱中取出"好东西"来分。我欣然地取出一束巧克力来,分给你们每人一包。你的弟妹们到手了这五色金银的巧克力,照例欢喜得大闹一场,雀跃地拿去尝新了。你受持了这赠品也表示欢喜,跟着弟妹们去了。然而过了几天,我偶然在楼窗中望下来,看见花台旁边,你拿着一包新开的巧克力,正在分给弟妹三人。他们各自争多嫌少,你忙着为他们均分。在一块缺角的巧克力上添了一张五色金银的包纸派给小妹妹了，方才三面公平。他们欢喜地吃糖了，你也欢喜地看他们吃。这使我觉得惊奇。吃巧克力，向来是我家儿童们的一大乐事。因为乡村里只有箬叶包的糖塌饼，草纸包的状元糕，没有这种五色金银的糖果；只有甜煞的粽子糖，咸煞的盐青果，没有这种异香异味的糖果。所以我每次到上海，一定要买些回来分给儿童，借添家庭的乐趣。儿童们切望我回家的目的，大半就在这"好东西"上。你向来也是这"好东西"的切望者之一人。你曾经和弟妹们赌赛谁是最后吃完；你曾经把五色金银的锡纸积受起来制成华丽的手工品，使弟妹们艳羡。这回你怎么一想，肯把自己的一包藏起来，如数分给弟妹们吃呢？我看你为他们分均匀了之后表示非常的欢喜，同从前赌得了最后吃完时一样，不觉倚在楼上独笑起来。因为我忆起了你小时候的事：十来年之前，你是我家里的一个捣乱分子，每天为了要求的不满足而哭几场，挨母亲打几顿。你吃蛋只要吃蛋黄，不要吃蛋白，母亲偶然夹一筷蛋白在你的饭碗里，你便把饭粒和蛋白乱拨在桌子上，同时大喊："要黄！要黄！"你以为凡物较好者就叫作"黄"。所以有一次你要小椅子玩耍，母亲搬一个小凳子给你，你也大喊："要黄！要黄！"；你要长竹竿玩，母亲拿一根"史的克"（手杖）给你，你也大喊："要黄！要黄！"。你看不起那时候还只一二岁而不会活动的软软。吃东西时，把不好吃的东西留着给软软吃；讲故事时，把不幸的角色派给软软当。向母亲有所要求而不得允许的时候，你就高声地问:"当错软软吗?当错软软吗?"你的意思以为:软软这个人要不得,其要求可以不允许;而阿宝是一个重要不过的人,其要求岂有不允许之理?今所以不允许者,大概是当错了软软的缘故。所以每次高声地提醒你母亲,务要她证明阿宝正身,允许一切要求而后已。这个一味"要黄"而专门欺侮弱小的捣乱分子,今天在那里牺牲自己的幸福来增殖弟妹们的幸福,使我看了觉得可笑,又觉得可悲。你往日的一切雄心和梦想已经宣告失败,开始在遏制自己的要求,忍耐自己的欲望,而谋他人的幸福了;你已将走出唯我独尊的黄金时代,开始在尝人类之爱的辛味了。

记得去年有一天,我为了必要的事,将离家远行。在以前,每逢我出门了,你们一定不高兴,要阻住我,或者约我早归。在更早的以前,我出门须得瞒过你们。你弟弟后来寻我不着,须得哭几场。我回来了,倘预知时期,你们常到门口或半路上来迎候。我所描的那幅题曰《爸爸还不来》的画,便是以你和你的弟弟的等我归家为题材的。因为我在过去的十来年中,以你们为我的生活慰安者,天天晚上和你们谈故事,做游戏,吃东西,使你们都觉得家庭生活的温暖,少不来一个爸爸,所以不肯放我离家。去年这一天我要出门了,你的弟妹们照旧为我惜别,约我早归。我以为你也如此,正在约你何时回家和买些什么东西来,不意你却劝我早去,又劝我迟归,说你有种种玩意可以骗住弟妹们的阻止和盼待。原来你已在我和你母亲谈话中闻知了我此行有早去迟归的必要,决意为我分担生活的辛苦了。我此行感觉轻快，但又感觉悲哀。因为我家将少却了一个黄金时代的幸福儿。

以上原都是过去的事，但是常常切在我的心头，使我不能忘却。现在，你已做中学生，不久就要完全脱离黄金时代而走向成人的世间去了。我觉得你此行比出嫁更重大。古人送女儿出嫁诗云："幼为长所育，两别泣不休。对此结中肠，义往难复留。"你出黄金时代的"义往"，实比出嫁更"难复留"，我对此安得不"结中肠"？所以现在追述我的所感，写这篇文章来送你。你此后的去处，就是我这册画集里所描写的世间。我对于你此行很不放心。因为这好比把你从慈爱的父母身旁遣嫁到恶姑的家里去，正如前诗中说："自小闺内训，事姑贻我忧。"事姑取什么样的态度，我难于代你决定。但希望你努力自爱，勿贻我忧而已。

约十年前，我曾作一册描写你们的黄金时代的画集（《子恺画集》）。其序文（《给我的孩子们》）中曾经有这样的话："我的孩子们！我憧憬于你们的生活，每天不止一次！我想委曲地说出来，使你们自己晓得。可惜到你们懂得我的话的时候，你们将不复是可以使我憧憬的人了。这是何等可悲哀的事啊！""但是，你们的黄金时代有限，现实终于要暴露的。这是我经验过来的情形，也是大人们谁都经验过的情形。我眼看见儿时伴侣中的英雄、好汉，一个个退缩、顺从、妥协、屈服起来，到像绵羊的地步。我自己也是如此，'后之视今，亦犹今之视昔'，你们不久也要走这条路呢!"写这些话时的情景还历历在目,而现在你果然已经"懂得我的话"了!果然也要"走这条路"了!无常迅速,念此又安得不结中肠啊!

廿三(1934)年岁暮,选辑近作漫画,定名为《人间相》,付开明出版。选辑既竟,取十年前所刊《子恺画集》比较之,自觉画趣大异。读序文,不觉心情大异。遂写此篇,以为《人间相》辑后感。

华瞻日记

一

隔壁二十三号里的郑德菱，这人真好！今天妈妈抱我到门口，我看见她在水门汀上骑竹马。她对我一笑，我分明看出这一笑是叫我去一同骑竹马的意思。我立刻还她一笑，表示我极愿意，就从母亲怀里走下来，和她一同骑竹马了。两人同骑一枝竹马，我想转弯了，她也同意；我想走远一点，她也欢喜；她说让马儿吃点草，我也高兴；她说把马儿系在冬青上，我也觉得有理。我们真是同志的朋友！兴味正好的时候，妈妈出来拉住我的手，叫我去吃饭。我说："不高兴。"妈妈说："郑德菱也要去吃饭了！"果然郑德菱的哥哥叫着"德菱！"也走出来拉住郑德菱的手去了。我只得跟了妈妈进去。当我们将走进各自的门口的时候，她回头向我一看，我也回头向她一看，各自进去，不见了。

我实在无心吃饭。我晓得她一定也无心吃饭。不然，何以分别的时候她不对我笑，而且脸上很不高兴呢？我同她在一块，真是说不出的有趣。吃饭何必急急？即使要吃，尽可在空的时候吃。其实照我想来，像我们这样的同志，天天在一块吃饭，在一块睡觉，多好呢？何必分做两家？即使要分做两家，反正爸爸同郑德菱的爸爸很要好，妈妈也同郑德菱的妈妈常常谈笑，尽可你们大人做一块，我们小孩子做一块，不更好吗？

这"家"的分配法，不知是谁定的，真是无理之极了。想来总是大人们弄出来的。大人们的无理，近来我常常感到，不止这一端：那一天爸爸同我到先施公司去，我看见地上放着许多小汽车、小脚踏车，这分明是我们小孩子用的；但是爸爸一定不肯给我拿一部回家，让它许多空摆在那里。回来的时候，我看见许多汽车停在路旁；我要坐，爸爸一定不给我坐，让它们空停在路旁。又有一次，娘姨抱我到街里去，一个挎着许多小花篮的老太婆，口中吹着笛子，手里拿着一只小花篮，向我看，把手中的花篮递给我；然而娘姨一定不要，急忙抱我走开去。这种小花篮，原是小孩子玩的，况且那老太婆明明表示愿意给我，娘姨何以一定叫我不要接呢？娘姨也无理，这大概是爸爸教她的。

我最欢喜郑德菱。她同我站在地上一样高，走路也一样快，心情志趣都完全投合。宝姐姐或郑德菱的哥哥，有些不近人情的态度，我看他们不懂。大概是他们身体长大，稍近于大人，所以心情也稍像大人的无理了。宝姐姐常常要说我"痴"。我对爸爸说，要天不下雨，好让郑德菱出来，宝姐姐就用指点着我，说："瞻瞻痴"怎么叫"痴"？你每天不来同我玩耍，夹了书包到学校里去，难道不是"痴"吗？爸爸整天坐在桌子前，在文章格子上一格一格地填字，难道不是"痴"吗？天下雨，不能出去玩，不是讨厌的吗？我要天不要下雨，正是近情合理的要求。我每天晚快听见你要爸爸开电灯，爸爸给你开了，满房间就明亮，现在我也要爸爸叫天不下雨，爸爸给我做了，晴天岂不也爽快呢？你何以说我"痴"？郑德菱的哥哥虽然没有说我什么，然而我总讨厌他。我们玩耍的时候，他常常板起脸，来拉郑德菱，说"赤了脚到人家家里，不怕难为情！"，又说"吃人家的面包，不怕难为情！"，立刻拉了她去。"难为情"是大人们惯说的话，大人们常常不怕厌气，端坐在椅子里，点头，弯腰，说什么"请，请"，"对不起"，"难为情"一类的无聊的话。他们都有点像大人了！

啊！我很少知己！我很寂寞！母亲常常说我"会哭"，我哪得不哭呢？

二

今天我看见一种奇怪的现状：

吃过糖粥，妈妈抱我走到吃饭间里的时候，我看见爸爸身上披一块大白布，垂头丧气地朝外坐在椅子上，一个穿黑长衫的麻脸的陌生人，拿一把闪亮的小刀，竟在爸爸后头颈里用劲地割。啊哟！

这是何等奇怪的现状！大人们的所为，真是越看越稀奇了！爸爸何以甘心被这麻脸的陌生人割呢？痛不痛呢？

更可怪的，妈妈抱我走到吃饭间里的时候，她明明也看见这爸爸被割的骇人的现状。然而她竟毫不介意，同没有看见一样。宝姐姐夹了书包从天井里走进来。我想她见了一定要哭。谁知她只叫一声"爸爸"，向那可怕的麻子一看，就全不经意地到房间里去挂书包了。前天爸爸自己把手指割开了，他不是大叫"妈妈"，立刻去拿棉花和纱布来吗？今天这可怕的麻子咬紧了牙齿割爸爸的头，何以妈妈和宝姐姐都不管呢？我真不解了。可恶的，是那麻子。他耳朵上还夹着一支香烟，同爸爸夹铅笔一样。他一定是没有铅笔的人，一定是坏人。

后来爸爸挺起眼睛叫我："华瞻，你也来剃头，好否？"

爸爸叫过之后，那麻子就抬起头来，向我一看，露出一颗闪亮的金牙齿来。我不懂爸爸的话是什么意思，我真怕极了。我忍不住抱住妈妈的项颈而哭了。这时候妈妈、爸爸和那个麻子说了许多话，我都听不清楚，又不懂。只听见"剃头""剃头"，不知是什么意思。我哭了，妈妈就抱我由天井里走出门外。走到门边的时候，我偷眼向里边一望，从窗缝窥见那麻子又咬紧牙齿，在割爸爸的耳朵了。

门外有学生在抛球，有兵在体操，有火车开去。妈妈叫我不要哭，叫我看火车。我悬念着门内的怪事，没心情去看风景，只是凭在妈妈的肩上。

我恨那麻子,这一定不是好人。我想对妈妈说,拿棒去打他。然而我终于不说。因为据我的经验,大人们的意见往往与我相左。他们往往不讲道理,硬要我吃最不好吃的"药",硬要我做最难当的"洗脸",或坚不许我弄最有趣的水、最好看的火。今天的怪事,他们对之都漠然,意见一定又是与我相左的。我若提议去打,一定不被赞成。横竖拗不过他们,算了吧。我只有哭!最可怪的,平常同情于我的弄水弄火的宝姐姐,今天也跳出门来笑我,跟了妈妈说我"痴子"。我只有独自哭!有谁同情于我的哭呢?

到妈妈抱了我回来的时候,我才仰起头,预备再看一看,这怪事怎么样了?那可恶的麻子还在否?谁知一跨进墙门槛,就听见"啪,啪"的声音。走进吃饭间,我看见那麻子正用拳头打爸爸的背。"啪,啪"的声音,正是打的声音。可见他一定是用力打的,爸爸一定很痛。然而爸爸何以任他打呢?妈妈何以又不管呢?我又哭。妈妈急急地抱我到房间里,对娘姨讲些话,两人都笑起来,都对我讲了许多话。然而我还听见隔壁打人的"啪,啪"的声音,无心去听她们的话。

爸爸不是说过"打人是最不好的事"吗?那一天软软不肯给我香烟牌子,我打了她一掌,爸爸曾经骂我,说我不好;还有那一天我打碎了寒暑表,妈妈打了我一下屁股,爸爸立刻抱我,对妈妈说"打不行"。何以今天那麻子在打爸爸,大家不管呢?我继续哭,我在妈妈的怀里睡去了。

我醒来，看见爸爸坐在"披雅娜"（钢琴）旁边，似乎无伤，耳朵也没有割去，不过头很光白，像和尚了。我见了爸爸，立刻想起了睡前的怪事，然而他们——爸爸、妈妈等——仍是毫不介意，绝不谈起。我一回想，心中非常恐怖又疑惑。明明是爸爸被割项颈，割耳朵，又被用拳头打，大家却置之不问，任我一个人恐怖又疑惑。唉！有谁同情于我的恐怖？有谁为我解释这疑惑呢？

阿难

往年我妻曾经遭逢小产的苦难。在半夜里，六寸长的小孩辞了母体而默默地出世了。医生把他裹在纱布里，托出来给我看，说着：

"很端正的一个男孩！指爪都已完全了，可惜来得早了一点！"我正在惊奇地从医生手里窥看的时候，这块肉忽然动起来，胸部一跳，四肢同时一撑，宛如垂死的青蛙的挣扎。我与医生大家吃惊，屏息守视了良久，这块肉不再跳动，后来渐渐发冷了。

唉！这不是一块肉，这是一个生灵，一个人。他是我的一个儿子，我要给他起名字：因为在前有阿宝、阿先、阿瞻，又因他母亲为他而受难，故名曰"阿难"。阿难的尸体给医生拿去装在防腐剂的玻璃瓶中；阿难的一跳印在我的心头。

阿难！一跳是你的一生！你的一生何其草草？你的寿命何其短促？我与你的父子的情缘何其浅薄呢？

然而这等都是我的妄念。我比起你来，没有什么大差异。数千万光年中的七尺之躯，与无穷的浩劫中的数十年，叫作"人生"。自有生以来,这"人生"已被反复了数千万遍,都像昙花泡影地倏现倏灭,现在轮到我在反复了。所以我即使活了百岁,在浩劫中,与你的一跳没有什么差异。今我嗟伤你的短命,真是九十九步的笑百步!

阿难!我不再为你嗟伤,我反要赞美你的一生的天真与明慧。原来这个我,早已不是真的我了。人类所造作的世间的种种现象,迷塞了我的心眼,隐蔽了我的本性,使我对于扰攘奔逐的地球上的生活,渐渐习惯,视为人生的当然而恬不为怪。实则坠地时的我的本性,已经斫丧无余了。《西青散记》里史震林的《自序》中有这样的话:

> 余初生时,怖夫天之乍明乍暗,家人曰:昼夜也。怪夫人之乍有乍无,曰:生死也。教余别星,曰:孰箕斗;别禽,曰:孰乌鹊,识所始也。生以长,乍暗乍明乍有乍无者,渐不为异。间于纷纷混混之时,自提其神于太虚而俯之,觉明暗有无之乍乍者,微可悲也。

我读到这一段,非常感动,为之掩卷悲伤,仰天太息。以前我常常赞美你的宝姐姐与瞻哥哥,说他们的儿童生活何等的天真,自然,他们的心眼何等的清白,明净,为我所万不敢望。然而他们哪里比得上你?他们的视你,亦犹我的视他们。他们的生活虽说天真，自然，他们的眼虽说清白，明净；然他们终究已经有了这世间的知识，受了这世界的种种诱惑，染了这世间的色彩，一层薄薄的雾障已经笼罩了他们的天真与明净了。你的一生完全不着这世间的尘埃。你是完全的天真、自然、清白、明净的生命。世间的人，本来都有像你那样的天真明净的生命，一入人世，便如入了乱梦，得了狂疾，颠倒迷离，直到困顿疲毙，始仓皇地逃回生命的故乡。这是何等昏昧的痴态！你的一生只有一跳，你在一秒间干净地了结你在人世间的一生，你坠地立刻解脱。正在风中狂走的我，更何敢企望你的天真与明慧呢？

我以前看了你的宝姐姐、瞻哥哥的天真烂漫的儿童生活，惋惜他们的黄金时代的将逝，常常作这样的异想："小孩子长到十岁左右无病地自己死去，岂不完成了极有意义与价值的一生呢？"但现在想想，所谓"儿童的天国""儿童的乐园"，其实贫乏而低小得很，只值得颠倒困疲的浮世苦者的艳羡而已，又何足挂齿？像你的以一跳了生死，绝不撄浮生之苦，不更好吗？在浩劫中，人生原只是一跳。我在你的一跳中，瞥见一切的人生了。

然而这仍是我的妄念。宇宙间人的生灭，犹如大海中的波涛的起伏。大波小波，无非海的变幻，无不归元于海，世间一切现象，皆是宇宙的大生命的显示。阿难！你我的情缘并不淡薄，你就是我，我就是你；无所谓你我了！

随感十三则

一

　　花台里生出三枝扁豆秧来。我把它们移种到一块空地上，并且用竹竿搭一个棚，以扶植它们。每天清晨为它们整理枝叶，看它们欣欣向荣，自然发生一种兴味。

　　那蔓好像一个触手，具有可惊的攀缘力。但究竟因为不生眼睛，只管盲目地向上发展，有时会钻进竹竿的裂缝里，回不出来，看了令人发笑。有时一根长条独自脱离了棚，颤袅地向空中伸展，好像一个摸不着壁的盲子，看了又很可怜。这等时候便需我去扶助。扶助了一个月之后，满棚枝叶婆娑，棚下已堪纳凉闲话了。

　　有一天清晨，我发现豆棚上忽然有了大批的枯叶和许多软垂的蔓，惊奇得很。仔细检查，原来近地面处一枝总干，被不知什么东西伤害了。未曾全断，但不绝如缕。根上的养分通不上去，凡属这总干的枝叶就全部枯萎，眼见得这一族快灭亡了。

　　这状态非常凄惨，使我联想起世间种种的不幸。

二

有一种椅子，使我不易忘记：那坐的地方，雕着一只屁股的模子，中间还有一条凸起，坐时可把屁股精密地装进模子中，好像浇塑石膏模型一般。

大抵中国式的器物，以形式为主，而用身体去迁就形式。故椅子的靠背与坐板呈九十度角，衣服的袖子长过手指。西洋式的器物，则以身体的实用为主，形式即由实用产生。故缝西装须量身体，剪刀柄上的两个洞，也完全依照手指的横断面的形状而制造。那种有屁股模子的椅子，显然是西洋风的产物。

但这已走到西洋风的极端，而且过分了。凡物过分必有流弊。像这种椅子，究竟不合实用，又不雅观。我每次看见，常误认它为一种刑具。

三

散步中，在静僻的路旁的杂草间拾得一个很大的钥匙。制造非常精致而坚牢，似是巩固的大洋箱上的原配。不知从何人的手中因何缘而落在这杂草中的？我未被"路不拾遗"之化，又不耐坐在路旁等候失主的来寻；但也不愿把这个东西藏进自己的袋里去，就擎在手中走路,好像采得了一朵野花。

我因此想起《水浒》中五台山上挑酒担者所唱的歌:"九里山前作战场,牧童拾得旧刀枪……"这两句怪有意味。假如我做了那个牧童,拾得旧刀枪时定有无限的感慨:不知那刀枪的柄曾经受过谁人的驱使?那刀枪的尖曾经吃过谁人的血肉?又不知在它们的活动之下,曾经害死了多少人之性命。

也许我现在就同"牧童拾得旧刀枪"一样。在这个大钥匙塞在大洋箱的键孔中时的活动之下,也曾经害死过不少人的性命,亦未可知。

四

发开十年前堆塞着的一箱旧物来,一一检视,每一件东西都告诉我一段旧事。我仿佛看了一幕自己为主角的影戏。

结果从这里面取出一把油画用的调色板刀,把其余的照旧封闭了,塞在床底下。但我取出这调色板刀,并非想描油画。是利用它来切芋艿,削萝卜吃。

这原是十余年前我在东京的旧货摊上买来的。它也许曾经跟随名贵的画家,指挥高价的油画颜料,制作出画展一等奖的作品来博得沸腾的荣誉。现在叫它切芋艿,削萝卜,真是委屈了它。但芋艿、萝卜中所含的人生的滋味,也许比油画中更为丰富,让它尝尝吧。

五

十余年前有一个时期流行用紫色的水写字。买三五个铜板洋青莲,可泡一大瓶紫水,随时注入墨匣,有好久可用。我也用过一回,觉得这固然比磨墨简便。但我用了不久就不用,我嫌它颜色不好,看久了令人厌倦。

后来大家渐渐不用,不久此风便息。用不厌的,毕竟只有黑和蓝两色:东洋人写字用黑。黑由红、黄、蓝三原色等量混合而成,三原色具足时,使人起安定圆满之感。因为世间一切色彩皆由三原色产生,故黑色中包含着世间一切色彩了。西洋人写字用蓝,蓝色在三原色中为寒色,少刺激而沉静,最可亲近。故用以写字,使人看了也不会厌倦。

紫色为红蓝两色合成。三原色既不具足,而性又刺激,宜其不堪常用。但这正是提倡白话文的初期,紫色是一种蓬勃的象征,并非偶然的。

六

孩子们对于生活的兴味都浓。而这个孩子特甚。

当他热衷于一种游戏的时候，吃饭要叫到五六遍才来，吃了两三口就走，游戏中不得已出去小便，常常先放了半场，勒住裤腰，走回来参加一歇游戏，再去放出后半场。看书发现一个疑问，立刻捧了书来找我，茅坑间里也会找寻过来。得了解答，拔脚便走，常常把一只拖鞋遗剩在我面前的地上而去。直到划袜走了七八步方才觉察，独脚跳回来取鞋。他有几个星期热衷于搭火车，几个星期热衷于着象棋，又有几个星期热衷于查《王云五大词典》，现在正热衷于捉蟋蟀。但凡事兴味一过，便置之不问。无可热衷的时候，整日没精打采，度日如年，口里叫着"饿来！饿来！"，其实他并不想吃东西。

七

有一回我画一个人牵两只羊，画了两根绳子。有一位先生教我："绳子只要画一根。牵了一只羊，后面的都会跟来。"我恍悟自己阅历太少。后来留心观察，看见果然：前头牵了一只羊走，后面数十只羊都会跟去。无论走向屠场，没有一只羊肯离群众而另觅生路的。

后来看见鸭也如此。赶鸭的人把数百只鸭放在河里，不须用绳子系住，群鸭自能互相追随，聚在一块。上岸的时候，赶鸭的人只要赶上一二只，其余的都会跟了上岸。无论在四通八达的港口，没有一只鸭肯离群众而走自己的路的。

牧羊的和赶鸭的就利用它们这模仿性，以完成他们自己的事业。

八

每逢赎得一剂中国药来，小孩们必然聚拢来看拆药。每逢打开一小包，他们必然惊奇叫喊。有时一齐叫道："啊！一包瓜子！"有时大家笑起来："哈哈！四只骰子！"有时惊得很："咦！这是洋囡囡的头发呢！"又有时吓了一跳："啊唷！许多老蝉！"……病人听了这种叫声，可以转颦为笑。自笑为什么生了病要吃瓜子、骰子、洋囡囡的头发或老蝉呢？看药方也是病中的一种消遣。药方前面的脉理大都乏味；后面的药名却怪有趣。这回我所服的，有一种叫作"知母"，有一种叫作"女贞"，名称都很别致。还有"银花""野蔷薇"，好像新出版的书的名目。

吃外国药没有这种趣味。中国数千年来为世界神秘风雅之国，这特色在一剂药里也很显明地表示着，来华考察的外国人，应该多吃几剂中国药回去。

九

《项脊轩志》里归熙甫描写自己闭户读书之久，说"能以足音辨人"。我近来卧病之久,也能以足音辨人。房门外就是扶梯,人在扶梯上走上走下,我不但能辨别各人的足音,又能在一人的足音中辨别其所为何来。"这回是徐妈送药来了?"果然。"这回是五官送报纸来了?"果然。

记得从前寓居在嘉兴时,大门终日关闭。房屋进深,敲门不易听见,故在门上装一铃索。来客拉索,里面的铃响了,人便出来开门。但来客极稀,总是这几个人,我听惯了,也能以铃声辨人。有时一种顽童或闲人经过门口,由于手痒或奇妙的心理,无端把铃索拉几下就逃,开门的人白跑了好几回;但以后不再上当了。因为我能辨别他们的铃声中含有仓皇的音调,便置之不理了。

十

盛夏的某晚,天气大热,而且奇闷。院子里纳凉的人,每人隔开数丈,默默地坐着摇扇。除了扇子的微音和偶发的呻吟声以外,没有别的声响。大家被炎威压迫得动弹不得,而且不知所云了。

这沉闷的静默继续了约半小时之久。墙外的弄里一个嘹亮清脆而有力的叫声,忽然来打破这静默:

"今夜好热!啊咦——好热!"

院子里的人不期地跟着他叫:"好热!"接着便有人起来行动,或者起立,或者欠伸,似乎大家出了一口气。炎威也似乎被这喊声喝退了些。

十一

尊客降临，我陪他们吃饭往往失礼。有的尊客吃起饭来慢得很：一粒一粒地数进口去。我则吃两碗饭只消五六分钟，不能奉陪。

我吃饭快速的习惯，是小时在寄宿学校里养成的。那校中功课很忙，饭后的时间要练习弹琴。我每餐连盥洗只限十分钟了事，养成了习惯。现在我早已出学校，可以无须如此了，但这习惯仍是不改。我常自比于牛的反刍：牛在山野中自由觅食，防猛兽迫害，先把草囫囵吞入胃中，回洞后再吐出来细细嚼食，养成了习惯。现在牛已被人关在家喂养，可以无须如此了，但这习惯仍是不改。

据我推想，牛也许是恋慕着野生时代在山中的自由，所以不肯改去它的习惯的。

十二

新点着一支香烟，吸了三四口，拿到痰盂上去敲烟灰。敲得重了些，雪白而长长的一支大美丽香烟翻落在痰盂中，"吱"的一声叫，溺死在污水里了。

我向痰盂怅望,嗟叹了两声,似有"一失足成千古恨"之感。我觉得这比丢弃两个铜板肉痛得多。因为香烟经过人工的制造,且直接有惠于我的生活。故我对于这东西本身自有感情,与价钱无关。两角钱可买二十包火柴。照理,丢掉两角钱同焚去二十包火柴一样。但丢掉两角钱不足深惜,而焚去二十包火柴人都不忍心做。做了即使别人不说暴殄天物,自己也对不起火柴。

十三

一位开羊行的朋友为我谈羊的话。据说他们行里有一只不杀的老羊,为它颇有功劳:他们在乡下收罗了一群羊,要装进船里,运往上海去屠杀的时候,群羊往往不肯走上船去。他们便牵这老羊出来。老羊向群羊叫了几声,奋勇地走到河岸上,蹲身一跳,首先跳入船中。群羊看见老羊上船了,便大家模仿起来,争先恐后地跳进船里去。等到一群羊全部上船之后,他们便把老羊牵上岸来,仍旧送回栅里。每次装羊,必须央这老羊引导。老羊因有这点功劳,得保全自己的性命。

我想,这不杀的老羊,原来是该死的"羊奸"。

辞缘缘堂

民国二十六年（1937年）十一月下旬，寇以迂回战突犯我故乡石门湾，我不及预防，仓猝辞缘缘堂，率亲族老幼十余人，带铺盖两担，逃出火线，迤逦西行，经杭州、桐庐、兰溪、衢州、常山、上饶、南昌、新喻、萍乡、湘潭、长沙、汉口，以至桂林。当时这路上军输孔急，人民无车可乘。而况我家十余人中半是老弱，不堪爬跳，不能分班，乘车万无希望。于是只有坐船，浮家泛宅，到处登岸休息盘桓。因此在途有数月之久。许多朋友早已到了长沙、汉口，我独迟迟不至，消息全无。有的人以为我们全家覆没了。因此每到一处，所遇见的旧友新知，必定在寒暄中惊问我流亡的经过。我一一报告，有时一天反复数次，犹似开留声机片一般。家里的孩子们听得惯了，每当我对一新客重述的时候，必在背后窃笑，低声说道："又是一遍！"我自己也觉得可笑。又觉得舌敝唇焦，重复得实在可厌。然而因为温习的次数太多，每次修补整理，所以材料已经精选，措辞颇得要领。途中我就陆续把这些话记录在手册中。然而这是朋友垂询时所答复的话，不过是我们流亡经过的梗概而已。等到客人去了，我们这个流亡团体共聚在旅舍中，或者共坐在船舱里的时候，闲谈的资料便是流亡前后的种种细事。有时追谈战兴以前的生活，有时回顾仓皇出走的光景，有时详述各处所得的见闻，有时讨论今后避地的方针。感叹咨嗟，慷慨激昂，惊愕犹疑，轩渠笑乐，好比自然界的风雨晦明，变化无定。我们的家庭空气，从来没有这么多样的！于是我又把这些琐屑的谈话资料随时记在手册中。这手册就好比一个电影底片，放映出来的是我家流亡生活的全景。

民国二十八年（1939年）春，我家离去桂林，迁居宜山。夏天又离开宜山，迁居思恩。思恩地在深山之中，交通阻滞。我们住在欧阳氏榴园中的小楼上，几乎终日不闻世事。我偶在山窗下展开手册来，检点过去的流亡生活，觉得如同一场幻梦。这梦特别清晰，一切景象，历历在目。可用文章记述，也可用图画描写。于是乘兴握笔，拟把手册中的记载演成五篇记事。开头写第一记《辞缘缘堂》时，不胜感慨。"古者重去其乡，游宦不逾千里。"我为不得已而远离乡国。如今故园已成焦土，漂泊将及两年，在六千里外的荒山中重温当年仓皇辞家的旧梦，不禁心绪黯然，觉得无从下笔。然而环境虽变，我的赤子之心并不失却；炮火虽烈，我的匹夫之志决不被夺，它们因了环境的压迫，受了炮火的洗礼，反而更加坚强了。杜衡芳芷所生，无非吾土；青天白日之下，到处为乡。我又何必感慨呢？于是吟成两首七绝，用代小序：

秀水明山入画图，兰堂芝阁尽虚无。

十年一觉杭州梦，剩有冰心在玉壶。

江南春尽日西斜，血雨腥风卷落花。

我有馨香携满袖，将求麟风向天涯。

  走了五省，经过大小百数十个码头，才知道我的故乡石门湾，真是一个好地方。它位在浙江北部的大平原中，杭州和嘉兴的中间，而离开沪杭铁路三十里。这三十里有小轮船可通。每天早晨从石门湾搭轮船，溯运河走两小时，便到了沪杭铁路上的长安车站。由此搭车，南行一小时到杭州；北行一小时到嘉兴，三小时到上海。到嘉兴或杭州的人，倘有余闲与逸兴，可屏除这些近代式的交通工具，而雇客船走运河。这条运河南达杭州，北通嘉兴、上海、苏州、南京，直至河北。经过我们石门湾的时候，转一个大弯。石门湾由此得名。无数朱漆栏杆玻璃窗的客船，麇集在这湾里，等候你去雇。你可挑选最中意的一只。一天到嘉兴，一天半到杭州，船价不过三五元。倘有三四个人同舟，旅费并不比乘轮船火车贵。胜于乘轮船火车者有三：开船时间由你定，不像轮船火车的要你去恭候。一也。行李不必用力捆扎，用心检点，但把被、褥、枕头、书册、烟袋、茶壶、热水瓶，甚至酒壶、菜稙……往船舱里送。船家自会给你布置在玻璃窗下的小榻及四仙桌上。你下船时仿佛走进自己的房间一样。二也。经过码头,你可关照船家暂时停泊,上岸去眺瞩或买物。这是轮船火车所办不到的。三也。倘到杭州,你可在塘栖一宿,上岸买些本地名产的糖枇杷、糖佛手;再到靠河边的小酒店里去找一个幽静的座位,点几个小盆:冬笋、茭白、荠菜、毛豆、鲜菱、良乡栗子、熟荸荠……烫两碗花雕。你尽管浅斟细酌,迟迟回船歇息。天下雨也可不管,因为塘栖街上全是凉棚,下雨不相干的。这样,半路上多游了一个码头,而且非常从容自由。这种富有诗趣的旅行,靠近火车站地方的人不易做到,只有我们石门湾的人可以自由享受。因为靠近火车站地方的人,乘车太便;即使另有水路可通,没有人肯走;因而没有客船的供应。只有石门湾,火车不即不离,而运河躺在身边,方始有这种特殊的旅行法。然客船并非专走长路,往返于相距二三十里的小城市间,是其常业。盖运河两旁,支流繁多,港汊错综。倘从飞机上俯瞰,这些水道正像一个渔网。这个渔网的线旁密密地撒布无数城市乡镇,"三里一村,五里一市,十里一镇,廿里一县。"用这话来形容江南水乡人烟稠密之状,绝不是夸张的。我们石门湾就是位在这网的中央的一个镇。所以水路四通八达,交通运输异常便利。我们不需要用脚走路。下乡,出市,送客,归宁,求神,拜佛,即使三五里的距离,也乐得坐船。倘使要到十八里(我们称为二九)远的崇德城里,每天有两班轮船,还有各种便船,决不要用脚走路。除了赤贫,大俭,以及背纤者之类以外,倘使你"走"到了城里,旁人都得惊讶，家人将怕你伤筋，你自己也要觉得吃力。唉！我的故乡真是安乐之乡！把这些话告诉每天挑着担子走一百几十里崎岖的山路的内地人，恐怕他们不会相信，不能理解，或者笑为神话！孟子曰："生于忧患，死于安乐。"这回江南的空前浩劫，也许就是这种安乐的报应吧！

然而好逸恶劳，毕竟是人之常情。克服自然，正是文明的进步。不然，内地人为什么要努力造公路，筑铁路，治开垦呢？忧患而不进步，未必能生；安乐而不骄惰，决不致死。所以我对于我们的安乐的故乡，始终是心神向往的。何况天时胜如它的地利呢！石门湾离海边约四五十里，四周是大平原，气候当然是海洋性的。然而因为河道密布如网，水陆的调剂特别均匀，所以寒燠的变化特别缓和。由夏到冬，由冬到夏，渐渐地推移，使人不知不觉。中产以上的人，每人有六套衣服：夏衣、单衣、夹衣、絮袄（木棉的）、小棉袄（薄丝绵）、大棉袄（厚丝绵）。六套衣服逐渐递换，不知不觉之间寒来暑往，循环成岁。而每一回首，又觉得两月之前，气象大异，情景悬殊。盖春夏秋冬四季的个性的表现，非常明显。故自然之美，最为丰富；诗趣画意，俯拾即是。我流亡之后，经过许多地方。有的气候变化太单纯，半年夏而半年冬，脱了单衣换棉衣。有的气候变化太剧烈，一日之内有冬夏，捧了火炉吃西瓜。这都不是和平中正之道，我很不惯。这时候方始知道我的故乡的天时之胜。在这样的天时之下，我们郊外的大平原中没有一块荒地，全是作物。稻麦之外，四时蔬菜不绝，风味各殊。尝到一物的滋味，可以联想一季的风光，可以梦见往昔的情景。往年我在上海功德林，冬天吃新蚕豆，一时故乡清明赛会、扫墓、踏青、种树之景，以及绸衫、小帽、酒旗、戏鼓之状，憬然在目，恍如身入其境。这种情形在他乡固然也有，而对故乡的物产特别敏感。倘然遇见桑树和丝绵，那更使我心中涌起乡思来。因为这是我乡一带特有的产物，而在石门湾尤为普遍。除了城市人不劳而获之外，乡村人家，无论贫富，春天都养蚕，称为"看宝宝"。他们的食仰给于田地，衣仰给于宝宝。所以丝绵在我乡是极普通的衣料。古人要五十岁才得衣帛，我们的乡人无论老少都穿丝绵。他方人出重价买了我乡的输出品，请"翻丝绵"的专家特制了，视为狐裘一类的贵重品；我乡则人人会翻，乞丐身上也穿丝绵。"人生衣食真难事"，而我乡人得天独厚，这不可以不感谢，惭愧而且惕厉！我以上这一番缕述，并非想拿来夸耀，正是要表示感谢，惭愧，惕厉的意思。读者中倘有我的同乡，或许会发生同感。

　　缘缘堂就建在这富有诗趣画意而得天独厚的环境中。运河大转弯的地方，分出一条支流来。距运河约两三百步，支流的岸旁，有一所染坊店，名曰丰同裕。店里面有一所老屋，名曰惇德堂。惇德堂里面便是缘缘堂。缘缘堂后面是市梢。市梢后面遍地桑树，中间点缀着小桥，流水，大树，长亭，便是我的游钓之地了。红羊之后就有这染坊店和老屋。这是我父祖三代以来歌哭生聚的地方。直到民国二十二年（1933年）缘缘堂成，我们才离开这老屋的怀抱。所以它给我的荫庇与印象，比缘缘堂深厚得多。虽然其高只及缘缘堂之半，其大不过缘缘堂的五分之一，其陋甚于缘缘堂的柴间，但在灰烬之后，我对它的悼惜比缘缘堂更深。因为这好比是老树的根，缘缘堂好比是树上的枝叶。枝叶虽然比根庞大而美观，然而都是从这根上生出来的。流亡以后，我每逢在报纸上看到了关于石门湾的消息，晚上就梦见故国平居时的旧事，而梦的背景，大都是这百年老屋。我梦见我孩提时的光景：夏天的傍晚，祖母穿了一件竹衣，坐在染坊店门口河岸上的栏杆边吃蟹酒。祖母是善于享乐的人，四时佳兴都很浓厚。但因为屋里太窄，我们姐弟众多，把祖母挤出在河岸上。我梦见父亲中乡试时的光景；几方丈大小的老屋里拥了无数的人，挤得水泄不通。我高高地坐在店伙祁官的肩头上，夹在人丛中，看父亲拜北阙。我又梦见父亲晚酌的光景：大家吃过夜饭，父亲才从地板间里的鸦片榻上起身，走到厅上来晚酌。桌上照例是一壶酒，一盖碗热豆腐干，一盆麻酱油，和一只老猫。父亲一边看书，一边用豆腐干下酒，时时摘下一粒豆腐干来喂老猫。那时我们得在地板间里闲玩一下。这地板间的窗前是一个小天井，天井里养着乌龟，我们喊它为"臭天井"。臭天井的旁边便是灶间。饭脚水常从灶间里飞出来，哺养臭天井里的乌龟。因此烟气、腥气、臭气，地板间里时有所闻。然而这是老屋里最精华的一处地方了。父亲在世时，我们小孩子是不敢轻易走进去的。我的父亲中了举人之后就丁艰。丁艰后科举就废。他的性情又廉洁而好静,一直闲居在老屋中,四十二岁上患肺病而命终在这地板间里。我九岁上便是这老屋里的一个孤儿了。缘缘堂落成后,我常常想:倘得像缘缘堂的柴间或磨子间那样的一个房间来供养我的父亲,也许他不致中年病肺而早逝。然而我不能供养他!每念及此,便觉缘缘堂的建造毫无意义,人生也毫无意义!我又梦见母亲拿了六尺杆量地皮的情景:母亲早年就在老屋背后买一块地(就是缘缘堂的基地),似乎预知将来有一天造新房子的。我二十一岁就结婚。结婚后得了"子烦恼",几乎年年生一个孩子。率妻糊口四方,所收入的自顾不暇。母亲带着我的次女住在老屋里,染坊店及数十亩薄田所入虽能供养,亦没有余裕,所以造屋这念头,一向被抑在心的底层。我三十岁上送妻子回家奉母。老屋养育了我们三代,伴了我的母亲十年,这时候衰颓得很,门坍壁裂,渐渐表示无力再荫庇我们这许多人了。幸而我的生活渐渐宽裕起来,每年多少有几沓钞票交送母亲。造屋这念头,有一天偷偷地从母亲心底里浮出来。邻家正在请木匠修窗,母亲借了他的六尺杆,同我两人到后面的空地里去测量一会,计议一会。回来的时候低声关照我:"切勿对别人讲!"那时我血气方刚,率然地对母亲说:"我们决计造!钱我有准备!"就把收入的预算历历数给她听。这是年轻人的作风,事业的失败往往由此;事业的速成也往往由此。然而老年人脚踏实地,如何肯冒险呢?六尺杆还了木匠,造屋的念头依旧沉淀在母亲的心底里。它不再浮起来。直到两年之后,母亲把这念头交付了我们而长逝。又三年之后,它方才成形具体,而实现在地上,这便是缘缘堂。

犹记得堂成的前几天,全家齐集在老屋里等候乔迁。两代姑母带了孩童仆从,也来挤在老屋里助喜。低小破旧的老屋里挤了二三十个人,接踵摩肩,踢脚绊手,闹得像戏场一般。大家知道未来的幸福紧接在后头,所以故意倾轧。老人家几被小孩子推倒了,笑着喝骂。小脚被大脚踏痛了,笑着叫苦。在这时候,我们觉得苦痛比欢乐更为幸福。低小破旧的老屋比琼楼玉宇更有光彩!我们住新房子的欢喜与幸福,其实以此为极!真个迁入之后,也不过尔尔,况且不久之后,别的渴望与企图就来代替你的欢乐,人世的变故行将妨碍你的幸福了!只有希望中的幸福,才是最纯粹,最彻底,最完全的幸福。那时我们全家的人都经验了这种幸福。只有最初置办基地,发心建造,而首先用六尺杆测量地皮的人,独自静静地安眠在五里外的长松衰草之下,不来参加我们的欢喜。似乎知道不久将有暴力来摧毁这幸福,所以不屑参加似的。

缘缘堂构造用中国式,取其坚固坦白。形式用近世风,取其单纯明快。一切因袭,奢侈,烦琐,无谓的布置与装饰,一概不入。全体正直(为了这点,工事中我曾费数百元拆造过,全镇传为奇谈),高大,轩敞,明爽,具有深沉朴素之美。正南向的三间,中央铺大方砖,正中悬挂马一浮先生写的堂额。壁间常悬的是弘一法师写的《大智度论·十喻赞》,和"欲为诸法本,心如工画师"

的对联。西室是我的书斋,四壁陈列图书数千卷,风琴上常挂弘一法师写的"真观清净观,广大智慧观。梵音海潮音,胜彼世间音"的长联。东室为食堂,内连走廊,厨房,平屋。四壁悬的都是沈寐叟的墨迹。堂前大天井中种着芭蕉、樱桃和蔷薇。门外种着桃花。后堂三间小室,窗子临着院落,院内有葡萄棚、秋千架、冬青和桂树。楼上设走廊,廊内六扇门,通入六个独立的房间,便是我们的寝室。秋千院落的后面,是平屋、阁楼、厨房和工人的房间——所谓缘缘堂者,如此而已矣。读者或将见笑:这样简陋的屋子,我却在这里扬眉瞬目,自鸣得意,所见与井底之蛙何异?我要借王禹偁的话作答:"彼齐云落星,高则高矣。井干丽谯,华则华矣。止于贮妓女,藏歌舞,非骚人之事,吾所不取。"我不是骚人,但确信环境支配文化。我以为这样光明正大的环境,适合我的胸怀,可以涵养孩子们的好真,乐善,爱美的天性。我只费了六千金的建筑费,但倘秦始皇要拿阿房宫来同我交换,石季伦愿把金谷园来和我对调,我决不同意。自民国二十二年(1933年)春日落成,以至二十六年残冬被毁,我们在缘缘堂的怀抱里的日子约有五年。现在回想这五年间的生活,处处足使我憧憬:春天,两株重瓣桃戴了满头的花,在门前站岗。门内朱楼映着粉墙,蔷薇衬着绿叶。院中秋千亭亭地立着,檐下铁马叮咚地响着。堂前燕子呢喃,窗内有"小语春风弄剪刀"的声音。这和平幸福的光景,使我难忘。夏天,红了樱桃,绿了芭蕉,在堂前形成强烈的对比,向人暗示"无常"的幻相。葡萄棚上的新叶，把室中人物映成绿色的统调，添上一种画意。垂帘外时见参差人影，秋千架上时闻笑语。门外刚挑过一担"新市水蜜桃"，又来了一担"桐乡醉李"。喊一声"开西瓜了"，忽然从楼上楼下引出许多兄弟姊妹。傍晚来一位客人，芭蕉荫下立刻摆起小酌的座位。这畅适的生活也使我难忘。秋天，芭蕉的叶子高出墙外，又在堂前盖造一个天然的绿幕，葡萄棚上果实累累，时有儿童在棚下的梯子爬上爬下。夜来明月照高楼，楼下的水门汀映成一片湖光。各处房栊里有人挑灯夜读，伴着秋虫的合奏。这清幽的情况又使我难忘。冬天，屋子里一天到晚晒着太阳，炭炉上时闻普洱茶香。坐在太阳旁边吃冬春米饭，吃到后来都要出汗解衣裳。廊下晒着一堆芋头，屋角里藏着两瓮新米酒，菜橱里还有自制的臭豆腐干和霉千张。星期六的晚上，儿童们伴着坐到深夜，大家在火炉上烘年糕，煨白果，直到北斗星转向。这安逸的滋味也使我难忘。现在漂泊四方，已经两年。有时住旅馆，有时住船，有时住村舍、茅屋、祠堂、牛棚。但凡我身所在的地方只要一闭眼睛，就看见无处不是缘缘堂。

　　平生不善守钱。余剩的钞票超过了定数，就坐立不安，非想法使尽它不可。缘缘堂落成后一年，这种钞票作怪，我就在杭州租了一所房子，请两名工人留守，以代替我游杭的旅馆。这仿佛是缘缘堂的支部。旁人则戏称它为我的"行宫"。他们怪我不在杭州赚钱，而无端去作寓公。但我自以为是。古人有言："不为无益之事，何以遣有涯之生？"我相信这句话，而且想借庄子的论调来加个注解：益就是利。"吾生也有涯，而利也无涯，以有涯遣无涯，殆已！已而为利者，殆而已矣！"所以要遣有涯之生，须为无利之事。杭州之所以能给我优美的印象者，就为了我对它无利害关系，所见的常是它的艺术方面的缘故。那时我春秋居杭州，冬夏居缘缘堂，书笔之余，恣情盘桓，饱尝了两地的风味：西湖好景，尽在于春秋二季。春日浓妆，秋季淡抹，一样相宜。我最喜于无名的地方，游众所不会到的地方，玩赏其胜景。而把三潭印月，岳庙等大名鼎鼎的地方让给别人游。人弃我取，人取我与。这是范蠡致富的秘诀，移用在欣赏上，也大得其宜。西湖春秋佳日的真相，我都欣赏过了。夏天西湖上颇热，冬天西湖上颇冷。杨万里说："毕竟西湖六月中，风光不与四时同。"某雅人说："晴湖不及雨湖，雨湖不及雪湖。"言之或有其理；但我不敢附和。因为我怕热怕冷。我到夏天必须返缘缘堂。石门湾到处有河水调剂，即使天热，也热得缓和而气爽，不致闷人。缘缘堂南向而高敞，西瓜、凉粉常备，远胜于电风扇、冰淇淋。冬天大家过年，贺岁，饮酴酥酒，更非回乡参加不可。我常常往返于石门湾与杭州之间，被别人视为无事忙。那时我读书并不抛废，笔墨也相当的忙；而如此忙里偷闲地热心于游玩与欣赏，今日思之，并非偶然，我似乎预知江南浩劫之将至，故乡不可以久留，所以尽量欣赏，不遗余力的。

"八一三"事起，我们全家在缘缘堂。杭州有空袭，特派人把留守的女工叫了回来,把"行宫"锁闭了。城站被炸,杭州人纷纷逃乡,我又派人把"行宫"取消,把其中的书籍器具装船载回石门湾。两处的器物集中在一起,异常热闹,我们费了好几天的工夫,整理书籍,布置家具。把缘缘堂装潢得面目一新。邻家的妇孺没有坐过沙发,特地来坐坐杭州搬来的沙发(我不喜欢沙发,因为它不抵抗。这些都是朋友赠送的)。店里的伙计没有见过开关热水壶,当它是个宝鼎。上海南市已成火海了,我们躲在石门湾里自得其乐。今日思之,太不识时务。最初,汉口的朋友写信来,说浙江非安全之地,劝我早日率眷赴汉口。四川的朋友也写信来,说战事必致扩大,劝我早日携眷入川。我想起了白居易的问友诗:"种兰不种艾,兰生艾亦生。根荄相交长,茎叶相附荣。香茎与臭叶,日夜俱长大,锄艾恐伤兰,溉兰恐滋艾。兰亦未能溉,艾亦未能除。沉吟意不决,问君合如何?"铲除暴徒,以雪百年来浸润之耻,谁曰不愿?糜烂土地,荼毒生灵,去父母之邦,岂人之所乐哉?因此沉吟意不决者累日。终于在方寸中决定了"移兰"之策。种兰而艾生于其旁,而且很近,甚至根荄相交,茎叶相附,可见种兰的地方选得不好。兰既不得其所,用不着锄或溉,只有迁地为良。其法:把兰好好地掘起,慎勿伤根折叶。然后郑重地移到名山胜境,去种在杜衡芳芷所生的地方。然后拿起锄头来,狠命地锄,把那臭叶连根铲尽。或者不必自锄,但须放一把火,烧成一片焦土。将来再种兰时,灰肥倒有用处。这"移兰锄艾"之策,乃不易之论。香山居士死而有知，一定在地下点头。

然而这兰的根，深固得很，一时很不容易掘起，况且近来根上又壅培了许多壤土，使它更加稳固繁荣了。第一：杭州搬回来的家具，把缘缘堂装点得富丽堂皇，个个房间里有明窗净几，屏条对画。古圣人弃天下如弃敝屣；我们真惭愧，一时大家舍不得抛弃这些赘累之物。第二：上海、松江、嘉兴、杭州各地迁来了许多人家。石门湾本地人就误认这是桃源。谈论时局，大家都说这地方远离铁路公路，不会遭兵火。况且镇小得很，全无设防，空袭也决不会来。听的人附和地说道："真的！炸弹很贵。石门湾即使请他来炸，他也不肯来的！"另一人也根据了他的军事眼光而发表预言："他们打倒了松江、嘉兴，一定向北走苏嘉路，与沪宁路夹攻南京。嘉兴以南，他们不会打过来。杭州不过是风景地点，取得了没有用。所以我们这里是不要紧的。"又有人附和："杭州每年香火无量，西湖底里全是香灰！这佛地是决不会遭殃的。只要杭州无事，我们这里就安。"我虽决定了移兰之策，然而众口铄金，况且谁高兴逃难？于是存了百分之一的幸免之心。第三：我家世居石门湾，亲戚故旧甚多。外面打仗，我家全部迁回了，戚友往来更密。一则要探听一点消息，二则要得到相互的慰藉。讲起逃难，大家都说："要逃我们总得一起走。"但下文总是紧接着一句："我们这里总是不要紧的。"后来我流亡各地，才知道每一地方的人，都是这样自慰的。呜呼！"民之秉彝，好是懿德。"普天之下，凡有血气，莫不爱好和平，厌恶战争。我们忍痛抗战，是不得已的。而世间竟有以侵略为事以杀人为业的暴徒，我很想剖开他们的心来看看，是虎的？还是狼的？

阴历九月二十六日，是我四十岁的生辰。这时松江已经失守，嘉兴已经炸得不成样子。我家还是做寿。糕桃寿面，陈列了两桌；远近亲朋，坐满了一堂。堂上高烧红烛，室内开设素筵。屋里充满了祥瑞之色和祝贺之意。而宾朋的谈话异乎寻常；有一人是从上海南站搭火车逃回来的。他说：火车顶上坐满了人，还没有开。忽听得飞机声，火车突然飞奔。顶上的人纷纷坠下，有的坠在轨道旁，手脚被轮子碾断，惊呼号啕之声淹没了火车的开动声！又有一人怕乘火车，是由龙华走水道逃回来的。他说上海南市变成火海。无数难民无家可归，聚立在民国路法租界的紧闭的铁栅门边。日夜站着。落雨还是小事，没得吃真惨！法租界里的同胞拿面包隔铁栅抛过去。无数饿人乱抢。有的面包落在地上的大小便中，他们管自挣得去吃！我们一个本家从嘉兴逃回来。他说有一次轰炸，他躲在东门的铁路桥下。看见一个妇人抱着一个婴孩，躲在墙脚边喂奶。忽然车站附近落下一个炸弹。弹片飞来，恰好把那妇人的头削去。在削去后的一瞬间中，这无头的妇人依旧抱着婴孩危坐着，并不倒下；婴孩也依旧吃奶。我听了他的话，想起了一个动人的故事，就讲给人听：从前有一个猎人入山打猎，远远看见一只大熊坐在涧水边，他就对准要害发出一枪。大熊危坐不动。他连发数枪，均中要害，大熊老是危坐不动。他走近去察看，看见大熊两眼已闭，血水从颈中流下，确已命中。但是它两只前脚抱住一块大石头，危坐涧水边，一动也不动。猎人再走近去细看，才看见大石头底下的涧水中，有三匹小熊正在饮水。大熊中弹之后，倘倒下了，那大石头落下去，势必压死她的三个小宝贝。她被这至诚的热爱所感，死了也不倒。直待猎人掇去了她手中的石头，她方才倒下。猎人从此改业（我写到这里，忽把"它"字改写为"她"，把"前足"改写为"手"。排字人请勿排错，读者请勿谓我写错。因为我看见这熊其实非兽，已经变人。而有些人反变了禽兽！）。呜呼，禽兽尚且如此，何况于人。我讲了这故事，上述的惨剧被显得更惨，满座为之叹息。然而堂前的红烛得了这种惨剧的衬托，显得更加光明。仿佛在对人说："四座且勿悲，有我在这里！炸弹杀人，我祝人寿。除了极少数的暴徒以外，世界上没有一个人不厌恶惨死而欢喜长寿，没有一个人不好仁而恶暴。仁能克暴，可知我比炸弹力强得多。目前虽有炸弹猖獗，最后胜利一定是我的！"坐客似乎都听见了这番话，大家欣然地散去了。这便是缘缘堂最后一次的聚会。祝寿后一星期，那些炸弹就猖獗到石门湾，促成了我的移兰之计。

民国廿六年（1937年）十一月六日，即旧历十月初四，是无辜的石门湾被宣告死刑的日子。古人叹人生之无常，夸张地说："朝为媚少年，夕暮成丑老。"石门湾在那一天，朝晨依旧是喧阗扰攘，安居乐业，晚快忽然水流云散，阒其无人。真可谓"朝为繁华街，夕暮成死市"。这"朝夕"二字并非夸张，却是写实。那一天，我早上起来，并不觉得什么异常。依旧洗脸，吃粥。上午照例坐在书斋里工作，我正在画一册《漫画日本侵华史》，根据了蒋坚忍著的《日本帝国主义侵略中国史》而作的。我想把每个事件描写为图画，加以简单的说明。一页说明与一页图画相对照，形似《护生画集》。希望文盲也看得懂。再照《护生画集》的办法，照印本贱卖，使小学生都有购买力。这计划是"八一三"以后决定的，这时候正在起稿，尚未完成。我的子女中，陈宝、林先、宁馨、华瞻四人向在杭州各中学肄业，这学期不得上学，都在家自修。上午规定是用功时间。还有二人，元草与一吟，正在本地小学肄业，一早就上学去。所以上午家里很静。只听得玻璃窗震响，我以为是有人在窗棂上碰了一下之故，并不介意。后来又是震响，一连数次。我觉得响声很特别：轻微而普遍。楼上楼下几百块窗玻璃，仿佛同时一齐震动，发出远钟似的声音。心知不妙，出门探问，邻居也都在惊奇。大家猜想，大约是附近的城市被轰炸了。响声停止了以后，就有人说："我们这小地方，没有设防，决不会来炸的。"别的人又附和说："请他来炸也不肯来的！"大家照旧安居乐业。后来才知道这天上午崇德被炸。

　　正午，我们全家十个人围着圆桌正在吃午饭的时候，听见飞机声。不久一架双翼侦察机低低地飞过。我在食桌上通过玻璃窗望去，可以看得清人影。石门湾没有警报设备。以前飞机常常过境，也辨不出是敌机还是自己的,大家跑出去,站在门口或桥上,仰起了头观赏,如同春天看纸鸢,秋天看月亮一样。"请他来炸也不肯来的"这一句话,大约是这种经验所养成的。这一天大家依旧出来观赏。那侦察机果然兜一个圈子给他们看,随后就飞去了。我们并不出去观赏,但也不逃,照常办事。我上午听见震响,这时又看见侦察机低飞,心知不妙。但犹冀望它是来侦察有无设防。倘发现没有军队驻扎,就不会来轰炸。谁知他们正要选择不设防城市来轰炸,可以放心地投炸弹,可以多杀些人。这侦察机盘旋一周,看见毫无一个军人,纯是民众妇孺,而且都站在门外,非常满意,立刻回去报告,当即派轰炸机来屠杀。

下午二时,我们正在继续工作,又听得飞机声,我本能地立起身,招呼坐在窗下的孩子们都走进来,立在屋的里面。就听见砰的一声,很近。窗门都震动,继续又是砰的一声。家里的人都集拢来,站在东屋的楼梯下,相对无言。但听得墙外奔走呼号之声,我本能地说:"不要紧!"说过之后,才觉得这句话完全虚空,在平常生活中遇到问题,我以父亲、家主、保护者的资格说这句话,是很有力的,很可以慰人的。但在这时候,我这保护者已经失却了说这句话的资格,地面上无论哪一个人的生死之权都操在空中的刽子手手里了!忽然一阵冰雹似的声音在附近的屋瓦上响过,接着沉重地一声震响。墙壁摆动,桌椅跳跃,热水瓶、水烟袋翻落地上,玻璃窗齐声大叫。我们这一群人集紧一步,挤成一堆,默然不语,但听见墙外奔走呼号之声比之前更急。忽想起了上学的两个孩子没有回家,生死不明,大家担心得很。然而飞机还在盘旋,炸弹机关枪还在远近各处爆响。我们是否可以免死,尚未可知,也顾不得许多了。忽然九岁的一吟哭着逃进门来。大家问她:"阿哥呢?"她不知道,但说学校近旁落了一个炸弹,响得很,学校里的人都逃光,阿哥也不知去向。她独自逃回来,将近后门,离身不远之处,又是一个炸弹,一阵机关枪。她在路旁的屋宇下躲了一下,幸未中弹。等到飞机过了,才哭着逃回家来。这时候飞机声远了些,紧张渐渐过去,我看见自己跟一群人站在扶梯底下,头上共戴一条丝绵被(不知是何时何人拿来的),好似元宵节迎龙灯模样,觉得好笑;又觉得这不过骗骗自己而已,不是安全的办法。定神一想,知道刚才的大震响,是落在后门外的炸弹所发。一吟在路上遇见的也就是这个炸弹,推想这炸弹大约是以我家为目标而投的。因为在这环境中,我们的房子最高大,最瞩目,犹如鹤立鸡群,刽子手意欲毁坏它。可惜手段欠高明。但飞机还没离去,大有再来的可能,非预防不可。于是有人提议,钻进桌子底下,而把丝绵被覆在桌上。立刻实行。我在三十余年前的幼童时代,曾经作此游戏,以后永没有钻过桌底。现在年已过半,却效儿戏;又看见七十岁的老太太也效儿戏,这情状实在可笑。且男女老幼共钻桌底,大类穴居野外的禽兽生活,这行为又实在可耻。这可说是二十世纪物质文明时代特有的盛况!

我们在桌子底下坐了约一小时,飞机声始息。时钟已指四时,在学的孩子元草,这时候方始回来。他跟了人逃出学校,奔向野外,幸未被难。邻居友朋都来慰问,我也出去调查损失。才知道这两小时内共投炸弹大小十余枚,机关枪无算。东市炸毁一屋,全家四人压死在内,医生魏达三躲在晒着的稻穗下面,被弹片削去右臂,立即殒命。我家后门外五六丈之外,有五人躺在地上,有的已死,脑浆迸出。有的还在喊"扶我起来(但我不忍去看,听人说如此)!"。其余各处都有死伤。后来始知当场炸死三十余人,伤无算。数日内陆续死去又三十余人。犹记那天我调查了回家的时候,途中被一个邻妇拉住。她告诉我,她的丈夫和儿子都被难。"小的不中用了,大的还可救。请你进去看。"她说时,脸孔苍白,语调异常,分明神经已是错乱了;我不懂医法又不忍看这惨状,终于没有进去看,也没有给她任何帮助。只是劝她赶快请医生,就匆匆回家。两年以来,我每念此事,总觉得异常抱歉。悔不当时代她去请医生,或送她药费。她丈夫是做小贩的,家里未必藏有医药费,以待炸弹的来杀伤。我虽受了惊吓,未被伤害,终是不幸中之幸者。

我的妹夫蒋茂春家在三四里外的村子——南沈浜——里。听见炸弹声,立刻同他的弟弟继春摇一只船来,邀我们迁乡。我们收拾衣服,于傍晚的细雨中匆匆辞别缘缘堂,登舟入乡。沿河但见家家闭户,处处锁门。石门湾顿成死市。河中船行如织,都是迁乡去的。我们此行,大家以为是暂避。将来总有一日,回缘缘堂的。谁知其中只有四人再来取物一两次，其余的人都在这潇潇暮雨之中与堂永诀，而开始流离的生活了。

舟抵南沈浜，天已黑，雨未止，雪雪（我妹）擎了一盏洋油灯，一双小脚踏着湿地，到河岸上来迎接。我们十个人——岳老太太（此时适在我家做客，不料从此加入流亡团体，一直同到广西）、满哥（我姐）、我们夫妇，以及陈宝、林先、宁馨、华瞻、元草、一吟——闯入她家，这一回寒暄，真是有声有色。吾母生雪雪后患大病，不能抚育；雪雪从小归蒋家。虽是至戚，近在咫尺，我自雪雪结婚时来此"吊烟囱"（吾乡俗称阿舅望三朝为吊烟囱）之后，一直没有再访。一则为了茂春和雪雪常来吾家，二则为了我历年糊口四方，归家就懒于走动。这一天穷无所归，而夤夜投奔，我初见雪雪时脸上着实有些忸怩。这农家一门忠厚，一味殷勤招待，实使我更增愧感！后门外有新建楼屋两楹，乃其族人蒋金康家业。金康自有老屋，此新屋一向空着，仅为农忙时堆积谷物之用。这时候楼上全空，我们就与之暂租，当夜迁入。雪雪就像"嫁比邻"一样，大家喜不自胜。流亡之后，虽离故居，但有许多平时不易叙首的朋友亲戚得以相聚，不可谓非"因祸得福"。当夜我们在楼上席地而卧，日间的浩劫的回忆，化成了噩梦而扰每个人的睡眠。

次日大雨。僮仆昨天已经纷纷逃回家去，今后在此生活都得自理。诸儿习劳，自此开始。又次日，天晴，上午即见飞机两架自东来，至石门湾市空，又盘旋投弹。我们离市五里之遥，历历望见，为之胆战。幸市中已空，没有人再做它们的牺牲者，此后它们遂不再来。我家自迁乡后，虽在一方面对于后事忧心忡忡；但在他方面另有一副心目来享受乡村生活的风味，饱尝田野之趣，而在儿童尤甚。他们都生长在城市中，大部分的生活在上海、杭州度过。菽麦不辨，五谷不分。现在正值农人收稻、采茶菊的时候，他们跟了茂春姑夫到田中去，获得不少宝贵的经验，离村半里，有萧王庙。庙后有大银杏树，高不可仰。我十一二岁时来此村蒋五伯（茂春同族）家作客，常在这树下游戏。匆匆三十年，树犹如昔，而人事已数历沧桑，不可复识。我偃卧大树下，仰望苍天，缅怀今古，又觉得战争、逃难等事，藐小无谓，不足介意了。

　　访蒋五伯旧居，室庐尚在，圮坏不堪。其同族超三伯居之。超三伯亦无家族，孑然一身，以乞食为业。邮信不通，我久不看报，遂托超三伯走练市镇（离村十五里），向周氏姐丈家借报，每日给工资大洋五角。每次得报，先看嘉兴有否失守。我实在懒得去乡国，故抱定主意：嘉兴失守，方才出走；嘉兴不失，决计不走。报载我有重兵驻嘉兴，金城汤池，万无一虑。我很欢喜，每天把重要消息抄出来，贴在门口，以代壁报。镇上的人尽行迁乡，疏散在附近各村中。闻得我这里有壁报，许多人来看。不久我的逃难所传遍各村，亲故都来探望。幼时业师沈蕙荪先生年老且病，逃避在离我一里许的村中，派他的儿子来探询我的行止。我也亲去叩访，慰藉。染坊店被炸弹解散，店员各自分飞，这时都来探望老板。这是百年老店，这些人都是数十年老友。十年以来，我开这店全为维持店员五人的生活，非为自己图利，但亦惠而不费。因此这店在同业中有"家养店"之名。我极愿养这店，因为我小时是靠这店养活的。然而现在无法维持了。我把店里的余金分发各人，以备不虞之需。若得重见天日，我一定依旧维持。我的族叔云滨，正直清廉，而长年坎坷，办小学维持八口之家。炸弹解散他的小学。这一天来访，皇皇如丧家之狗。我爱莫能助。七十余岁的老姑母也从崇德城中逃来。她最初客八字桥王蔚奎（我的姐丈）家，后来也到南沈浜来依我们。姑母适崇德徐氏，家富，夫子俱亡，朱门深院，内有寡媳孤孙。今此七十者于患难中孑然来归，我对她的同情实深于任何穷人！超三伯赴练市周氏姐丈家取报纸，带回镜涵的信。她说倘然逃难，要通知她，她要跟我们同走。我的二姐，就是她的母亲，适练市周氏。家中富有产业及骂声。二姐幸患耳聋，未尽听见，即已早死。镜涵有才，为小学校长；适张氏一年而寡。孑然一身，寄居父家。明知我这娘舅家累繁重，而患难中必欲相依，其环境可想而知。凡此种种，皆有强大的力系缠我心，使我非万不得已不去其乡。

村居旬日，嘉兴仍不失守。然而军队已开到了，他们在村的前面掘壕布防。一位连长名张四维的，益阳人，常来我的楼下坐谈。有一次他告诉我说："为求最后胜利，贵处说不定要放弃。"我心中忐忑。晚快，就同陈宝和店员章桂三人走到缘缘堂去取物。先几天吾妻已来取衣一次。这一晚我是来取书。黑夜，像做贼一样，架梯子爬进墙去，揭开堂窗，一只饿狗躺在沙发上，被我们电筒一照，站了起来，给我们一吓。上楼，一只饿猫从不知哪里转出来，依着陈宝的脚边哀鸣。我们向菜橱里找些食物喂了它。室中一切如旧，环境同死一样静。我们向各书架检书，把心爱的、版本较佳的、新买而尚未读过的书，收拾了两网篮，交章桂明晨设法运乡。别的东西我都不拿，一则拿不胜拿；二则我心中，不知根据什么理由，始终确信缘缘堂不致被毁，我们总有一天回来的。捡好书已是夜深，我们三人出门巡行石门湾全市，好似有意向它告别。全市黑暗，寂静，不见人影，但闻处处有狗作不平之鸣。它们世世代代在这繁荣的市镇中为人看家，受人给养，从未挨饿，今忽丧家失主，无所依归，是谁之咎？忽然一家店楼上发出一阵肺病者的咳嗽声，全市为之反响，凄惨逼人。我悄然而悲，肃然而恐，返家就寝。破晓起身，步行返乡。出门时我回首一望，看见百多块窗玻璃在黎明中发出幽光。这是我与缘缘堂最后的一面。

邮局迁在我的邻近，这时又要迁新市了。最后送来一封信，是马一浮先生从桐庐寄来的。上言先生已由杭迁桐庐，住迎薰坊十三号。下询石门湾近况如何，可否安居，并附近作诗一首。诗是油印的，笔致犹劲，疑是马先生亲自执钢笔在蜡纸上写的。不然，必是其门人张立民君所书。因为张的笔迹酷似其师。无论如何，此油印品异常可爱。自有油印以来，未有美于此者也。我把油印藏在身

边,而把诗铭在心中,至今还能背诵:

礼闻处灾变,大者亡邑国。奈何弃坟墓,在士亦可式。妖寇今见侵,天地为改色。遂令陶唐人,坐饱虎狼食。伊谁生厉阶,讵独异含识?竭彼衣养资,殉此机械力,铿翟竟何神,蒙羿递相贼。生存岂无道,奚乃矜战克?嗟哉一切智,不救天下惑。飞鸢蔽空下,遇者亡其魄。全城为之摧,万物就磔轹。海陆尚有际,不仁于此极。余生恋松楸,未敢怨逼迫。蒸黎信何辜,胡为罹锋镝?吉凶同民患,安得殊欣慼?衡门不复完,书史随荡析。落落平生交,遁处各岩穴。我行自兹迈,回首增怆恻。临江多悲风,水石相荡激。逝从大泽钓,忍数犬戎陌?登高望九州,几地犹禹域?儒冠甘世弃,左衽伤耄及。甲兵甚终偃,腥膻如可涤。遗诗谢故人,尚相三代直。(将避兵桐庐,留别杭州诸友。)

这信和诗,有一种伟大的力,把我的心渐渐地从故乡拉开了。然而动身的机缘未到,因循了数日。十一月二十日下午,机缘终于到了:族弟平玉带了他的表亲周丙潮来,问我行止如何。周向我表示,他家有船可以载我。他和一妻一子已有经济准备,也想跟我同走。丙潮住在离此九里外,吴兴县属的悦鸿村。我同他虽是亲戚,一向没有见面过。但见其人年约二十岁,眉目清秀,动止端雅。交谈之后,始知其家素封,其性酷爱书画,早是我的私淑者。只因往日我常在外，他亦难得来石门湾，未曾相见。我窃喜机缘的良好，当日商定避难的方针：先走杭州，溯江而上，至于桐庐，投奔马先生，再定行止。于是相约明日下午放船来此，载我家人到他家一宿，次日开船赴杭。丙潮去后，我家始见行色。先把这消息告知关切的诸亲友，征求他们的意见。老姑母不堪跋涉之苦，不愿跟我们走，决定明日仍回八字桥。雪雪有翁姑在堂，亦未便离去。镜涵远在十五里外，当日天晚，未便通知，且待明朝派人去约。章桂自愿相随，我亦喜其干练，决令同行。其实在这风声鹤唳之中，有许多人想同我们一样地走，为环境所阻，力不从心，其苦心常在语言中表露出来。这使我伤心！我恨不能有一只大船，尽载了石门湾及世间一切众生，开到永远太平的地方。

这晚上检点行物，发现走路最重要的东西没有准备：除了几张用不得的公司银行存票外，家里所余的只有数十元现款，奈何奈何！六个孩子说："我们有。"他们把每年生日我所送给的红纸包统统打开，凑得四百余元。其中有数十元硬币，我嫌笨重，给了雪雪。其余钞票共得四百元。不知从哪一年开始，我每逢儿童生日，送他一个红纸包，上写"长命康乐"四个字，内封银数如其岁数。他们得了，照例不拆。不料今日一齐拆开，充作逃难之费！又不料积成了这样可观的一个数目！我真糊涂：家累如此，时局如彼，会不趁早领出些存款以备万一，直待仓皇出走时才计议及此。幸有这笔意外之款，维持了逃难的初步！侥幸之至！平生有轻财之习，这种侥幸势将长养我这习性，永不肯改了。当夜把四百金分藏在各人身边，然后就睡。辗转反侧之间，忽闻北方震响，其声动地而来，使我们的床铺咯咯作声！如是者数次。我心知这是夜战的大炮声。火线已逼近了！但不知从哪里来的。只要明日上午无变，我还可免于披发左衽。这一晚不知如何睡去。

　　次日，十一月二十一日上午，阿康（染坊店的司务）从镇上奔来，用绍兴白仓惶报道："我家门口架机关枪，桥埭下摆大炮了！听说桐乡已经开火了！"我恍然大悟，他们不直接打嘉兴；却从北面迂回，取濮院、桐乡、石门湾，以包围嘉兴。我要看嘉兴失守才走，谁知石门湾失守在先。想派人走练市叫镜涵，事实已不可能；沿途要拉夫，乡下人都不敢去；昨夜的炮声从北方来，练市这一路更无人肯走，即使有人肯去，镜涵已迁居练市乡下，此去不止十五里路，况且还要捱挡，当天不得转回；而我们的出走，已经间不容发，势不能再缓一天，只得管自走了。幸而镜涵最近来信，在乡无恙。但我至今还负疚于心。上午向村人告别。自十一月六日至此，恰好在这村里住了半个月。常与村人往来馈赠，情谊正好。今日告别，后会难知！心甚惆怅。送蒋金康房租四元，强而后受，又将所余家具日用品之类，尽行分送村人。丙潮的船于正午开到。我们胡乱吃了些饭，匆匆下船。茂春、雪雪夫妇送到船埠上。我此时心如刀割！但脸上强自镇定，叮嘱他们"赶快筑防空壕，后会不远"。不能再说下去了。

还我缘缘堂

　　二月九日天阴，居萍乡暇鸭塘萧祠已经二十多天了，这里四面是田，田外是山，人迹少到，静寂如太古。加之二十多天以来，天天阴雨，房间里四壁空虚，行物萧条，与儿相对枯坐，不啻囚徒。次女林先性最爱美，关心衣饰，闲坐时举起破碎的棉衣袖来给我看，说道："爸爸，我的棉袍破得这么样了！我想换一件骆驼绒袍子。可是它在东战场的家里——缘缘堂楼上的朝外橱里——不知什么时候可以去拿得来。我们真苦，每人只有身上的一套衣裳！可恶的日本鬼子！"我被她引起很深的同情，心中一番惆怅，继之以一番愤懑。她昨夜睡在我对面的床上，梦中笑了醒来。我问她有什么欢喜。她说她梦中回缘缘堂，看见堂中一切如旧，小皮箱里的明星照片一张也不少，欢喜之余，不觉笑了醒来，今天晨间我代她作了一首感伤的小诗：

　　　　儿家住近古钱塘，也有朱栏映粉墙。
　　　　三五良宵团聚乐，春秋佳日嬉游忙。

清平未识流离苦，生小偏遭破国殃。

昨夜客窗春梦好，不知身在水萍乡。

平生不曾作过诗，而且近来心中只有愤懑而没有感伤。这首诗是偶被环境逼出来的。我嫌恶此调，但来了也听其自然。

邻家的洪恩要我写对。借了一支破大笔来。拿着笔，我便想起我家里的一抽斗湖笔，和写对专用的桌子。写好对，我本能伸手向后面的茶几上去取大印子，岂知后面并无茶几，更无印子，但见萧家祠堂前的许多木主，蒙着灰尘站立在神祠里，我心中又起一阵愤懑。

晚快章桂从萍乡城里拿邮信回来，递给我一张明信片，严肃地说："新房子烧掉了！"我看那明信片是二月四日上海裘梦痕[①]寄发的。信片上有一段说"一月初上海新闻报载石门湾缘缘堂已全部焚毁，不知尊处已得悉否"；下面又说："近来报纸上常有误载，故此消息是否确凿不得而知。"此信传到，全家十人和三个同逃难来的亲戚，齐集在一个房间里聚讼起来，有的可惜橱里的许多衣服，有的可惜堂上新置的桌凳。一个女孩子说：大风琴和打字机最舍不得。一个男孩子说：秋千架和新买的金鸡牌脚踏车最肉痛。我妻独挂念她房中的一箱垫锡器和一箱垫瓷器。她说：早知如此，

[①] 裘梦痕，作者在立达学园执教时的同事。

悔不预先在秋千架旁的空地上掘一个地洞埋藏了，将来还可去发掘。正在惋惜，丙潮从旁劝慰道："信片上写着'是否确凿不得而知'，那么不见得一定烧掉的。"大约他看见我默默不语，猜度我正在伤心，所以这两句照着我说。我听了却在心中苦笑。他的好意我是感谢的。但他的猜度却完全错误了。我离家后一日在途中闻知石门湾失守，早把缘缘堂置之度外，随后陆续听到这地方四得四失，便想象它已变成一片焦土，正怀念着许多亲戚朋友的安危存亡，更无余暇去怜惜自己的房屋了。况且，沿途看报某处阵亡数千人，某处被敌虐杀数百人，像我们全家逃出战区，比较起他们来已是万幸，身外之物又何足惜！我虽老弱，但只要不转乎沟壑，还可凭五寸不烂之笔来对抗暴敌，我的前途尚有希望，我决不为房屋被焚而伤心，不但如此，房屋被焚了，在我反觉轻快，此犹破釜沉舟，断绝后路，才能一心向前，勇猛精进。丙潮以空言相慰，我感谢之余，略觉嫌恶。

然而黄昏酒醒，灯孤人静，我躺在床上时，也不免想起石门湾的缘缘堂来。此堂成于中华民国二十二年（1933年），距今尚未满六岁。形式朴素，不事雕琢而高大轩敞。正南向三开间，中央铺方大砖，供养弘一法师所书《大智度论・十喻赞》，西室铺地板为书房，陈列书籍数千卷。东室为饮食间，内通平屋三间为厨房、贮藏室及工友的居室。前楼正寝为我与两儿女的卧室，亦有书数千卷。西间为佛堂，四壁皆经书。东间及后楼皆家人卧室。五年以来，我已同这房屋十分稔熟。现在只要一闭眼睛，便又历历地看见各个房间中的陈设，连某书架中第几层第几本是什么书都看得见，连某抽斗（儿女们曾统计过，我家共有一百二十五只抽斗）中藏着什么东西都记得清楚。现在这所房屋已经付之一炬，从此与我永诀了！

　　我曾和我的父亲永诀，曾和我的母亲永诀，也曾和我的姐弟及亲戚朋友们永诀，如今和房子永诀，实在值不得感伤悲哀。故当晚我躺在床里所想的不是和房子永诀的悲哀，却是毁屋的火的来源。吾乡于中华民国二十六年（1937年）十一月六日，吃敌人炸弹十二枚，当场死三十二人，毁房屋数间。我家幸未死人，我屋幸未被毁。后于十一月二十三日失守，失而复得，得而复失，失而复得，得而复失……以至四进四出，那么焚毁我屋的火的来源不定；是暴敌侵略的炮火呢，还是我军抗战的炮火呢？现在我不得而知，但也不外乎这两个来源。

　　于是我的思想达到了一个结论：缘缘堂已被毁了。倘是我军抗战的炮火所毁，我很甘心！堂倘有知，一定也很甘心，料想它被毁时必然毫无恐怖之色和凄惨之声，应是蓦地参天，蓦地成空，让我神圣的抗战军安然通过，向前反攻的。倘是暴敌侵略的炮火所毁，那我很不甘心，堂倘有知，一定更不甘心。料想它被焚时，一定发出暗呜叱咤之声："我这里是圣迹所在，麟凤所居。尔等狗彘豺狼胆敢肆行焚毁！亵渎之罪，不容于诛！应着尔等赶速重建，还我旧观，再来伏法！"

  无论是我军抗战的炮火所毁，或是暴敌侵略的炮火所毁，在最后胜利之日，我定要日本还我缘缘堂来！东战场，西战场，北战场，无数同胞因暴敌侵略所受的损失，大家先估计一下，将来我们一起同他算账！

贰

我们所见的世界,
处处美丽

生机

去年除夕夜买的一球水仙花,养了两个多月,直到今天方才开花。

今春天气酷寒,别的花木萌芽都迟,我的水仙尤迟。因为它到我家来,遭了好几次灾难,生机被阻抑了。

第一次遭的是旱灾,其情形是这样:它于去年除夕到我家,当时因为我的别寓里没有水仙花盆,我特为跑到瓷器店去买一只纯白的瓷盘来供养它。这瓷盘很大,很重,原来不是水仙花盆。据瓷器店里的老头子说,它是光绪年间的东西,是官场中请客时用以盛某种特别肴馔的家伙。只因后来没有人用得着它,至今没有卖脱。我觉得普通所谓水仙花盆,长方形的、扇形的,在过去的中国画里都已看厌了,而且形式都不及这家伙好看,就假定这家伙是为我特制的水仙花盆,买了它来,给我的水仙花配合,形状色彩都很调和。看它们在寒窗下绿白相映,素艳可喜,谁相信这是官场中盛酒肉的东西?可是它们结合不到一个月,就要别离。为的是我要到石门湾去过阴历年,预期在缘缘堂住一个多月,希望把这水仙花带回去,看它开花才好。如何带法?颇费踌躇。叫工人阿毛拿了这盆水仙花乘火车,恐怕有人说阿毛提倡风雅;把它装进皮箱里,又不可能。于是阿毛提议:"盘儿不要它,水仙花拔起来装在饼干箱里,携了上车,到家不过三四个钟头,不会旱杀的。"我通过了。水仙就与盘暂别,坐在饼干箱里旅行。回到家里,大家纷忙得很,我也忘记了水仙花。三天之后,阿毛突然说起,我猛然觉悟,找寻它的下落,原来被人当作饼干,搁在石灰甏上。连忙取出一看,绿叶憔悴,根须焦黄。阿毛说"勿碍",立刻把它供养在家里旧有的水仙花盆中,又放些白糖在水里。幸而果然勿碍,过了几天它又欣欣向荣了。是为第一次遭的旱灾。

　　第二次遭的是水灾,其情形是这样:家里的水仙花盆中,原有许多色泽很美丽的雨花台石子。有一天早晨,被孩子们发现了,水仙花就遭殃:他们说石子里统是灰尘,埋怨阿毛不先将石子洗净,就代替他做这番工作。他们把水仙花拔起,暂时养在脸盆里,把石子倒在另一脸盆里,掇到墙角的太阳光中,给它们一一洗刷。雨花台石子浸着水,映着太阳光,光泽、色彩、花纹,都很美丽。有几颗可以使人想象起"通灵宝玉"来。看的人越聚越多,孩子们尤多,女孩子最热心。她们把石子照形状分类,照色彩分类,照花纹分类;然后品评其好坏,给每块石子打起分数来;最后又利用其形色,用许多石子拼起图案来。图案拼好,她们自去吃年糕了!年糕吃好,她们又去踢毽子了;毽子踢好,她们又去散步了。直到晚上，阿毛在墙角发现了石子的图案，叫道："咦，水仙花哪里去了？"东寻西找，发现它横卧在花台边上的脸盆中，浑身浸在水里。自晨至晚，浸了十来个小时，绿叶已浸得发肿，发黑了！阿毛说"勿碍"，再叫小石子给它扶持，坐在水仙花盆中。是为第二次遭的水灾。

第三次遭的是冻灾，其情形是这样的：水仙花在缘缘堂里住了一个多月。其间春寒太甚，患难迭起。其生机被这些天灾人祸所阻抑，始终不能开花。直到我要离开缘缘堂的前一天，它还是含苞未放。我此去预定暮春回来，不见它开花又不甘心，以问阿毛。阿毛说："用绳子穿好，提了去！这回不致忘记了。"我赞成。于是水仙花倒悬在阿毛的手里旅行了。它到了我的寓中，仍旧坐在原配的盆里。雨水过了，不开花。惊蛰过了，又不开花。阿毛说："不晒太阳的缘故。"就掇到阳台上，请它晒太阳。今年春寒殊甚，阳台上虽有太阳光，同时也有料峭的东风，使人立脚不住。所以人都团居在室内，从不走到阳台上去看水仙花。房间内少了一盆水仙花也没有人查问。直到次日清晨，阿毛叫了："啊哟！昨晚水仙花没有拿进来，冻杀了！"一看，盆内的水连底冻，敲也敲不开；水仙花里面的水分也冻，其鳞茎冻得像一块白石头，其叶子冻得像许多翡翠条。赶快拿进来，放在火炉边。久而久之，盆里的水融了，花里的水也融了；但是叶子很软，一条一条弯下来，叶尖儿垂在水面。

阿毛说"乌者①",我觉得的确有些儿"乌",但是看它的花蕊还是笔挺地立着,想来生机没有完全丧尽,还有希望。以问阿毛,阿毛摇头,随后说:"索性拿到灶间里去,暖些,我也可以常常顾到。"我赞成。垂死的水仙花就被从房中移到灶间。是为第三次遭的冻灾。

谁说水仙花清高?它也像普通人一样,需要烟火气的。自从移入灶间之后,叶子渐渐抬起头来,花苞渐渐展开。今天花儿开得很好了!阿毛送它回来,我见了心中大快。此大快非仅为水仙花。人间的事,只要生机不灭,即使重遭天灾人祸,暂被阻抑,终有抬头的日子。个人的事如此,家庭的事如此,国家、民族的事也如此。

---

① 乌者,即糟了。

物 语

　　晴爽的五月的清晨，缘缘堂主人早起，以杨柳枝漱口，饮清水一大杯，燃土耳其卷烟一支，走近堂楼窗际，凭栏闲眺庭中的景物，作如是想：

　　"葡萄也贪肥。用了半张豆饼，这几天就青青满棚。且有许多藤蔓长出棚外，颤袅空中，在那里要求延长棚架了。那嫩叶和卷须中间，已有无数绿色的小珠，这些将来都是结葡萄的。预想今年新秋，棚下果实累累，色如琥珀，大如鸟卵，味甘可口，专供我随意摘食。半张豆饼的饲养，换得它这许多的报效，这植物真可谓有益于人生而尽忠于主人的了。去年夏秋，主人客居他方，听说它生得很少而小而无味。今年主人将在此过夏秋，它颇能体贴人意，特地多抽条枝，将以博主人之欢。你看：那嫩叶儿在朝阳中向我微笑，那藤蔓儿在晨风中向我点头，仿佛在说：'我们都是为你生的呀！'

　　"南瓜秧也真会长！不多天之前撒下几颗南瓜子，现在变成了一座小林。那些茎儿肥胖得像许多青虫。那子叶长大得像两个浮萍。有些子叶上面还顶着一张带泥的南瓜子壳,仿佛在对我证明:'诺!我确是从你所撒下的那颗瓜子里长出来的呀!'我预备这几天就给它分秧。掘几枝种在平屋后面的小天井里,让它们长大来爬到平屋上。再掘几枝种在灶间后面的阴沟旁,让它们长大来爬在灶间上。南瓜的确是一种最可爱的作物。你想,一粒瓜子放在墙下的泥里,自会迅速地长出蔓来,沿着竹竿爬到人家的屋上。不到半年,居然会变出十七八个果实来,高高地横卧在屋顶,专让屋主随时取食,教外人无法偷取。这不是最尽忠于主人的作物么?况且果实又肥又大,半个南瓜可烧一锅,滋味又甜又香,又可点饥,又易消化。这不是最有益于人生的植物吗?它那青虫似的苗秧,含蓄着无限的生产力,怀抱着无限为人服务的忠诚。古人咏小松曰:'时人不识凌云木,直待凌云始道高。'这两句正可拜借来赞咏我眼前的南瓜秧。看哪,许多南瓜秧在微风中摇摆着。它们大约知道我正在赞赏它们,故而装出这得意的样子来酬答我,仿佛在对我说:'我的出身虽然这么微贱,但是我有着凌云之志,将来定要飞黄腾达,以报答你的养育之恩!'

"鸽子们一齐在棚里吃早食了。雌的已会生蛋。它们对主人真亲善:每逢一只雌鸽子生了两个蛋,倘这里的小主人取食一个,它能补生一个。倘再取食一个,它能再补生一个,决不吝色,永不表示反抗。现在我要阻止这里的小主人取食鸽蛋,让它们多孵小鸽子。将来小鸽子多了,我定要把棚扩大且加以改良,让它们住得舒服。因为它们对我的服务实在太忠诚了：我每逢出门，带几只在身边，到了远方，要使这里的主母知道我的行踪和起居，可写一封信缚在鸽子的脚上，叫它飞送。一霎儿它就带了信回家，报告主母，比航空邮便还快，比挂号信还妥当。不但省了我许多邮票，又给我许多便利，外加添了我家庭中的许多趣味。这是何等有智慧而通人意的一种小动物！我誓不杀食你们的肉，我誓愿养杀你们[①]。啊，它们仰起头来望我了！啊，它们'咕，咕'地对我叫了。这明明是对我表示亲爱，仿佛在说：Good morning！Good morning！（早安！早安！）

"黑猫把头钻在门槛底下做什么？不错！它是在那里为我驱逐老鼠。门槛底下的洞正是老鼠出没的地方。前天我亲眼看见两只大老鼠被它追赶，仓皇地逃进这洞里去。以前我家老鼠多而且凶。白昼常常横行，晚上更闹得人不能睡眠。抽斗都变成了老鼠的便所，人所吃的都是老鼠的残食。原稿纸在桌上放过一夜，添上了老鼠的小便痕。孩子们把几粒花生米在衣袋里放过一夜，明天连衣襟都被咬破。自从这只黑猫来到我家以后，老鼠忽然肃清，家人方得安眠。真是除暴安良，驱邪降福。它的服务多么忠诚勤恳：晚间通夜不睡，放大了两个瞳孔，在满间屋子里巡查侦缉。白天偶尔歇息，也异常警惕。听见墙角'吱吱'一声，就猛然惊醒，勇往直前，爪

[①] 养杀你们，即供养你们一辈子，直到老死。

牙交加,务须驱之屋外,或置之死地而后已。即使在吃饱的时候,看见了老鼠也绝不放过,宁可不吃,不可不杀。总之,它的捕鼠非为一己口腹之欲,全为我家除害。故终日终夜惶惶然,唯恐老鼠伤害了我家的一草一木。它仰起头,竖起尾巴,向我'咪呜,咪呜'地叫了。这神气多么威武,这声音又多么柔媚!好似一员小将杀退了毛贼,归来向国王献捷的模样。"

缘缘堂主人作如是想毕,满心欢喜,得意扬扬,深深地吸入一口土耳其卷烟,喷出烟气与屋檐齐高。然后暂闭两目,意欲在晨曦中静养其平旦之气。忽闻庭中哧哧作笑,呜呜作声,似有人为不平之鸣者。倾耳而听,最先说话的是葡萄:

"哈,哈,这老头子发痴!他以为我是为他生的。人类真是何等傲慢而丑恶的动物!我受天之命而降生,借自然之力而成长,何干于你?我在这里享乐我自己的生命,繁殖我自己的种子,何尝为你而生?你在我的根上放下半张豆饼,为我造棚,自以为对我有培养之恩吗?我实在不愿受这种恩,这非但对我自己的生活毫无益处,实在伤害了我!你知道吗:我本来生在山野,泥土是适我胃口的食粮,雨露是使我健康的饮料,岩壁丘壑是我的本宅,那时我的藤蔓还要粗,我的种子还要多,我的攀缘力与繁殖力比现在强得多。自从被你们人类取来豢养之后,硬要我吃过量的食料,硬把我拘束在机械的棚上,还要时时弯曲我的藤蔓,教我削足适履;裁剪我的枝叶,使我畸形发展。于是我的藤蔓变成如此细弱,我的种子变得如此臃肿。我的全身被你们造成了残废的模样。你称赞我的种子色如琥珀,大如鸟卵。其实这在我是生赘疣,生鼓胀,生小肠气病,都是你害我的!你反道这是我对你的恩惠的报效,反道我尽忠于你,真是荒天下之大唐!尤可笑者,去年我生得少,你以为是你不在家的缘故;今年我生得多,你以为是博你的欢。我又不是你的情人,为你离家而憔悴;又不是你的奴隶,在你面前献媚!告诉你吧:我因生理的关系,要隔年繁荣一次。你偶然凑巧,就以为我逢迎你,真真见鬼!人类往往作这种狂妄的态度:回家偶逢花儿未落就说它'留待主人归';送别偶逢鸟儿闲啼,就以为'恨别鸟惊心';出门偶逢天晴,自以为'天佑',岂不可笑?我们与你同是天之生物,平等地站在这世间,各自谋生,各自繁殖,我们岂是为你们而存在?你以为我在微笑,在点头。其实我在悲叹,在摇头。为了你强迫我吃了半张豆饼,剪去了我许多枝叶,眼见得今秋的果实又要弄得臃肿不堪,给你们吞食殆尽,不留一粒种子。昨天隔壁三娘娘家的母猪偶然到这里来玩,我曾经同她互相悲叹愤慨。我和她同样也受你们的'非生物道'的虐待,大家变得臃肿残废而膏你们的口腹。人类真是何等野蛮的东西!自己也是生物,却全不顾'生物道',一味自私自利,有我无人。还要一厢情愿,得意扬扬。天下的傲慢与丑恶,无过于人类了!"下面继续起来的谩骂之声,是那短小精悍的南瓜秧所发的:

"人类不但傲慢而丑恶,简直是热昏①!不要脸!他们自恃力强,公然侵略一切弱小生物。'弱肉强食'在这世间已成了一般公理;倘然侵略者的态度坦白,自认不讳,倒还有一点可佩服;可是他们都鬼头鬼脑,花言巧语,自命为'万物灵长',以为其他一切生物皆为人而生,真是十八刀钻不出血的老皮面!葡萄伯伯的抗议,我不但完全同情,且觉得措辞太客气了。人这种野蛮东西,对他们用什么客气?你不知道我吃了他们多少苦头,才挣得这条小性命呢。我的母亲是一个体格强壮而身材苗条的健全的生物,被他们残忍地腰斩了,切成千块万块,放在锅子里烧到粉骨碎身。那时我同众兄弟还在娘肚皮里,被他们堕胎似的取出,盛在篮里,放在太阳光里晒。我们为了母亲的被害,已不胜哀悼;自己的小性命是否可保,又很忧虑。果然,晒了一天,有一人对着我们说:'南瓜子可以吃了!'我们惊起一看,其人正是这自命为主人的老头子!他端起我们的篮来,横七竖八地摇了一会儿,对那老妈子说:'拿去炒一炒!'这死刑的宣告使我们众兄弟同声号哭,然而他们如同不闻,管自开锅发灶,准备我们的刑场。幸而有一个小姑娘,她大概年纪还小,天良还没有丧尽,走过来对老妈子说:'不要全炒,总要给它们留些种子的!'我们有了免于灭族的希望,觉得死也甘心。大家秉公持正,仓皇地推选,想派几个体格最健全的兄弟留着

---

①热昏,意即昏了头。

传种，以绍承我母的血统。谁知那小姑娘不管我们本人的意见，随手抓了一把，对那老妈子说：'这一点拿去种，余多的你炒吧！'我幸而被抓在她的手里，又不幸而不是最健全的一个。然而有此虎口余生，总算不幸中之大幸。现在这父母之遗体靠了土地的养育和雨露的滋润，居然脱壳而出，蒸蒸日上，也可以聊尽子责而告慰泉壤了。但看这老头子的态度，我又起了无限的恐惧。我还道他家的小姑娘天良没有丧尽，慈悲地顾念我母的血食；原来不然，他们都全为自己，想等我大起来，再吃我的子孙！他贪恋我们的果实又肥又大，滋味又甜又香，何等可恶的老馋！他以为我们忠于主人，有益于人生；怀抱着为人服务的忠诚，何等荒唐地胡说！我们自有天赋的生产力和天赋的凌云之志，但岂是为你们而生，又岂是你们所能养成？可惜我的根不能移动，若得像那鸽子，我早已飞出这可诅咒的牢狱和刑场，向大自然的怀里去过我独立自主的生活了！"南瓜秧说到这里，鸽子就接上去说：

"你的话大都是我所同情的。不过听到你最后的话，似有讥讽我能飞不飞，甘心为奴的意思，这使我不得不辩解了。古语云：'一家不晓得一家事'，难怪你怀疑于我。现在我把我们的生活情形告诉你吧：人对我的待遇，除了偷蛋可恶以外，其余的我都只觉得可笑。以为我对人亲善，服务忠诚，全是盲子摸象！我们的祖先本来聚居在山野中，无拘无束，多么自由的生活！后来不知怎样，被人捕到城市，豢养在囚笼里。我们有一种独特而力强的遗传性，就是不忘我们的诞生地。人类有一句话,叫作'狐死正丘首',又有俗语说:'树高千丈,叶落归根',他们也认为这是一种美德。我们因有这种遗传性的缘故,诞生在城市中的虽然飞翔力并不退化,却无意飞回山野。人类就利用我们这习性,为我们在庭院里筑窠巢,从单方面擅定我们是他们所豢养的,还要单恋似的说我们对人亲善,岂不可笑!我们为有上述的遗传性,大家善于记忆。即使飞到了数千百里之外,仍能飞回原处,绝对不要找警察问路。因此人类又来利用我们,把信札缚在我们的脚上,托我们带回。纸儿并不重,我们也就行个方便。但这是'乘便',不是专差,人类却自以为我们是他们的专差,称我们为'传书鸽',还要谬赞我们服务忠诚,岂不更可笑吗?尤可笑的,我们有几个住在军队中的兄弟,不幸在战场上中了流弹,短命而死,军人居然为它们建筑坟墓,天皇还要补送它们勋章,教它们受祭奠。哈哈,我们只为了恪守祖先的遗志,不忘自己的根本,故而不辞冒险,在战场上来往;谁肯为这种横暴的侵略者做走狗呢?老实说,若不为了他们那种优良的食物的供养,我们也不肯中他们的计。只是那种食物太味美了,我们倒有些儿舍不得。横竖我们有的是翅膀,飞过战场也没有什么可怕,也乐得多吃些美食,在那里看看人类自相残杀的恶剧吧。这里的主人每逢托我带信回家,主母来接取我脚上的纸儿时,也必拿许多优良的食物供奉我。我为贪食这些,每次总是赶快回来。他们却误解了,以为我服务忠诚,真是冤哉枉也!也许他们都知道,为欲装'万物灵长'的场面，故意假痴假呆，说我们忠诚。那更是可笑而可耻了！刚才我在这里向朝阳请早安，那老头儿却自以为我在对他说'Good morning'。这便是可笑可耻的一端。"黑猫也昂起头来说话了：

"鸽子哥儿的话好像是代替我说的！我的境遇完全和你一样，我的猫生观也和你相同。那老头儿以为我在这里为他驱鼠，谬赞我服务忠诚，并且瞎说我的捕鼠不为口腹，全为他家除害，唯恐老鼠伤害了他家的一草一木，在我也常觉得荒唐可笑。把我的平生约略地告诉你吧：我本来住在这里的邻近人家的。因为那人家自己没饭吃，更没有钱买鱼来供养我；他们的房子又异常狭小，所有的老鼠很少；即使有几只，也因为那屋破得可以，瓦上、壁上、窗户上，处处有不大不小的隙缝，老鼠可以自由逃窜，而我猫却钻不进去。我往往守候了好几天，没有一只老鼠可得，因此我只得告辞，彷徨歧途。偶然到这屋檐上窥探，看见房子还高大，布置还像样。我正想混进来找些食物，这里小姑娘已在檐下模仿我的叫声而招呼我了。不久那老妈子拿了一只碗来到檐下，对着我'叮叮叮叮'地敲起来。我连忙跳下来就食：碗里的东西真美味，全是我所最欢喜的鱼类！我预备常住在这里。但闻那老妈子说：'这猫不知是从哪里来的。这般瘦，看来是没有人家养的。我们养了吧，老鼠太多，教它赶老鼠。'那小姑娘说：'这只猫样子也好看！我们养了它！不要忘记喂食！'我听了这话，就决心常住在这里了。他们的供养的确很好。外加前后许多屋子，都有无数的老鼠，任我随时捕食。现在老鼠虽已减少，且都警戒，只要用点工夫或耐心装个假睡，也总可捞得一个。我们也有一种独特的遗传性，就是喜欢吃老鼠。老鼠比鱼更好吃。所以我虽在刚刚吃饱鱼饭的时候，见了老鼠仍是感到一种说不出的香味，不由得要捉住它。老实说，这里倘没有了上述的食物，我早已告辞了。那老头儿还说我为他服务忠诚，是上了我的当，不然，便如你所说，他是假痴假呆地夸口，以助'万物灵长'的威风。刚才我因为早晨没有吃过，追老鼠又落个空，仰起头来喊他给我备早饭，他却视我为献媚，献捷，也是人类可笑可耻的一个实例！——照理，正如葡萄先生和南瓜小姐所主张，我们都是受命于天而长育于地的平等的生物，应该各正性命，不相侵犯。但这道理太高，像我兄弟就做不到。但我们自认吃鱼吃老鼠不讳，态度是坦白的。至于像人类这样巧立了'灵长'的名目而侵略万物；还要老着面皮自以为'万物为我而生'，我们是不屑为的！"

缘缘堂主人倾耳而听，不漏一字；初而惊奇，继而惶恐，终于羞惭。想要辩解，一时找不出理由。土耳其卷烟熄，平旦之气消，愀然变容，悄然离窗，隐几而卧。

清 晨

吃过早粥，走出堂前，在阶沿石上立了一会儿。阳光从东墙头上斜斜地射进来，照明了西墙头的一角。这一角傍着一大丛暗绿的芭蕉，显得异常光明。它的反光照耀全庭，使花坛里的千年红、鸡冠花和最后的蔷薇，都带了柔和的黄光。光滑的水门汀受了这反光，好像一片混浊的泥水。我立在阶沿石上，就仿佛立在河岸上了。

一条瘦而憔悴的黄狗，用头抵开了门，走进庭中来。它走到我的面前，立定了，俯下去嗅嗅我的脚，又仰起头来看我的脸。这眼色分明带着一种请求之情。我回身向内，想从余剩的早食中分一碗白米粥给它吃。忽然想起邻近有吃粞粥及糠饭的人，又踌躇地转身向了外。那狗似乎知道我的心事的，越发在我面前低昂盘旋，且嗅且看，又发出一种"呜呜"的声音。这声音仿佛在说："狗也是天之生物！狗也要活！"我正踌躇，李妈出来收早粥，看见了狗便说:"这狗要饿杀快①了!宝官②,来厨房里拿些镬焦给它吃吃吧。"我的问题就被代为解决。不久宝官拿了一小箩镬焦出来,先放一撮在水门汀上。那狗拼命地吃,好像防人来抢似的。她一撮一撮喂它,好像防它停食似的。

我在庭中散步了好久,回到堂前,看见狗正在吃最后的一撮。我站在阶沿石上看它吃。我觉得眼梢头有一件小的东西正在移动。俯身一看,离开狗头一二尺处,有一群蚂蚁,正在扛抬狗所遗落的镬焦。许多蚂蚁围绕在一块镬焦的四周,扛了它向西行,好像一朵会走的黑瓣白心的菊花。它们的后面,有几个空手的蚂蚁跑着,好像是护卫;它们的前面有无数空手的蚂蚁引导着,好像是先锋。这列队约有二丈多长,从狗头旁边直达阶沿石缝的洞口——它们的家里。我蹲在阶沿上,目送这朵会走的菊花。一面呼唤正在浇花的宝官,叫她来共赏。她放下了浇花壶,走来蹲在水门汀上,比我更热心地观赏起来,我叫她留心管着那只狗,防恐它再吃得不够,走过来舔食了这朵菊花。她等狗吃完,把它驱逐出门,就安心地来看蚂蚁的清晨的工作了。

这块镬焦很大,作椭圆形,看来是由三四粒饭合成的。它们扛了一会儿,停下来,好像休息一下,然后扛了再走。扛手也时有

---

①饿杀快,意即快饿死。
②宝官,作者家乡一带对小主人的称呼。

变换。我看见一个蚂蚁从众扛手中脱身而出,径向前去。我怪它卸责,目送它走。看见另一个蚂蚁从对方走来。它们二人在交臂时急急地亲了一个吻,然后各自前去。后者跑到菊花旁边,就挤进去,参加扛抬的工作,好像是前者请来的替工。我又看见一个蚂蚁贴身在一个扛手的背后,好像在咬它。过了一会儿,那被咬者退了出来,自向前跑;那咬者便挤进去代它扛抬了。我看了这些小动物的生活,不禁摇头叹息,心中起了浓烈的感慨。我忘却了一切,埋头于蚂蚁的观察中。我自己仿佛已经化了一个蚂蚁,也在参加这扛抬粮食的工作了。我一望它们的前途,着实地担心起来。为的是离开它们一二尺的前方,有两根晒衣竹竿横卧在水门汀上,阻住它们的去路。先锋的蚂蚁空着手爬过,已觉周折,这笨重的粮食如何扛过这两重畸形的山呢?忽然觉悟了我自己是人,何不用人力去助它们一下呢?我就叫宝官把竹竿拿开。并且嘱咐她轻轻地,不要惊动了蚂蚁。她拿开了第二根时,菊花已经移行到第一根旁边而且已在努力上山了。我便叫她住手,且来观看。这真是畸形的山,山脚凹进,山腰凸出。扛抬粮食上山,非常吃力!后面的扛手站住不动,前面的扛手把后脚爬上山腰,然后死命地把粮食抬起来,使它架空。于是山腰的人死命地拖,地上的人死命地送。结果连物带人拖上山去。我和宝官一直叫着"吭唷,吭唷"帮它们着力;到这时候不期地同喊一声"好啊!"各抽一口大气。

　　下山的时候,又是一番挣扎;但比上山容易得多。前面的扛手先把身体挂了下来，后面的扛手自然被粮食的重量拖下，跌到地上。另有两人扛了一粒小饭粒从后面跟来。刚爬上山，又跌了下去。来了一个帮手，三人抬过山头。前面的菊花形的大群已去得很远了。

　　菊花形的大群走了一大程平地，前面又遇到了障碍。这是一个不可超越的峭壁，而且壁的四周都是水，深可没顶。宝官抱歉地自责起来："唉！我怎么把这把浇花壶放在它们的运粮大道上！不幸而这又是漏的！"继而认真地担忧了，"它们迷了路怎么办呢？"继而狂喜地提议，"赶快把壶拿开，给它们架一爿桥吧。"她正在寻找桥梁的木材，那三个扛抬的一组早已追过大群，先到水边，绕着水走去了。不久大群也到水边，跟了它们绕行，我唤回了宝官，依旧用眼睛帮它们扛抬。我们计算绕水所多走的路程，约有三尺光景！而且海岸线曲折多端，转弯抹角，非常吃力，这点辛劳明明是宝官无心地赠给它们的！我们所惊奇者：蚂蚁似乎个个带着指南针。任凭转几个弯，任凭横走，逆行，它们决不失向。迤逦盘旋了好久，终于绕到了水的对岸。现在离它们的家只有四五尺，而且都是平地了。我的心便从蚂蚁的世界中醒回来。我站起身来，挺一挺腰。我想等它们扛进洞时，再蹲下去看。暂时站在阶沿石上同宝官谈些话。

　　"这也是一种生物，它们也要活。人类的生活实在不及……"我正想说下去，外面走进我们店里的染匠司务来。他提着早餐的饭篮,要送进灶间去。当他通过我们的前面时,他正在和宝官说什么话。我和宝官听他说话,暂时忘记了蚂蚁的事。等到我注意到的时候,他的左脚正落在这大群蚂蚁的上面,好像飞来峰一般。我急忙捉住他的臂,提他的身体,连喊"踏不得!踏不得!",他吓得不知所以,像化石一般,顶着脚尖,一动也不动。我用力搬开他的腿。看见他的脚踵底下,一朵白心黑瓣的菊花无恙地在那里移行。宝官用手拍拍自己的心,说道:"还好还好,险险乎!"染匠司务俯下去看了一看,起来也用手拍拍自己的心,说道:"还好还好,险险乎!"他放下了饭篮,和我们一同观赏了一会儿,赞叹了一会儿。当他提了饭篮走进屋里去的时候,又说一声:"还好还好,险险乎!"

我对宝官说:"这染匠司务不是戒杀者,他欢喜吃肉,而且会杀鸡。但我看他对于这大群蚂蚁的'险险乎',真心地着急;对于它们的'还好还好',真心地庆幸。这是人性中最可贵的'同情'的发现。人要杀蚂蚁,既不犯法,又不费力,更无人来替它们报仇。然而看了它们的求生的天性,奋斗团结的精神,和努力、挣扎的苦心,谁能不起同情之心,而对于眼前的小动物加以爱护呢?我们并不要禁杀蚂蚁,我们并不想繁殖蚂蚁的种族。但是,倘有看了上述的状态,而能无端地故意地歼灭它们的人,其人定是丧心病狂之流,失却了人性的东西。我们所惜的并非蚂蚁的生命,而是人类的同情心。"宝官也举出一个实例来。说她记得幼时有一天,也看见过今日般的状态。大家正在观赏的时候,有某恶童持热水壶来,冲将下去。大家被他吓走,没有人敢回顾。我听了毛发悚然。推想这是水灾而兼炮烙,又好比油锅地狱!推想这孩子倘做了支配者,其杀人亦复如是!古来桀纣之类的暴徒,大约是由这种恶童变成的吧!

扛抬粮食的蚂蚁经过了长途的跋涉,出了染匠司务脚底的险,现在居然达到了家门口。我们又蹲下去看。然而如何搬进家里,我又替它们担起心来。因为它们的门洞开在两块阶沿石缝的上端,离平地约有半尺之高。从水门汀上扛抬到门口,全是断崖峭壁!以前的先锋,现在大部分集中在门口,等候粮食从峭壁上搬运上来。其一部分参加搬运之役。挤不进去的,附在别人后面,好像是在拉别人的身体,间接拉上粮食来。大块而沉重的粮食时时摇动,似欲翻落。我们为它们捏两把汗。将近门口,忽然一个失手,竟带了许多扛抬者,砰然下坠。我们同情之余,几欲伸手代为拾起,甚至欲到灶间里去抓一把饭粒来塞进洞门里。但是我们没有实行。因为教它们依赖,出于姑息;当它们豢物,近于侮辱。蚂蚁知道了,定要拒绝我们。你看,它们重整旗鼓,再告奋勇。不久,居然把这件重大的粮食扛上峭壁,搬进洞门里了。

朝阳已经照到芭蕉树上。时钟打九下。正是我们开始工作的时光了。宝官自去读书,我也带了这些感兴,走进我的书室去。

纳凉闲话

昨夜天热,坐在楼窗口挥扇,听见下面的廊上有人在那里纳凉闲话。更深夜静,字字听得清楚;而且听了不会忘记。现在追记在这里:

甲:"天气真热!晚上,还是九十一度!"

乙:"不会九十一度的!恐怕你的寒暑表用火柴烧过了?"

丙:"前年我们办公室里有一个同事,他真的擦了一根火柴,把寒暑表底下的水银球烧一烧,使水银升到九十度以上,就借此要求局长停止办公。局长果然答允了。后来……"

甲:"其实你们何必要求停止办公。办公,无非闲坐、闲谈、吸烟;停止办公,回家去也不过闲坐、闲谈、吸烟。"

乙:"回家去倒要给妻子打差使,抱小孩,还是在办公室里写意呢。"

丙:"写意也说不到。到底不像在家里的自由自在。况且没事闲坐,就吸香烟,要一支,勠一支,把香烟瘾头弄得蛮大,一个月的香烟费真不小呢。"

甲："我说现在的香烟，支头太长。其实普通人吸烟，吸了半支已够。后半支，大都是浪费的。你看他们丢下来的香烟蒂头，都是长长的。有的吸了三分之二，丢了三分之一。这不是浪费吗？我看，香烟应该改短一半。那么瘾头小的人吸一支已够，一匣可抵两匣之用。瘾头大的人不妨连吸几支。日本的香烟就是这样……"

乙："这话很对！尤其是我们做教师的人，嫌香烟太长。在休息的十分钟里，一支香烟总是吸不了。吸到半支，上课钟已打出，烟瘾也差不多了。丢了这半支，觉得可惜。用茶杯压隐①了，第二次烧着来吸，味道很不好；有时焦头点不着，却烧着了烟支的中部，烧得乌烟瘴气，无法再吸，终于丢了这半支。"

甲："这有一个方法，也是吃教师饭的朋友告诉我的，不妨传授给你：你点着后半支香烟时，不可衔在口里用力抽吸。须得同点香一样，先把焦头烧红，养一养灰，然后再吸。吸时就同一气吸下来的一样，不觉得它是第二次再点的了。这赛过做文章里的承上启下，一气呵成。"

丙："你真是个文人，三句不离本行。怪不得文坛要兴发起来，阿猫阿狗都是著作家了。现在的杂志真多呢！我是连杂志名字都记不得许多，哪有工夫阅读？就是有工夫也没有许多钱来订阅。"

乙："我只订了一份××杂志。每次寄到来，看见包纸上不贴

---

①压隐，意即熄灭。

邮票，这是怎么样的？大概他们是因为寄出的份数多了，向邮局总付的？"

丙："当然啰！份数多了，贴贴邮票和打打邮印的手续多麻烦！乐得大家省了。"

甲："现在的邮票真奇怪：一分邮票总是四分改成的。好好的四分邮票，都加印'暂作一分'四个红字，当作一分用。"

乙："钞票假如也好改，我要去买'暂作十元'四个铅字来，印在我的一元钞票上，把它们当作十元钞票用呢。"

丙："改钞票犯罪的，造假钞不是要杀头的吗？"

乙："唉！讲起杀头，我现在还害怕！前天上午我在马路上走，看见许多兵马簇拥了一个人去杀头。那人坐在黄包车里，手脚都绑牢，口里正在说些什么。你道这样子多可怕！"

甲："我想那拉黄包车的更加难过呢。教我做了黄包车夫，我一定不要做生意，哪怕他给我十块钱。"

乙："也是现成话。当真做了黄包车夫，给你一块钱也拉了。一块钱！拉一天还拉不到呢。"

丙："你不要说，黄包车夫的进账真不小呢。生意好，运气好起来，一天拉两三块钱不稀奇。他们比我们做办事员的好得多呢。"

乙："你也不要同黄包车夫吃醋！他们到底苦，体力消耗得厉害。听说拉车只拉一个少壮时，上了四五十岁就拉不动。而且因过劳而早死的也有。"

甲："富人遭绑匪撕票，不是死得更苦吗？我看，做人，穷富都苦。都要死在钱财手里。古语云：'人为财死，鸟为食亡。'"

丙："鸟为食亡，也不见得。我们局长养了七八只鸟，天天在喂蛋黄米给它们吃呢。我们做人实在不及做这种鸟写意。"

乙："他养的什么鸟？"

丙："竹叶青、黄头子、芙蓉……都是叫得很好听的。我坐在办公室的窗口，正听得着鸟声，听了要打盹。"

甲："听说你们的局长太太是音乐学校毕业的，唱得好歌。你听见过吗？"

丙："什么音乐学校？一个女戏子呀！我只见过一次，十足摩登。"

甲："'摩登'这两个字原来意思很好，到了中国就坏化了。"

乙："无论什么东西，到了中国就坏化。譬如鸦片，原来在外国是一种救人的药，到了中国就变成害人的毒物。吸了废事失业，吞了还可以自杀。"

甲："自杀也不关鸦片事。前天我到药房买'来沙尔'，他们说不卖，要医生证明才肯卖，说道这是防止自杀。真可笑！触电也可以自杀，跳河也可以自杀，何不把电灯一律取消，把河一概填塞？"

丙："来沙尔是干什么用的？"

甲："这是滴在洗脸水、洗浴水里的。气味像臭药水，夏天用了爽快，而且有消毒效果。我是年年用惯的。今年却买不到。"

乙："叫我哥哥给你证明好了。"

甲："那很好。听说你哥哥和嫂嫂已经离婚了，曾在报上登过声明？"

乙："是呀！我的嫂子实在太那个……况且她有狐臭。"

丙："狐臭究竟怎样来的？可以医的吗？"

乙："医不好的！这种病的确讨厌。尤其是在这两月夏天，遇着患这病的人非远而避之不可。"

甲："听说杨贵妃也是患狐臭的。不知唐明皇怎么会宠爱她？"

丙："也许后人传讹。也许她的姿色的确不差，掩过了这缺陷。你看梅兰芳扮的《贵妃醉酒》，多么动人！"

乙："梅兰芳正在俄国出风头呢！俄国人怎么会看得懂中国的旧戏，而那样地称赞他？我想……"

甲打个呵欠，换一种语调说："喂！我们今晚为什么讲到了梅兰芳？"

在这句话之下，三人都笑起来。于是大家跳出了"纳凉闲话"的圈子，来追溯刚才的话头。从"梅兰芳"起，一直追溯到甲开场说的"天气真热！"好似一串链条，连续不断。因此我听了也不会忘记，能给他们记录如上。

杨柳

因为我的画中多杨柳树，就有人说我喜欢柳树；因为有人说我喜欢杨柳树，我似觉自己真与杨柳树有缘。但我也曾问心，为什么喜欢杨柳树？到底与杨柳树有什么缘？其答案了不可得。原来这完全是偶然的：昔年我住在白马湖上，看见人们在湖边种柳，我向他们讨了一小株，种在寓屋的墙角里。因此给这屋取名"小杨柳屋"，因此常取见惯的杨柳为画材，因此就有人说我喜欢杨柳，因此我自己似觉与杨柳有缘。假如当时人们在湖边种荆棘，也许我会给屋取为"小荆棘屋"，而专画荆棘，成为与荆棘有缘，亦未可知。天下事往往如此。

但假如我存心要和杨柳结缘，就不说上面的话，而可以附会种种的理由上去。或者说我爱它的鹅黄嫩绿，或者说我爱它的如醉如舞，或者说我爱它像小蛮的腰，或者说我爱它是陶渊明的宅边所种的，或者还可援引"客舍青青"的诗，"树犹如此"的话，以及"王恭之貌""张绪之神"等种种古典来，作为自己爱柳的理由。即使要找三百个冠冕堂皇、高雅深刻的理由，也是很容易的。天下事又往往如此。

　　也许我曾经对人说过"我爱杨柳"的话。但这话也是随缘。仿佛我偶然买一双黑袜穿在脚上，逢人问我"为什么穿黑袜"时，就对他说"我喜欢穿黑袜"一样。实际，我向来对于花木无所爱好；即有之，亦无所执着。这是因为我生长穷乡，只见桑麻、禾黍、烟片、棉花、小麦、大豆，不曾亲近过万花如绣的园林。只在几本旧书里看见过"紫薇""红杏""芍药""牡丹"等美丽的名称，但难得亲近这等名称的所有者。并非完全没有见过，只因见时它们往往使我失望，不相信这便是曾对紫薇郎的紫薇花，曾使尚书出名的红杏，曾傍美人醉卧的芍药，或者象征富贵的牡丹。我觉得它们也只是植物中的几种，不过少见而名贵些，实在也没有什么特别可爱的地方，似乎不配在诗词中那样地受人称赞，更不配在花木中占据那样高尚的地位。因此我似觉诗词中所赞叹的名花是另外一种，不是我现在所看见的这种植物。我也曾偶游富丽的花园，但终于不曾见过十足地配称"万花如绣"的景象。

　　假如我现在要赞美一种植物，我仍是要赞美杨柳。但这与前缘无关，只是我这几天的所感，一时兴到，随便谈谈，也不会像信仰宗教或崇拜主义地毕生皈依它。为的是昨日天气佳，埋头写作到傍晚，不免走到西湖边的长椅子里去坐了一会儿。看见湖岸的杨柳树上，好像挂着几万串嫩绿的珠子，在温暖的春风中飘来飘去，飘出许多弯度微微的S线来，觉得这一种植物实在美丽可爱，非赞它一下不可。

听人说，这种植物是最贱的。剪一根枝条来插在地上，它也会活起来，后来变成一株大杨柳树。它不需要高贵的肥料或工深的壅培，只要有阳光、泥土和水，便会生活，而且生得非常强健而美丽。牡丹花要吃猪肚肠，葡萄藤要吃肉汤，许多花木要吃豆饼，杨柳树不要吃人家的东西，因此人们说它是"贱"的。大概"贵"是要吃的意思。越要吃得多，越要吃得好，就是越"贵"。吃得很多很好而没有用处，只供观赏的，似乎更贵。例如牡丹比葡萄贵，是为了牡丹吃了猪肚肠只供观赏，而葡萄吃了肉汤有结果的缘故。杨柳不要吃人的东西，且有木材供人用，因此被人看作"贱"的。

我赞杨柳美丽，但其美与牡丹不同，与别的一切花木都不同。杨柳的主要的美点，是其下垂。花木大都是向上发展的，红杏能长到"出墙"，古木能长到"参天"。向上原是好的，但我往往看见枝叶花果蒸蒸日上，似乎忘记了下面的根，觉得其样子可恶！你们是靠它养活的，怎么只管高踞上面，决不理睬它呢？你们的生命建设在它上面，怎么只管贪图自己的光荣，而决不回顾处在泥土中的根本呢？花木大都如此。甚至下面的根已经被砍，而上面的花叶还是欣欣向荣，在那里作最后一刻的威福，真是可恶而又可怜！杨柳没有这般可恶可怜的样子：它不是不会向上生长。它长得很快，而且很高；但是越长得高，越垂得低。千万条陌头细柳，条条不忘记根本，常常俯首顾着下面，时时借了春风之力，向处在泥土中的根本拜舞,或者和它亲吻,好像一群活泼的孩子环绕着他们的慈母而游戏,而时时依傍到慈母的身旁去,或者扑进慈母的怀里去,使人看了觉得非常可爱。杨柳树也有高出墙头的,但我不嫌它高,为了它高而能下,为了它高而不忘本。

  自古以来,诗文常以杨柳为春的一种主要题材。写春景曰"万树垂杨",写春色曰"陌头杨柳",或竟称春天为"柳条春"。我以为这并非仅为杨柳当春抽条的缘故,实因其树有一种特殊的姿态,与和平美丽的春光十分调和的缘故。这种姿态的特殊点,便是"下垂"。不然,当春发芽的树木不知凡几,何以专让柳条做春的主人呢?只为别的树木都凭仗了春之力而拼命向上,一味求高,忘记了自己的根本,其贪婪之相不合于春的精神。最能象征春的神意的,只有垂杨。

  这是我昨天看了西湖边上的杨柳而一时兴起的感想。但我所赞美的不仅是西湖上的杨柳。在这几天的春光之下,乡村处处的杨柳都有这般可赞美的姿态。西湖似乎太高贵了,反而不适于栽植这种"贱"的垂杨呢。

春

　　春是多么可爱的一个名词！自古以来的人都赞美它，希望它长在人间。诗人，特别是词客，对春爱慕尤深。试翻词选，差不多每一页上都可以找到一个春字。后人听惯了这种话，自然地随喜附和，即使实际上没有理解春的可爱的人，一说起春也会觉得欢喜。这一半是春这个字的音容所暗示的。"春！"你听，这个音读起来何等铿锵而惺忪可爱！这个字的形状何等齐整妥帖而具足对称的美！这么美的名字所隶属的时节，想起来一定很可爱。好比听见名叫"丽华"的女子，想来一定是个美人。

　　然而实际上春不是那么可喜的一个时节。我积三十六年之经验，深知暮春以前的春天，生活上是很不愉快的。

　　梅花带雪开了，说道是漏泄春的消息。但这完全是精神上的春，实际上雨雪霏霏，北风烈烈，与严冬何异？所谓迎春的人，也只是瑟缩地躲在房栊内，战栗地站在屋檐下，望望枯枝一般的梅花罢了！

　　再迟个把月吧，就像现在：惊蛰已过，所谓春将半了。住在都会里的朋友想象此刻的乡村，足有画图一般美丽，连忙写信来催我写春的随笔。好像因为我偎傍着春，惹他们妒忌似的。其实我们住在乡村间的人，并没有感到快乐，却生受了种种的不舒服：寒暑表激烈地升降于三十六度至六十二度①之间。一日之内，乍暖乍寒。暖起来可以想起都会里的冰淇淋，寒起来几乎可见天然冰，饱尝了所谓"料峭"的滋味。天气又忽晴忽雨，偶一出门，干燥的鞋子往往拖泥带水归来。"一春能有几番晴"是真的；"小楼一夜听春雨"其实没有什么好听，单调得很，远不及你们都会里的无线电的花样繁多呢。春将半了，但它并没有给我们一点舒服，只教我们天天愁寒、愁暖、愁风、愁雨。正是"三分春色二分愁，更一分风雨"！

春的景象，只有乍寒、乍暖、忽晴、忽雨是实际而明确的。此外虽有春的美景，但都隐约模糊，要仔细探寻，才可依稀仿佛地见到，这就是所谓"寻春"吧？有的说"春在卖花声里"，有的说"春在梨花"，又有的说"红杏枝头春意闹"，但这种景象在我们这枯寂的乡村里都不易见到。即使见到了，肉眼也不易认识。总之，春所带来的美，少而隐；春所带来的不快，多而确。诗人词客似乎也承认这一点，春寒、春困、春愁、春怨，不是诗词中的常谈吗？不但现在如此，就是再过个把月，到了清明时节，也不见

---

① 三十六度至六十二度，均指华氏度。

得一定春光明媚，令人极乐。倘又是落雨，路上的行人将要"断魂"呢。

可知春徒有其名，在实际生活上是很不愉快的。实际，一年中最愉快的时节，是从暮春开始的。就气候上说，暮春以前虽然大体逐渐由寒向暖，但变化多端，始终是乍寒、乍暖，最难将息的时候，到了暮春，方才冬天的影响完全消灭，而一路向暖。寒暑表上的水银爬到temperate（温和）上，正是气候最temperate的时节。就景色上说，春色不须寻找，有广大的绿野青山，慰人心目。古人词云："杜宇一声春去，树头无数青山。"原来山要到春去的时候方才全青，而惹人注目。我觉得自然景色中，青草与白雪是最伟大的现象。造物者描写"自然"这幅大画图时，对于春红、秋艳，都只是略蘸些胭脂、朱磦，轻描淡写。到了描写白雪与青草，他就毫不吝惜颜料，用刷子蘸了铅粉、藤黄和花青而大块地涂抹，使屋屋皆白，山山皆青。这仿佛是米派山水的点染法，又好像是Cézanne（塞尚）风景画的"色的块"，何等泼辣的画风！而草色青青，连天遍野，尤为和平可亲、大公无私的春色。花木有时被关闭在私人的庭园里，吃了园丁的私刑而献媚于绅士淑女之前。草则到处自生自长，不择贵贱高下。人都以为花是春的作品，其实春工不在花枝，而在于草。看花的能有几人？草则广泛地生长在大地的表面，普遍地受大众的欣赏。这种美景，是早春所见不到的。那时候山野中枯草遍地，满目憔悴之色，看了令人不快。必须到了暮春，枯草尽去，才有真的青山绿野的出现，而天地为之一新。一年好景，无过于此时。自然对人的恩宠，也以此时为最深厚了。

讲求实利的西洋人，向来重视这季节，称之为May（五月）。May是一年中最愉快的时节，人间有种种的娱乐，即所谓May——queen（五月美人）、May——pole（五月彩柱）、May——games（五月游艺）等。May这一个字，原是"青春""盛年"的意思。可知西洋人视一年中的五月，犹如人生中的青年，为最快乐、最幸福、最精彩的时期。这确是名符其实的。但东洋人的看法就与他们不同：东洋人称这时期为暮春，正是留春、送春、惜春、伤春，而感慨、悲叹、流泪的时候，全然说不到乐。东洋人之乐，乃在"绿柳才黄半未匀"的新春，便是那忽晴、忽雨、乍暖、乍寒、最难将息的时候。这时候实际生活上虽然并不舒服，但默察花柳的萌动，静观天地的回春，在精神上是最愉快的。故西洋的"May"相当于东洋的"春"。这两个字读起来声音都很好听，看起来样子都很美丽。不过May是物质的、实利的，而春是精神的、艺术的。东西洋文化的判别，在这里也可窥见。

惜春

不多天之前我在这里赞颂垂条的杨柳。现在柳条早已婆娑委地，杨花也已开始飘荡，春光将尽，我又来这里谈惜春的话了。

"惜春"这个题目何等风雅！古人的诗词里以此为题的不可胜计；今人也还在那里为此赋诗填词。绿肥红瘦，柳昏花暝，杜鹃啼血，流水飘红，再加上羁人、泪眼、伤心、断肠、离愁、病酒……惜春这件事主客观两方面应有的雅词，已经被前人反复说尽，我已无可再说了。现在为什么取这个题目来作文呢？也不过应应时，在五月号的杂志里写一个及时的题目，表面上好看些。这好比编小学教科书：秋季始业的，前几课讲月亮、蟋蟀、桂花、果实、农人割稻以及双十节，后几课讲棉衣、火炉、做糕、落雪以及贺年。春季始业的，前几课讲菜花、桃花、蝌蚪、种牛痘以及总理忌辰，后几课讲杀苍蝇、灭蚊虫、吃瓜、乘凉以及热天的卫生。似乎那些小学生个个是一年生的动物，在秋天不知有春，在春天不知有秋，所以非讲目前的情状不可的。我的读者不是小学生，其实不一定要讲目前的情状。但是随笔总得随我的笔，我的笔又总得随我的近感。我握笔为这杂志写这篇随笔的时候，但念不多天之前刚刚写了一篇赞颂初生的杨柳的文章，现在柳条早已婆娑委地，杨花也早已开始飘荡，觉得时光的过去真快得可惊！这期间一个多月的时光，我不知干了些什么。这一点近感便是我得这篇随笔的本意。题目不妨写作"惜时光"。但现在的时光是春天，也不妨写作"惜春"。

去年的春天，我曾在这杂志里谈过春天的冷暖不匀、晴雨无定以及种种不舒服。故春去在我不觉得足惜。所可惜者，只是时光的一去不返，不可挽留。我们好比乘坐火车，自己似觉静静地坐着，不曾走动一步，车子却载了你在那里飞奔。不知不觉之间，时时刻刻在那里减短你的前程。我曾经立意要不花钱，一天到晚坐在屋里，果然一钱也不花。我曾经立意要不费力，一天到晚躺在床里，果然一些力也不费。我曾经立意要不费电，晚上不开电灯，果然一度电也不费。我也曾经立意要不费时间，躲在床角里不动。然而壁上的时辰钟"嘀嗒嘀嗒"地告诉我，时间管自在那里耗费。于是我想，做了人真像"骑虎之势"，无法退缩或停留，只有努力地惜时光，积极地向前奋斗，直到时间的大限的来到。

生活上的苦闷和不幸，有时能使人对于时光觉得不可惜而可嫌，盼望它快些过去的。然而这是例外。人生总希望快乐。快乐的时间总希望其不要过得太快。回忆自己的学生时代，最快乐的时间是假期。星期六、星期日和纪念日小快乐，春假、年假和暑假大快乐。这也是世间一件矛盾的怪事：平常出了钱总希望多得几分货；只有读书，出了学费只希望少上几天课。试看假期前晚的学生们的狂喜，似觉他们所希望的最好是只缴学费而永不上课。于此足见读书这件事不是平常的买卖。不然，这件事正像斯蒂文森（Stevenson）的《自杀俱乐部》中的青年的行为：一面缴了四十镑的会费而做自杀俱乐部会员，一面又在抽签时热望自己永不抽着当死的签。试看星期一早上躺在床上的学生的尴尬脸孔，或暑假开学前一天的学生的没精打采，似觉他们对于赴校上课这件事看得真同赴死一样可怕。其实原是他们自己来寻死的。

　　我幼时在暑假的前几天感觉非常欢喜，好像有期徒刑的囚犯将被开释似的。又怀抱着莫大的希望，忙里偷闲地打算假期中的生活，整理假期中所要看的书籍。我想象五六十天的假期，似觉时光非常悠长，有无数的事件好干，无数的书可读，有无数时光可以和弟弟共戏，还有无数的余闲可和邻家的小朋友玩耍。本学期中欠熟达的功课，满望在这悠长的假期中习得完全精通。平日所希望修习而无暇阅读的书籍，在假期前都特地买好，满望在这悠长的假期中完全读毕。还有在教科书里看到的种种科学玩意儿，在校因没有时间和工具而未曾试做的，也都挑选出来，抄写在笔记簿上，满望在悠长的假期中完全做成，和弟弟们畅快地玩耍。五六十天的假期，在我望去好像一只宽紧带结成的袋子，不拘多少东西，尽管装得进去。

　　放假的一天，我背了这只宽紧带结成的无形大袋子而欣然地回家。回到半年不见的家里，觉得样样新鲜，暂把这无形的大袋搁一搁再说。初到的几天因为路途风霜,当然完全休息。后来多时不见的姑母来做客了,母亲热诚地招待她,假期中的我当然奉陪,闲谈几天。后来姑母邀请我去做客,母亲说我年年出门求学,难得放假回家,至亲至眷应该去访问访问,我一去就是四五天乃至六七天。回家又应该休息几天。后来,天气太热,中了暑发些轻痧,竹榻上一困又是几天。病起又休息几天。本镇有戏文,当然去看几天。戏文场上遇见几位小学时代的同学,多时不见,留着款待几天。送往了同学,迎来了一年不见的二姐、姐丈和外甥们,于是杀鸡置酒,大家欢聚半个月乃至二十天。二姐回家时带了我去,我这回做客一去又是四五天乃至六七天。回家当然又是休息几天。屈指一算,离暑假开学已经只有十来天了。横竖如此,这十来天索性闲玩过去吧。到了开学的前一天,我整理行装,看见于假前所记录着的一纸假期工作表,所准备着的一束假期应读的书,所选定着的假期中拟制之玩具的说明图,都照携回家时的原样放置在网篮里,搁置在书桌旁的两只长凳上,上面积着厚厚的一层灰尘。蹉跎的懊恼和乐尽的悲哀交混在我的心头,使我感到一种不可名状的不快。次日带了这种不快而辞家到校,重新开始那囚犯似的学校生活。

  第二次假期前几天,我仍是那样地欢喜,再结起一只宽紧带的大袋子来,又把预定的假期工作多多益善地装进去,背了它欣然地回家。我的意思以为第一次没有经验,安排得不好,以致蹉跎过去;这回我定要好好地安排:客人不必多应酬,或竟不见;做客少住几天,或竟不去；戏不应该看；病不应该生。这样安排，一定有许多书好看，许多事可做。然而回到家里，不知怎样一来，又同第一次一样，这里几天，那里几天，距开学又只十来天了。于是再带了蹉跎的懊恼和乐尽的悲哀所混成的一种不可名状的不快而整理行装，离家到校。

这样的经历反复了数次，我方才悟到预期的不可靠与事实的无可奈何，于是停止这种如意算盘。青年人少不更事，往往向美丽的未来中打很大的如意算盘。他们以为假期有五六十天的悠长的日月，看薄薄的几册书，算什么呢？然而日子自己会很快地过去，而书的page（页）不会自动地翻过。宽紧带的袋子看似可以无限地装得进去，但毕竟是硬装的，原来的容量其实很小。我经历了几次如意算盘的失败之后，才知道凡事须靠现在努力工作。现在工作一小时，得益一小时，工作两小时，得益两小时。与其费心于未来的预期，不如现在拿这点工夫来用功。以后每逢假期，我不再准备假期工作。遵守西洋格言Work while work, play while play[①]的教训，我预备玩过一暑假。却不意在暑假中也看完了几部小说。开学时回顾，好像得了一笔意外的收入，格外愉快。

青年们在校时不用功，往往预期出校后自行补修；或者在就业后抽闲补习。他们打定了这个如意算盘之后，在校时索性不用功了。他们想：出校后岁月悠长，无拘无束；横竖要从头补修过，现

[①] 英语谚语，大意是：该玩的时候就玩，该工作时就专心工作。

在索性放弃吧。但是，据我所见，他们这预期往往同我的假期工作的预期同一运命，总是不会实现的。他们没有预计到出校后的种种繁忙，同我没有预计到假期回家后的种种应酬一样。职业、生计、恋爱、婚姻、子女……种种人事拥挤在他们出校后的日月中，使他们没有工夫补修在校时未了的课业。试看社会上就业的成人们的学问知识，恐怕十人中有九人所有的只是青年时代在学校中所收得的一点。靠出校后自己补修而增进学识的，十人中不过一人而已。可知青年求学时代所获得的一点学识，是人生教养的基本。后来的见闻虽然也使你增进些知识，但只是枝叶，人生修养的基本只限于青年求学时代所得的一点。

  我自己青年时代没有好好地受教育，年长后常感知识不全之苦。几何三角的问题我不会解，物理化学的公式我看不懂，专门科学的书我都读不下去。屡次希望补修，至今不能实践。古人云："看来四十犹如此，便到百年已可知。"我离四十只有两年，大概此生不会有能解三角几何问题，能懂物理化学公式，能读专门科学书籍的日子了！人生倘有来世，我的来世倘能投人，投了人倘能记忆这篇文章，我定要好好地度送我的青年时代，多收得些学识，造成一个人生的巩固的基础。我此生中的青年已经过去，无法挽回，只有借了惜春的题目，在这里痛惜一下算了。假如这些话能给正在青年期的读者们一些警励，那便似以前在假期中看完了几部小说，好像得了一笔意外的收入，格外愉快。

秋

　　我的年岁上冠用了"三十"二字,至今已两年了。不解达观的我,从这两个字上受到了不少的暗示与影响。虽然明明觉得自己的体格与精力比二十九岁时全然没有什么差异,"三十"这一个观念笼在头上,犹之张了一顶阳伞,使我的全身蒙了一个暗淡色的阴影,又仿佛在日历上撕过了立秋的一页以后,虽然太阳的炎威依然没有减却,寒暑表上的热度依然没有降低,然而只当得余威与残暑,或霜降木落的先驱,大地的节候已从今移交于秋了。

　　实际,我两年来的心情与秋最容易调和而融合。这情形与从前不同。在往年,我只慕春天。我最欢喜杨柳与燕子。尤其欢喜初染鹅黄的嫩柳。我曾经名自己的寓居为"小杨柳屋",曾经画了许多杨柳燕子的画,又曾经摘取秀长的柳叶,在厚纸上裱成各种风调的眉,想象这等眉的所有者的颜貌,而在其下面添描出眼鼻与口。那时候我每逢早春时节,正月二月之交,看见杨柳枝的线条上挂了细珠,带了隐隐的青色而"遥看近却无"的时候,我心中便充满了一种狂喜,这狂喜又立刻变成焦虑,似乎常常在说:"春来了!不要放过！赶快设法招待它，享乐它，永远留住它。"我读了"良辰美景奈何天"等句，曾经真心地感动，以为古人都太息一春的虚度，前车可鉴！到我手里决不放它空过了。最是逢到了古人惋惜最深的寒食清明，我心中的焦灼便更甚。那一天我总想有一种足以充分酬偿这佳节的举行。我准拟作诗、作画，或痛饮、漫游。虽然大多不被实行，或实行而全无效果，反而中了酒，闹了事，换得了不快的回忆；但我总不灰心，总觉得春的可恋。我心中似乎只有知道春，别的三季在我都当作春的预备，或待春的休息时间，全然不曾注意到它们的存在与意义。而对于秋，尤无感觉：因为夏连续在春的后面，在我可当作春的过剩；冬先行在春的前面，在我可当作春的准备；独有与春全无关联的秋，在我心中一向没有它的位置。

自从我的年龄告了立秋以后，两年来的心境完全转了一个方向，也变成秋天了。然而情形与前不同：并不是在秋日感到像昔日的狂喜与焦灼。我只觉得一到秋天，自己的心境便十分调和。非但没有那种狂喜与焦灼，且常常被秋风、秋雨、秋色、秋光所吸引而融化在秋中，暂时失却了自己的所在。而对于春，又并非像昔日对于秋的无感觉。我现在对于春非常厌恶。每当万象回春的时候，看到群花的斗艳，蜂蝶的扰攘以及草木昆虫等到处争先恐后地滋生繁殖的状态，我觉得天地间的凡庸、贪婪、无耻与愚痴，无过于此了！尤其在青春的时候，看到柳条上挂了隐隐的绿珠，桃枝上着了点的红斑，最使我觉得可笑又可怜。我想唤醒一个花蕊来对它说：

"啊！你也来反复这老调了！我眼看见你的无数祖先，个个同你一样地出世，个个努力发展，争荣竞秀；不久没有一个不憔悴而化泥尘。你何苦也来反复这老调呢？如今你已长了这孽根，将来看你弄娇弄艳，装笑装颦，招致了蹂躏、摧残、攀折之苦，而步你的祖先们的后尘！"

实际，迎送了三十几次的春来春去的人，对于花事早已看得厌倦，感觉已经麻木，热情已经冷却，绝不会再像初见世面的青年少女地为花的幻姿所诱惑而赞之、叹之、怜之、惜之了。况且天地万物，没有一件逃得出荣枯、盛衰、生灭、有无之理。过去的历史昭然地证明着这一点，无须我们再说。古来无数的诗人千篇一律地为伤春惜花费词，这种效颦也觉得可厌。假如要我对于世间的生荣死灭费一点词，我觉得生荣不足道，而宁愿欢喜赞叹一切的死灭。对于前者的贪婪、愚昧与怯弱，后者的态度何等谦逊、悟达而伟大！我对于春与秋的舍取，也是为了这一点。

夏目漱石三十岁的时候，曾经这样说："人生二十而知有生的利益；二十五而知有明之处必有暗；至于三十的今日，更知明多之处暗亦多，欢浓之时愁亦重。"我现在对于这话也深抱同感；有时又觉得三十的特征不止这一端，其更特殊的是对于死的体感。青年们恋爱不遂的时候惯说生生死死，然而这不过是知有"死"的一回事而已，不是体感。犹之在饮冰挥扇的夏日，不能体感到围炉拥衾的冬夜的滋味。就是我们阅历了三十几度寒暑的人，在前几天的炎阳之下也无论如何感觉不到浴日的滋味。围炉、拥衾、浴日等事，在夏天的人的心中只是一种空虚的知识，不过晓得将来须有这些事而已，但是不能体感它们的滋味。须得入了秋天，炎阳逞尽了威势而渐渐退却，汗水浸胖了的肌肤渐渐收缩，身穿单衣似乎要打寒噤，而手触法兰绒觉得快适的时候，于是围炉、拥衾、浴日等知识方能渐渐融入体验界中而化为体感。我的年龄告了立秋以后，心境中所起的最特殊的状态便是这对于"死"的体感。以前我的思虑真疏浅！以为春可以常在人间，人可以永在青年，竟完全没有想到死。又以为人生的意义只在于生，而我的一生最有意义，似乎我是不会死的。直到现在，仗了秋的慈光的鉴照，死的灵气钟育，才知道生的甘苦悲欢，是天地间反复过亿万次的老调，又何足珍惜？我但求此生的平安地度送与脱出而已，犹之罹了疯狂的人，病中的颠倒迷离何足计较？但求其去病而已。

  我正要搁笔，忽然西窗外黑云弥漫，天际闪出一道电光，发出隐隐的雷声，骤然洒下一阵夹着冰雹的秋雨。啊！原来立秋过得不多天，秋心稚嫩而未曾老练，不免还有这种不调和的现象，可怕哉！

初冬浴日漫感

离开故居一两个月,一旦归来,坐到南窗下的书桌旁时第一感到异样的,是小半书桌的太阳光。原来夏已去,秋正尽,初冬方到。窗外的太阳已随分南倾了。

把椅子靠在窗缘上,背着窗坐了看书,太阳光笼罩了我的上半身。它非但不像一两月前地使我讨厌,反使我觉得暖烘烘地快适。这一切生命之母的太阳似乎正在把一种祛病延年、起死回生的乳汁,通过了它的光线而流注到我的体中来。

我掩卷冥想:我吃惊于自己的感觉,为什么忽然这样变了?前日之所恶变成了今日之所欢;前日之所弃变成了今日之所求;前日之仇变成了今日之恩。张眼望见了弃置在高阁上的扇子,又吃一惊。前日之所欢变成了今日之所恶;前日之所求变成了今日之所弃;前日之恩变成了今日之仇。

忽又自笑:"夏日可畏,冬日可爱",以及"团扇弃捐"乃古之名言,夫人皆知,又何足吃惊?于是我的理智屈服了。但是我的感觉仍不屈服,觉得当此炎凉递变的交代期上,自有一种异样的感觉,足以使我吃惊。这仿佛是太阳已经落山而天还没有全黑的傍晚时光:我们还可以感到昼,同时已可以感到夜。又好比一脚已跨上船而一脚尚在岸上的登舟时光:我们还可以感到陆,同时已可以感到水。我们在夜里固皆知道有昼,在船上固皆知道有陆,但只是"知道"而已,不是"实感"。我久被初冬的日光笼罩在南窗下,身上发出汗来,渐渐润湿了衬衣。当此之时,浴日的"实感"与挥扇的"实感"在我身中混成一气,这不是可吃惊的经验吗?

于是我索性抛书,躺在墙角的藤椅里,用了这种混成的实感而环视室中,觉得有许多东西大变了相。有的东西变好了:像这个房间,在夏天常嫌其太小,洞开了一切窗门,还不够,几乎想拆去墙壁才好。但现在忽然大起来,大得很!不久将要用屏帏把它隔小来了。又如案上这把热水壶,以前曾被茶缸驱逐到碗橱的角里,现在又像纪念碑似的矗立在眼前了。棉被从前在伏日里晒的时候,大家讨嫌它既笨且厚;现在铺在床里,忽然使人悦目,样子也薄起来了。沙发椅子曾经想卖掉,现在幸而没有人买去。从前曾经想替黑猫脱下皮袍子,现在却羡慕它了。反之,有的东西变坏了:像风,从前人遇到了它都称"快哉!"欢迎它进来,现在渐渐拒绝它,不久要像防贼一样严防它入室了。又如竹榻,以前曾为众人所宝,极一时之荣,现在已无人问津,形容枯槁,毫无生气了。壁上一张汽水广告画。角上画着一大瓶汽水和一只泛溢着白泡沫的玻璃杯,下面画着海水浴图。以前望见汽水图口角生津,看了海水浴图恨不得自己做了画中人,现在这幅画几乎使人打寒噤了。裸体的洋囝囝跌坐在窗口的小书架上,以前觉得它太写意,现在看它可怜起来。希腊古代名雕的石膏模型Venus(维纳斯)立像,把裙子褪在大腿边,高高地独立在凌空的花盆架上。我在夏天看见她的脸孔是带笑的,这几天望去忽觉其容有戚,好像在悲叹她自己失却了两只手臂,无法拉起裙子来御寒。

其实,物何尝变相?是我自己的感觉变叛了。感觉何以能变叛?是自然教它的。自然的命令何其严重:夏天不由你不爱风,冬天不由你不爱日。自然的命令又何其滑稽:在夏天定要你赞颂冬天所诅咒的,在冬天定要你诅咒夏天所赞颂的!

人生也有冬夏。童年如夏,成年如冬;或少壮如夏,老大如冬。在人生的冬夏,自然也常教人的感觉变叛,其命令也有这般严重,又这般滑稽。

清 明

　　清明例行扫墓。扫墓照理是悲哀的事。所以古人说:"鸦啼雀噪昏乔木,清明寒食谁家哭。"又说:"佳节清明桃李笑,野田荒冢只生愁。"然而在我幼时,清明扫墓是一件无上的乐事。人们借佛游春,我们是"借墓游春"。我父亲有八首《扫墓竹枝词》:

　　别却春风又一年,梨花似雪柳如烟。
　　家人预理上坟事,五日前头折纸钱。

　　风柔日丽艳阳天,老幼人人笑口开。
　　三岁玉儿娇小甚,也教抱上画船来。

　　双双画桨荡轻波,一路春风笑语和。
　　望见坟前堤岸上,松阴更比去年多。

　　壶榼纷陈拜跪忙,闲来坐憩树荫凉。

村姑三五来窥看,中有谁家新嫁娘。

周围堤岸视桑麻,剪去枯藤只剩花。
更有儿童知算计,松球拾得去煎茶。

荆榛坡上试跻攀,极目云烟杳霭闲,
恰得村夫遥指处,如烟如雾是含山。

(含山是我家乡附近唯一的一座山,山上有塔。)

纸灰扬起满林风,杯酒空浇奠已终。
却觅儿童归去也,红裳遥在菜花中。

解将锦缆趁斜晖,水上蜻蜓逐队飞。
赢受一番春色足,野花载得满船归。

这里的"三岁玉儿",就是现在执笔写此文的七十老翁。我的小名叫作"慈玉"。

清明三天,我们每天都去上坟。第一天,寒食,下午上"杨庄坟"。杨庄坟离镇五六里路,水路不通,必须步行。老幼都不去,我七八岁就参加。茂生大伯挑了一担祭品走在前面,大家跟他走,一路上采桃花，偷新蚕豆，不亦乐乎。到了坟上，大家息足，茂生大伯到附近农家去，借一只桌子和两只条凳来，于是陈设祭品，依次跪拜。拜过之后，自由玩耍。有的吃甜麦塌饼，有的吃粽子，有的拔蚕豆梗来做笛子。蚕豆梗是方形的，在上面摘几个洞，作为笛孔。然后再摘一段豌豆梗来，装在这笛的一端，笛便做成。指按笛孔，口吹豌豆梗，发音竟也悠扬可听。可惜这种笛寿命不长。拿回家里，第二天就枯干，吹不响了。祭扫完毕，茂生大伯去还桌子凳子，照例送两个甜麦塌饼和一串粽子，作为酬谢。然后诸人一同在夕阳中回去。杨庄坟上只有一株大松树，临着一个池塘。父亲说这叫作"美人照镜"。现在，几十年不去，不知美人是否还在照镜。闭上眼睛，情景宛在目前。

正清明那天，上"大家坟"。这就是去上同族公共的祖坟。坟共有五六处，须用两只船，整整上一天。同族共有五家，轮流做主。白天上坟，晚上吃上坟酒。这笔费用由祭田开销。祖宗们心计长，恐怕子孙不肖，上不起坟，叫他们变成饿鬼。因此特置几亩祭田，租给农民。轮到谁家主持上坟，由谁家收租。雇船办酒之外，费用总有余裕。因此大家高兴做主。而小孩子尤其高兴，因为可以整天在乡下游玩，在草地上吃午饭。船里烧出来的饭菜，滋味特别好。因为，据老人们说，家里有灶君菩萨，把饭菜的好滋味先尝了去；而船里没有灶君菩萨，所以船里烧出来的饭菜滋味特别好。孩子们还有一件乐事，是抢鸡蛋吃。每到一个坟上，除对祖宗的一桌祭品以外，必定还有一只小匾，内设小鱼、小肉、鸡蛋、酒和香烛，是请地主吃的，叫作拜坟墓土地。孩子们中，谁先向坟墓土地叩头，谁先抢得鸡蛋。我难得抢到，觉得这鸡蛋的确比平常的好吃。上了一天坟回来，晚上是吃上坟酒。酒有四五桌，因为出嫁姑娘也都来吃。吃酒时，长辈总要训斥小辈，被训斥的，主要是乐谦、乐生和月生。因为乐谦盗卖坟树，乐生、月生作恶为非，上坟往往不到而吃上坟酒必到。

第三天上"私房坟"。我家的私房坟，又称为旗杆坟。去上的就是我们一家人，父母和我们姐弟数人。吃了早中饭，雇一只客船，慢吞吞地荡去。水路五六里，不久就到。祭扫期间，附近三竺庵里的和尚来问讯，送我们些春笋。我们也到这庵里去玩，看见竹林很大，身入其中，不见天日。我们终年住在那市井尘嚣中的低小狭窄的百年老屋里，一朝来到乡村田野，感觉异常新鲜，心情特别快适，好似遨游五湖四海。因此我们把清明扫墓当作无上的乐事。我的父亲孜孜兀兀地在穷乡僻壤的蓬门败屋之中度送短促的一生，我想起了感到无限的同情。

端午忆旧

　　我写民间生活的漫画中，门上往往有一个"王"字。读者都不解其意。有的以为这门里的人家姓王。我在重庆的画展中，有人重订一幅这类的画，特别关照会场司订件的人，说："请他画时在门上改写一个李字。因为我姓李。"这买画人把画当作自己家里看，其欣赏态度可谓特殊之极！而我的在门上写王字，也可说是悖事之至！因为这门上的王字原是端五日正午用雄黄酒写上的。我幼时看见我乡家家户户如此，所以我画如此。岂知这办法只限于某一地带；又只限于我幼时，现在大家懒得行古之道了。许多读者不懂这王字的意思，也是难怪的。

　　我幼时，即四十余年前，我乡端午节过得很隆重：我的大姐一月前头就制"老虎头"，预备这一天给自家及亲戚家的儿童佩带。染坊店里的伙计祁官，端午的早晨忙于制造蒲剑：向野塘采许多蒲叶来，选取最像宝剑的叶，加以剑柄，预备正午时和桃叶一并挂在每个人的床上。我的母亲呢，忙于"打蚊烟"和捉蜘蛛：向药店买一大包苍术、白芷来，放在火炉里，教它发出香气,拿到每间房屋里去熏。同时,买许多鸡蛋来,在每个的顶上敲一个小洞,放进一只蜘蛛去,用纸把洞封好,把蛋放在打蚊烟的火炉里煨。煨熟了,打开蛋来,取去蜘蛛的尸体,把蛋给孩子们吃。到了正午,又把一包雄黄放在一大碗绍兴酒里,调匀了,叫祁官拿到每间屋的角落里去,用口来喷。喷剩的浓雄黄,用指蘸了,在每一扇门上写王字;又用指捞一点来塞在每个孩子肚脐眼里。据说,老虎头、桃叶、蒲剑可以驱邪;蜘蛛煨蛋可以祛病;苍术、白芷和雄黄可以驱除毒虫及毒气。至于门上的"王"字呢,据说是消毒药的储蓄;日后如有人被蜈蚣毒蛇等咬了,可向门上去捞取一点端午日午时所制的良药来,敷上患处,即可消毒止痛云。

世相无常,现在这种古道已经不可多见,端阳的面目全非昔比了。我独记惦门上这个"王"字。并非要当作DDT用,却是为了画中的门上的点缀。光裸裸地画一扇门,怪单调的;在门上画点东西呢,像是门牌,又不好看。唯有这个王字,既有装饰的效果,又有端阳的回想与纪念的意味。从前日本废除纸伞而流行"蝙蝠伞"①的时候,日本的画家大为惋惜。因为在直线形过多的市街风景中,圆线的纸伞大有对比作用,有时一幅市街风景画全靠一顶纸伞而生

---

①蝙蝠伞,即布制洋伞。

色；而蝙蝠伞的对比效果，是远不及纸伞的。现在我的心情，正与当时的日本画家相似。用实利的眼光看，这事近于削足适履。这原是"艺术的非人情"。

过 年

我幼时不知道阳历，只知道阴历。到了十二月十五，过年的气氛开始浓重起来了。我们染坊店里三个染匠全是绍兴人，十二月十六要回乡。十五日，店里办一桌酒，替他们送行。这是提早举办的年酒。商店旧例，年酒席上的一只全鸡，摆法大有讲究：鸡头向着谁，谁要被免职。所以上菜的时候，要特别当心。但是我家的店规模很小，店里三个，作场里三个，一共只有六个人，这六个人极少有变动，所以这种顾虑极少。但母亲还是很小心，上菜时关照仆人，必须把鸡头对着空位。

十六日，司务们一上去①，染缸封了，不再收货，农民们此时也要过年，不再拿布出来染了。店里不须接生意，但是要算账。整个上午，农民们来店还账，应接不暇。下午，管账先生送进一包银圆来，交母亲收藏。这半个月正是收获时期，一家一店许多人的生活都从这里开花。有的农民不来还账，须得下乡去收。所以必须另

---

① 按作者家乡一带习惯，凡是去浙东各地，称为"上去"。

雇两个人去收账。他们早出晚归，有时拿了鸡或米回来。因为那农家付不出钱，将鸡或米来抵偿。年底往往阴雨，收账的人，拖泥带水回来，非常辛苦。所以每天的夜饭必须有酒有肉。学堂早已放年假，我空闲无事，上午总在店里帮忙，写"全收"簿子①。吃过中饭，管账先生拿全收簿子去一算，把算出来的总数同现款一对，两相符合，一天的工作便完成了。

　　从腊月二十日起，每天吃夜饭时光，街上叫"火烛小心"。一个人"蓬蓬"地敲着竹筒，口中高叫："寒天腊月！火烛小心！柴间灰堆！灶前灶后！前门闩闩！后门关关！……"这声调有些凄惨。大家提高警惕。我家的贴邻是王囡囡豆腐店，豆腐店日夜烧砻糠，火烛更为可怕。然而大家都说不怕，因为明朝时光刘伯温曾在这一带地方造一条石门槛，保证这石门槛以内永无火灾。

　　腊月二十三晚上送灶，灶君菩萨每年上天约一星期，廿三夜上去，大年夜回来。据说菩萨是天神派下来监视人家的，每家一个。大约就像政府委任官吏一般，不过人数（神数）更多。他们高踞在人家的灶台上，嗅取饭菜的香气。每逢初一、月半，必须点起香烛来拜他。廿三这一天，家家烧赤豆糯米饭，先盛一大碗供在灶君面前，然后全家来吃。吃过之后，黄昏时分，父亲穿了大礼服来灶前膜拜，跟着我们大家跪拜。拜过之后，将灶君的神像从灶台上请下

---

①年底收账，账收回后，记在"全收"簿子上，表示已不欠账。

来，放进一顶灶轿里。这灶轿是白天从市场上买来的，用红绿纸张糊成，两旁贴着一副对联，上写"上天奏善事，下界保平安"。我们拿些冬青柏子，插在灶轿两旁，再拿一串纸做的金元宝挂在轿上，又拿一点糖塌饼来，粘在灶君菩萨的嘴上。这样一来，他上去见了天神粘嘴粘舌的，说话不清楚，免得把别人的恶事和盘托出。于是父亲恭恭敬敬地捧了灶轿，捧到大门外去烧化。烧化时必须抢出一只纸金元宝，拿进来藏在厨里，预祝明年有真金元宝进门。送灶君上天之后，陈妈妈就烧菜给父亲下酒，说这酒菜味道一定很好，因为没有灶君先吸取其香气。父亲也笑着称赞酒菜好吃。我现在回想，他是假痴假呆，逢场作乐。因为他中了这末代举人，科举就废，不得伸展，蜗居在这穷乡僻壤的蓬门败屋中，无以自慰，唯有利用年中行事，聊资消遣，亦"四时佳兴与人同"之意耳。

廿三送灶之后，家中就忙着打年糕。这糯米年糕又大又韧，自己不会打，必须请一个男工来帮忙。这男工大都是陆阿二，又名五阿二。因为他姓陆，而他的父亲行五。两枕"当家年糕"约有三尺长；此外许多较小的年糕，有二尺长的，有一尺长的；还有红糖年糕，白糖年糕。此外是元宝、百合、橘子等等小摆设，这些都是由母亲和姐姐们去做，我也洗了手去帮忙，但是总做不好，结果是自己吃了。姐姐们又做许多小年糕，形状仿照大年糕，预备廿七夜过年时拜小年菩萨用的。

廿七夜过年，是个盛典。白天忙着烧祭品：猪头、全鸡、大鱼、大肉，都是装大盘子的。吃过夜饭之后，把两张八仙桌接起来，上面供设"六神牌"，前面围着大红桌围，摆着巨大的铝制的香炉蜡台。桌上供着许多祭品，两旁围着年糕。我们这厅屋是三家公用的，我家居中，右边是五叔家，左边是嘉林哥家，三家同时祭起年菩萨来，屋子里灯火辉煌，香烟缭绕，气象好不繁华！三家比较起来，我家的供桌最为体面。何况我们还有小年菩萨，即在大桌旁边设两张茶几，也是接长的，也供一位小菩萨像，用小香炉蜡台，设小盘祭品，竟像是小人国里的过年。记得那时我所欣赏的，是"六神牌"和祭品盘上的红纸盖。这六神牌画得非常精美，一共六版，每版上画好几个菩萨，佛、观音、玉皇大帝、孔子、文昌帝君、魁星……都包括在内。平时折好了供在堂前，不许打开来看，这时候才展览了。祭品盘上的红纸盖都是我的姑母剪的，"福禄寿喜""一品当朝""连升三级"等字，都剪出来，巧妙地嵌在里头。我那时只有七八岁，就喜爱这些东西，这说明我与美术有缘。

绝大多数人家廿七夜过年，所以这晚上商店都开门，直到后半夜送神后才关门。我们约伴出门散步，买花炮。花炮种类繁多，我们所买的，不是两响头的炮仗和噼噼啪啪的鞭炮，而是雪炮、流星、金转银盘、水老鼠、万花筒等好看的花炮。其中，万花筒最好看，然而价贵不易多得。买回去在天井里放，大可增加过年的喜气。我把一串鞭炮拆散，一个一个地放，点着了火，立刻拿一个罐头瓶来罩住，"咚"的一声，连罐头瓶也跳起来。我起初不敢拿在手里放，后来经乐生哥哥教导，竟敢拿在手里放了。两指轻轻捏住鞭炮的末端，一点上火，立刻把头旋向后面。渐渐老练了，即行若无事。

正在放花炮的时候，隔壁谭三姑娘……送万花筒来了。这谭三姑娘的丈夫谭福山，是开炮仗店的。年年过年，总是特制了万花筒来分送邻居，以供新年添兴之用。此时谭三姑娘打扮得花枝招展，声音好比莺啼燕语。厅堂里的空气忽然波动起来。如果真有年菩萨在尚飨，此时恐怕都"停杯投箸不能食"了。

夜半时分，父亲在旁边的半桌上饮酒，我们陪着他吃饭。直到后半夜，方才送神。我带着欢乐的疲倦躺在床上，钻进被窝里，朦胧之中听见远近各处爆竹之声不绝，想见这时候石门湾的天空中，定有无数年菩萨餍足了酒肉，腾空驾雾归天去了。

"廿七、廿八活急杀，廿九、三十勿有拉①，初一、初二扮睹客，你没铜钱我有拉②。"这是石门湾人形容某些债户的歌。年中拖欠的债，年底要来讨，所以到了廿七、廿八，便活急杀。到了廿九、三十，有的人逃往别处去避债，故曰勿有拉。但是有些人有钱不肯还债，要留着新年里自用。一到元旦，照例不准讨债，他便好公然地扮睹客，而且慷慨得很了。我家没有这种情形，但是总有人

---

① "勿有拉"方言，意即不在这儿、不在家。
② "我有拉"方言，意即我这儿有。

来借掇,也很受累。况且家事也忙得很:要掸灰尘,要祭祖宗,要送年礼。倘是月小,更加忙迫了。

  年底这一天,是准备通夜不眠的,店里早已经摆出风灯,插上岁烛。吃年夜饭的时候,把所有的碗筷都拿出来,预祝来年人丁兴旺。吃饭碗数,不可成单,必须成双。如果吃三碗,必须再盛一次,哪怕盛一点点也好,总之要凑成双数。吃饭时母亲分送压岁钱,我记得我得的是四角,用红纸包好,我全部用以买花炮。吃过年夜饭,还有一出滑稽戏呢。这叫作"毛糙纸揩窪"。"窪"就是屁股。一个人拿一张糙纸,把另一人的嘴揩一揩。意思是说:你这嘴巴是屁股,你过去一年中所说的不祥的话,例如"要死"之类,都等于放屁。但是人都不愿被揩,尽量逃避。然而揩的人很调皮,出其不意,突如其来,哪怕你极小心的人,也总会被揩。有时其人出前门去了。大家就不提防他。岂知他绕个圈子,悄悄地从后门进来,终于被揩了去。此时笑声、喊声充满了一堂。过年的欢乐空气更加浓重了。

  于是陈妈妈烧起火来放"泼留"。把糯米谷放进热镬子里,一只手用铲刀①搅拌,一只手用箬帽遮盖。那些糯谷受到热度,爆裂开来,若非用箬帽遮盖,势必纷纷落地,所以必须遮盖。放好之后,拿出来堆在桌子上,叫大家拣泼留。"泼留"两字应该怎样

---

①即锅铲。

写，我实在想不出，这里不过照声音记录罢了。拣泼留，就是把砻糠拣出，剩下纯粹的泼留，新年里客人来拜年，请他吃糖汤，放些泼留。我们小孩子也参加拣泼留，但是一面拣，一面吃。一粒糯米放成蚕豆来大，像朵梅花，又香又热，滋味实在好极了。

黄昏，渐渐有人提了灯笼来收账了。我们就忙着"吃串"。听来好像是"吃菜"。其实是把每一百铜钱的串头绳解下来，取出其中三四文，只剩九十六七文，或甚至九十二三文，当作一百文去还账。吃下来的"串"，归我们姐弟们作零用。我们用这些钱还账，但我们收来的账，也是吃过串的钱。店员经验丰富，一看就知道这是"九五串"，那是"九二串"的。你以伪来，我以伪去，大家不计较了。这里还得表明：那时没有钞票，只有银洋、铜板和铜钱。银洋一元等于三百个铜板，一个铜板等于十个铜钱。我那时母亲给我的零用钱，是每天一个铜板即十文铜钱。我用五文买一包花生，两文买两块油沸豆腐干，还有三文随意花用。

街上提着灯笼讨债的，络绎不绝，直到天色将晓，还有人提着灯笼急急忙忙地跑来跑去。灯笼是千万少不得的。提灯笼，表示还是大年夜，可以讨债；如果不提灯笼，那就是新年，欠债的可以打你几记耳光，要你保他三年顺境，因为大年初一讨债是禁忌的。但是这时候我家早已账，关店，正在点起香烛接灶君菩萨。此时通行吃接灶圆子，管账先生一面吃圆子，一面向我母亲报告账务。说到盈余，笑容满面。母亲照例额外送他十只银角子，给他"新年里吃青果茶"。他告别回去，我们也收拾，睡觉。但是睡不到两个钟头，又得起来，拜年的乡下客人已经来了。

年初一上午忙着招待拜年的客人。街上挤满了穿新衣服的农民，男女老幼，熙熙攘攘，吃烧卖，上酒馆，买花纸（年画），看戏法，到处拥挤，而最热闹的是赌摊。原来从初一到初四，这四天是不禁赌的。掷骰子，推牌九，还有打宝，一堆一堆的人，个个兴致勃勃，连警察也参加在内。下午，农民大都进去了，街上较清，但赌摊还是闹热，有的通夜不收。

初二开始，镇上的亲友来往拜年。我父亲戴着红缨帽子，穿着外套，带着跟班出门。同时也有穿礼服的到我家拜年。如果不遇，就留下一张红片子。父亲死后，母亲叫我也穿着礼服去拜年。我实在很不高兴。因为一个十一二岁的孩子穿礼服上街，大家注目，有讥笑的，也有叹羡的，叫我非常难受。现在回想，母亲也是一片苦心。她不管科举已废，还希望我将来也中个举人，重振家声，所以把我如此打扮，聊以慰情。

正月初四，是新年最大的一个节日，因为这天晚上接财神。别的行事，如送灶、过年等，排场大小不定，有简单的，有丰盛的，都按家之有无。独有接财神，家家郑重其事，而且越是贫寒之家，排场越是体面。大约他们想：敬神丰盛，可以邀得神的恩宠，今后让他们发财。

接财神的形式，大致和过年相似，两张桌子接长来，供设六神牌，外加财神像，点起大红烛。但不先行礼，先由父亲穿了大礼服，拿了一股香，到下西弄的财神堂前行礼，三跪九叩，然后拿了香回来，插在香炉中，算是接得财神回来了。于是大家行礼。这晚上金吾放夜，市中各店通夜开门，大家接财神。所以要买东西，那怕后半夜，也可以买得。父亲这晚上兴致特别好，饮酒过半，叫把谭三姑娘送的大万花筒放起来。这万花筒果然很大，每个共有三套。一枝火树银花低了，就有另一枝继续升起来，凡三次。谭福山做得真巧。……我们放大万花筒时，为要尽量增大它的利用率，邀请所有的邻居都出来看。作者谭福山也被邀在内。次家闻得这大万花筒是他做的，都向他看。

初五以后，过年的事基本结束，但是拜年，吃年酒，酬谢往还，也很热闹。厨房里年菜很多，客人来，搬出就是。但是到了正月半，也就差不多吃完了。所以有一句话："拜年拜到正月半，烂溏鸡屎炒青菜。"我的父亲不爱吃肉，喜欢吃素。所以我们家里，大年夜就烧好一大缸萝卜丝油豆腐，油很重，滋味很好。每餐盛出一碗来，放在锅子里一热，便是最好的饭菜。我至今还忘不了那种好滋味。但是让家里人烧起来，总不及童年时的好吃，怪哉！

正月十五，在古代是一个元宵佳节，然而赛灯之事，久已废止，只有市上卖些兔子灯、蝴蝶灯等，聊以应名而已。二十日，各店照常开门做生意，学堂也开学，过年也就结束。

叁

做个简单的人,
不畏将来,不念过往

中举人

我的父亲是清朝光绪年间最后一科的举人。他中举人时我只四岁，隐约记得一些，听人传说一些情况，写这篇笔记。话须得从头说起：

我家在明末清初就住在石门湾。上代已不可知，只晓得我的祖父名小康，行八，在这里开一爿染坊店，叫作丰同裕。这店到了抗日战争开始时才烧毁。祖父早死，祖母沈氏，生下一女一男，即我的姑母和父亲。祖母读书识字，常躺在鸦片灯边看《缀白裘》等书。打瞌睡时，往往烧破书角。我童年时还看到过这些烧残的书。她又爱好行乐。镇上演戏文时，她总到场，先叫人搬一只高椅子去，大家都认识这是丰八娘娘的椅子。她又请了会吹弹的人，在家里教我的姑母和父亲学唱戏。邻近沈家的四相公常在背后批评她："丰八老太婆发昏了，教儿子女儿唱徽调。"因为那时唱戏是下等人的事。但我祖母听到了满不在乎。我后来读《浮生六记》，觉得我的祖母颇有些像那芸娘。

父亲名鐄，字斛泉，廿六七岁时就参与大比。大比者，就是考举人,三年一次,在杭州贡院中举行,时间总在秋天。那时没有火车,便坐船去。运河直通杭州,约八九十里。在船中一宿,次日便到。于是在贡院附近租一个"下处",等候进场。祖母临行叮嘱他:"斛泉,到了杭州,勿再埋头用功,先去玩玩西湖。胸襟开朗,文章自然生色。"但我父亲总是忧心忡忡,因为祖母一方面旷达,一方面非常好强。曾经对人说:"坟上不立旗杆,我是不去的。"那时定例:中了举人,祖坟上可以立两个旗杆。中了举人,不但家族亲戚都体面,连已死的祖宗也光荣。祖母定要立了旗杆才到坟上,就是定要我父亲在她生前中举人。我推想父亲当时的心情多么沉重,哪有兴致玩西湖呢?

每次考毕回家,在家静候福音。过了中秋消息沉沉,便确定这次没有考中,只得再在家里饮酒,看书,吸鸦片,进修三年,再去大比。这样地过了三次,即九年,祖母日渐年老,经常卧病。我推想当时父亲的心里多么焦灼!但到了他三十六岁那年,果然考中了。那时我年方四岁,妈妈抱了我挤在人丛中看他拜北阙,情景隐约在目。那时的情况是这样:

父亲考毕回家,天天闷闷不乐,早眠晏起,茶饭无心。祖母躺在床上,请医吃药。有一天,中秋过后,正是发榜的时候,染店里的管账先生,即我的堂房伯伯,名叫亚卿,大家叫他"麻子三大伯"的,早晨到店,心血来潮,说要到南高桥头去等"报事船"。大家笑他发呆,他不顾管,径自去了。他的儿子名叫乐生,是个顽及孩子，跟了他去。父子两人在南高桥上站了一会儿，看见一只快船驶来，锣声喧喧不绝。他就问："谁中了？"船上人说："丰鏄，丰鏄！"乐生先跑，麻子三大伯跟着他跑。旁人不知就里，都说："乐生又闯了祸了，他老子在打他呢。"

麻子三大伯跑回来，闯进店里，口中大喊："斛泉中了！斛泉中了！"父亲正在蒙被而卧。麻子大伯喊到他床前，父亲讨厌他，回说："你不要瞎说，是四哥，不是我！"四哥者，是我的一个堂伯，名叫丰锦，字浣江，那年和父亲一同去大比的。但过了不久，报事船已经转进后河，锣声敲到我家里来了。"丰鏄接诰封！丰鏄接诰封！"一大群人跟了进来。我父亲这才披衣起床，到楼下去盥洗。祖母闻讯，也扶病起床。

我家房子是向东的，于是在厅上向北设张桌子，点起香烛，等候新老爷来拜北阙。麻子三大伯跑到市里，看见团子、粽子就拿，拿回来招待报事人。那些卖团子、粽子的人，绝不同他计较。因为他们都想同新贵的人家攀点缘。但后来总是付清价钱的。父亲戴了红缨帽，穿了外套走出来，向北三跪九叩，然后开诰封。祖母头上拔下一支金挖耳来，将诰封挑开，这金挖耳就归报事人获得。报事人取出"金花"来，垂在父亲头上，又插在母亲和祖母头上。这金花是纸做的，轻巧得很。据说皇帝发下的时候，是真金的，经过人手，换了银花，再换了铜花，最后换了纸花。但不拘怎样，总之是光荣。表演这一套的时候，我家里挤满了人。因为数十年来石门湾不曾出过举人，所以这一次特别稀奇。我年方四岁，由奶妈抱着，挤在人丛中看热闹，虽然莫明其妙，但到现在还保留着模糊的印象。

两个报事人留着，住在店楼上写"报单"。报单用红纸，写宋体字："喜报贵府老爷丰鐄高中庚子辛丑恩政并科第八十七名举人。"自己家里挂四张，亲戚每家送两张。这"恩政并科"便是最后一科，此后就废科举，办学堂了。本来，中了举人之后，再到北京"会试"，便可中进士，做官。举人叫作金门槛，很不容易跨进；一跨进之后，会试就很容易，因为人数很少，大都录取。但我的父亲考中的是最后一科，所以不得会试，没有官做，只得在家里设塾授徒，坐冷板凳了。这是后话。且说写报单的人回去之后，我家就举行"开贺"。房子狭窄，把灶头拆掉，全部粉饰，挂灯，结彩。附近各县知事，以及远近亲友都来贺喜，并送贺仪。这贺仪倒是一笔收入。有些人要"高攀"，特别送得重。客人进门时，外面放炮三声，里面乐人吹打。客人叩头，主人还礼。礼毕，请客吃"跑马桌"。跑马桌者，不拘什么时候，请他吃一桌酒。这样，免得大摆筵席，倒是又简便又隆重的办法。开贺三天，祖母天天扶病下楼来看，病也似乎好了一点。父亲应酬辛劳，全靠鸦片借力。但祖母经过这番兴奋，终于病势日渐沉重起来。父亲连忙在祖坟上立旗杆。不多久，祖母病危了。弥留时问父亲："坟上旗杆立好了吗？"父亲回答："立好了。"祖母含笑而逝。于是开吊，出丧，又是一番闹热,不亚于开贺的时候。大家说:"这老太太真好福气!"我还记得祖母躺在尸床上时,父亲拿一叠纸照在她紧闭的眼前,含泪说道:"妈,我还没有把文章给你看过。"其声呜咽,闻者下泪。后来我知道,这是父亲考中举人的文章的稿子。那时已不用八股文而用策论,题目是《汉宣帝信赏必罚,综核名实论》和《唐太宗盟突厥于便桥,宋真宗盟契丹于澶州论》。

父亲三十六岁中举人,四十二岁就死于肺病。这五六年中,他的生活实在很寂寥。每天除授徒外,只是饮酒看书吸鸦片。他不吃肥肉,难得吃些极精的火腿。秋天爱吃蟹,向市上买了许多,养在缸里,每天晚酌吃一只。逢到七夕、中秋、重阳佳节,我们姐妹四五人也都得吃。下午放学后,他总在附近沈子庄开的鸦片馆里度过。晚酌后,在家吸鸦片,直到更深,再吃夜饭。我的三个姐姐陪着他吃。吃的是一个皮蛋,一碗冬菜。皮蛋切成三份,父亲吃一份,姐姐们分食两份。我年幼早睡,是没有资格参与的。父亲的生活不得不如此清苦。因为染坊店收入有限,束脩更为微薄,加上两爿大商店(油车、当铺)的"出官"① 每年送一二百元外,别无进账。父亲自己过着清苦的生活,他的族人和亲戚却沾光不少。凡是同他并辈的亲族,都称老爷奶奶,下一辈的都称少爷小姐。利用这地位而作威作福的,颇不乏人。我是嫡派的少爷。常来当差的褚老

---

① 指商店借"举人老爷"之名而得到保障付给的酬金。

五，带了我上街去，街上的人都起敬，糕店送我糕，果店送我果，总是满载而归。但这一点荣华也难久居，我九岁上，父亲死去，我们就变成孤儿寡妇之家了。

我的母亲

中国文化馆要我写一篇《我的母亲》，并寄我母亲的照片一张。照片我有一张四寸的肖像。一向挂在我的书桌的对面。已有放大的挂在堂上，这一张小的不妨送人。但是《我的母亲》一文从何处说起呢？看看我母亲的肖像，想起了母亲的坐姿。母亲生前没有摄影取坐像的照片，但这姿态清楚地摄入在我脑海中的底片上，不过没有晒出。现在就用笔墨代替显影液和定影液，把我母亲的坐像晒出来吧：我的母亲坐在我家老屋的西北角里的八仙椅子上，眼睛里发出严肃的光辉，口角上表出慈爱的笑容。

老屋的西北角里的八仙椅子，是母亲的老位子。从我小时候直到她逝世前数月，母亲空下来总是坐在这把椅子上，这是很不舒服的一个座位：我家的老屋是一所三开间的楼厅，右边是我的堂兄家，左边一间是我的堂叔家，中央一间是我家。但是没有板壁隔开，只拿在左右的两排八仙椅子当作三份人家的界限。所以母亲坐的椅子，背后凌空。若是沙发椅子，三面有柔软的厚壁，凌空原无妨碍。但我家的八仙椅子是木造的，坐板和靠背呈九十度角，靠背只是疏疏的几根木条，其高只及人的肩膀。母亲坐着没处搁头，很不安稳。母亲又防椅子的脚摆在泥土上要霉烂，用两三寸高的木座子垫衬在椅子脚下，因此这只八仙椅子特别高，母亲坐上去两脚须得挂空，很不便利。所谓西北角，就是左边最里面的一只椅子，这椅子的里面就是通过退堂的门。退堂里就是灶间。母亲坐在椅子上向里面顾，可以看见灶头。风从里面吹出的时候，烟灰和油气都吹在母亲身上，很不卫生。堂前隔着三四尺阔的一条天井便是墙门。墙外面便是我们的染坊店。母亲坐在椅子里向外面望，可以看见杂沓往来的顾客，听到沸反盈天的市井声，很不清静。但我的母亲一生坐在我家老屋西北角里的这样不安稳、不便利、不卫生、不清静的一只八仙椅子上，眼睛发出严肃的光辉，口角上表出慈爱的笑容。母亲为什么老是坐在这样不舒服的椅子里呢？因为这位子在我家中最为重要。母亲坐在这位子里可以顾到灶上，又可以顾到店里。母亲为要兼顾内外，便顾不到座位的安稳不安稳，便利不便利，卫生不卫生，和清静不清静了。

我四岁时，父亲中了举人，同年祖母逝世，父亲丁艰在家，郁郁不乐，以诗酒自娱，不管家事，丁艰终而科举废，父亲就从此隐遁。这期间家事店事，内外都归母亲一个兼理。我从书堂出来，照例走向坐在西北角里的椅子上的母亲的身边，向她讨点东西吃。母亲口角上表出亲爱的笑容，伸手除下挂在椅子头顶的"饿杀猫篮"①，拿起饼饵给我吃；同时眼睛里发出严肃的光辉，给我几句勉励。

我九岁的时候，父亲遗下了母亲和我们姐弟六人，薄田数亩和染坊店一间而逝世。我家内外一切责任全部归母亲负担。此后她坐在那椅子上的时间愈加多了。工人们常来坐在里面的凳子上，同母亲谈家事；店伙们常来坐在外面的椅子上，同母亲谈店事；父亲的朋友和亲戚邻人常来坐在对面的椅子上，同母亲交涉或应酬。我从学堂里放假回家，又照例走向西北角椅子边，同母亲讨个铜板。有时这四班人同时来到，使得母亲招架不住，于是她用眼睛的严肃的光辉来命令，警戒，或交涉；同时又用了口角上的慈爱的笑容来劝勉，抚爱，或应酬。当时的我看惯了这种光景，以为母亲是天生成坐在这只椅子上的，而且天生成有四班人向她缠绕不清的。

我十七岁离开母亲，到远方求学。临行的时候，母亲眼睛里发出严肃的光辉，诫我待人接物求学立身的大道；口角上表出慈爱的笑容，关照我起居饮食一切的细事。她给我准备学费，她给我置备行李，她给我制一罐猪油炒米粉，放在我的网篮里；她给我做一个小线板，上面插两只引线放在我的箱子里，然后送我出门。放假归来的时候，我一进店门，就望见母亲坐在西北角里的八仙椅子上。她欢迎我归家，口角上表现了慈爱的笑容，她探问我的学业，眼睛

---

① 一种用细竹篾制成的竹篮，因防止猫吃到篮中菜而得名。

里发出严肃的光辉。晚上她亲自上灶，烧些我所爱吃的菜蔬给我吃，灯下她详询我的学校生活，加以勉励，教训，或责备。

我廿二岁毕业后，赴远方服务，不肯依居母亲膝下，唯假期归省。每次归家，依然看见母亲坐在西北角里的椅子上，眼睛里发出严肃的光辉，口角上表现出慈爱的笑容。她像贤主一般招待我，又像良师一般教训我。

只是她的头发已由灰白渐渐转成银白了。

我三十岁时，弃职归家，读书著述奉母，母亲还是每天坐在西北角里的八仙椅子上，眼睛里发出严肃的光辉，口角上表出慈爱的笑容。只是她的头发已由灰白渐渐转成银白了。

我三十三岁时，母亲逝世。我家老屋西北角里的八仙椅子上，从此不再有我母亲坐着了。然而我每逢看见这只椅子的时候，脑际一定浮出母亲的坐像——眼睛里发了严肃的光辉，口角上表现出慈爱的笑容。她是我的母亲，同时又是我的父亲。她以一身任严父兼慈母之职而训诲我抚养我，从我呱呱坠地的时候直到三十三岁，不，直到现在。

陶渊明诗云："昔闻长者言，掩耳每不喜。"我也犯这个毛病：我曾经全部接受了母亲的慈爱，但不会全部接受她的训诲。所以现在我每次想象中瞻望母亲的坐像，对于她口角上的慈爱的笑容觉得十分感谢，对于她眼睛里的严肃的光辉，觉得十分恐惧。这光辉每次给我以深刻的警惕和有力的勉励。

学画回忆

假如有人探寻我儿时的事,为我作记或讣启,可以为我说得极漂亮:"七岁入塾即擅长丹青。课余常摹古人笔意,写人物花鸟之图,以为游戏。同塾年长诸生竟欲乞得其作品而珍藏之,甚至争夺殴打。师闻其事,命出画观之,不信,谓之曰:'汝真能画,立为我作至圣先师孔子像!不成,当受罚。'某从容研墨伸纸,挥毫立就,神颖晔然。师弃尺于地,叹曰:'吾无以教汝矣!'遂装裱其画,悬诸塾中,命诸生朝夕礼拜焉。于是亲友竞乞画像,所作无不惟妙惟肖。……"百年后的人读了这段记载,便会赞叹道:"七岁就有作品,真是天才,神童!"

朋友来信要我写关于儿时学画的回忆的话,我就根据上面的一段话写些吧。上面的话都是事实,不过欠详明些,宜解释之如下:

我七八岁时——到底是七岁或八岁,我现在记不清楚了。但都可说,说得小了可说是照外国算法的;说得大了可说是照中国算法的。——入私塾,先读《三字经》,后来又续《千家诗》。《千家诗》每页上端有一幅木版画,记得第一幅画的是一只大象和一个人，在那里耕田，后来我知道这是二十四孝中的大舜耕田图。但当时并不知道画的是什么意思，只觉得看上端的画，比读下面的"云淡风轻近午天"有趣。我家开着染坊店，我向染匠司务讨些颜料来，溶化在小盅子里，用笔蘸了为书上的单色画着色，涂一只红象，一个蓝人，一片紫地，自以为得意。但那书的纸不是道林纸，而是很薄的中国纸，颜色涂在上面的纸上，渗透了下面好几层。我的颜料笔又吸得饱，透得更深。等得着好色，翻开书来一看，下面七八页上，都有一只红象、一个蓝人和一片紫地，好像用三色版套印的。

　　第二天上书的时候，父亲——就是我的先生——就骂，几乎要打手心；被母亲或是大姐劝住了，终于没有打。我哭了一顿，把颜料盅子藏在扶梯底下了。晚上，等到先生——就是我的父亲——上鸦片馆去了，我再向扶梯底下取出颜料盅子，叫红英——管我的女仆——到店堂里去偷几张煤头纸来，就在扶梯底下的半桌上的"洋油手照"①底下描色彩画。画一个红人，一只蓝狗，一间紫房子……这些画的最初的鉴赏者，便是红英。后来母亲和诸姐也看到了，她们都说"好"；可是我没有给父亲看，防恐吃手心。这叫作"七岁入塾即擅长丹青"。况且向染坊店里讨来的颜料不止丹和青呢！

---

①"洋油手照"，意即火油灯。

后来，我在父亲晒书的时候找到了一部人物画谱，翻一翻，看见里面花样很多，便偷偷地取出了，藏在自己的抽斗里。晚上，又偷偷地拿到扶梯底下的半桌上去给红英看。这回不想再在书上着色；却想照样描几幅看，但是一幅也描不像。亏得红英想工①好，教我向习字簿上撕下一张纸来，印着了描。记得最初印着描的是人物谱上的柳柳州像。当时第一次印描没有经验，笔上墨水吸得太饱，习字簿上的纸又太薄，结果描是描成了，但原本上渗透了墨水，弄得很龌龊，曾经受大姐的责骂。这本书至今还存在，我晒旧书时候还翻出这个弄龌龊了的柳柳州像来看：穿着很长的袍子，两臂高高地向左右伸起，仰起头作大笑状。但周身都是斑斓的墨点，便是我当日印上去的。回思我当日首先就印这幅画的原因，大概是为了他高举两臂作大笑状，好像父亲打呵欠的模样，所以特别有兴味吧。后来，我的"印画"的技术渐渐进步。十二三岁的时候（父亲已经去世，我在另一私塾读书了），我已把这本人物谱统统印全。所用的纸是雪白的连史纸，而且所印的画都着色。着色所用的颜料仍旧是染坊里的，但不复用原色。我自己会配出各种间色来，在画上施以复杂华丽的色彩，同塾的学生看了都很欢喜，大家说"比原本上的好看得多！"而且大家问我讨画，拿去贴在灶间里，当作灶君菩萨；或者贴在床前，当作新年里买的"花纸儿"。所以

---

①想工，作者家乡话，即办法。

说我"课余常摹古人笔意，写人物花鸟之图，以为游戏。同塾年长诸生竟欲乞得其作品而珍藏之"，也都是有因；不过其事实是如此。

至于学生夺画像殴打，先时候请我画至圣先师孔子像，悬诸塾中，命诸生晨夕礼拜，也都是确凿的事实，你听我说吧：那时候我们在私塾中弄画，同在现在社会里抽鸦片一样，是不敢公开的。我好像是一个土贩或私售灯吸的，同学们好像是上了瘾的鸦片鬼，大家在暗头里作勾当。先生坐在案桌上的时候，我们的画具和画都藏好，大家一摇一摆地读《幼学》书。等到下午，照例一个大块头来拖先生出去吃茶了，我们便拿出来弄画。我先一幅幅地印出来，然后一幅幅地涂颜料。同学们便像看病时向医生挂号一样，依次认定自己所欲得的画。得画的人对我有一种报酬，但不是稿费或润笔，而是种种玩意儿：金铃子一对连纸匣；挖空老菱壳一只，可以加上绳子去当作陀螺抽的；"云"字顺治铜钱一枚（有的顺治铜钱，后面有一个字，字共二十种。我们儿时听大人说，积得了一套，用绳编成宝剑形状，挂在床上，夜间一切鬼都不敢走近来。但其中，好像是"云"字，最不易得；往往为缺少此一字而编不成宝剑。故这种铜钱在当时的我们之间是一种贵重的赠品），或者铜管子（就是当时炮船上用的后膛枪子弹的壳）一个。有一次，两个同学为交换一张画，意见冲突，相打起来，被先生知道了。先生审问之下，知道相打的原因是为画；追求画的来源，知道是我所作，便厉声喊我走过去。我料想是吃戒尺了,低着头不睬,但觉得手心里火热了。终于先生走过来了。我已吓得魂不附体;但他走到我的座位旁边,并不拉我的手,却问我"这画是不是你画的?"我回答一个"是"字,预备吃戒尺了。他把我的身体拉开,抽开我的抽斗,搜查起来。我的画谱、颜料,以及印好而未着色的画,就都被他搜出。我以为这些东西全被没收了:结果不然,他但把画谱拿了去,坐在自己的椅子上一张一张地观赏起来。过了好一会,先生旋转头来叱一声"读!"大家朗朗地读"混沌初开,乾坤始奠……"这件案子便停顿了。我偷眼看先生,见他把画谱一张一张地翻下去,一直翻到底。放假①的时候我挟了书包走到他面前去作一个揖,他换了一种与前不同的语气对我说:"这书明天给你。"

　　明天早上我到塾,先生翻出画谱中的孔子像,对我说:"你能照这样子画一个大的吗?"我没有防到先生也会要我画起画来,有些"受宠若惊"的感觉,支吾地回答说"能"。其实我向来只是"印",不能"放大"。这个"能"字是被先生的威严吓出来的。说出之后心头发一阵闷,好像一块大石头吞在肚里了。先生继续说:"我去买张纸来,你给我放大了画一张,也要着色彩的。"我只得说"好"。同学们看见先生要我画画了,大家装出惊奇和羡慕的脸色,对着我看。我却带着一肚皮心事,直到放假。

---

①指放学。

放假时我挟了书包和先生交给我的一张纸回家,便去向大姐商量。大姐教我,用一张画方格子的纸,套在画谱的书页中间。画谱纸很薄,孔子像就有经纬格子范围着了。大姐又拿缝纫用的尺和粉线袋给我在先生交给我的大纸上弹了大方格子,然后向镜箱中取出她画眉毛用的柳条枝来,烧一烧焦,教我依方格子放大的画法。那时候我们家里还没有铅笔和三角板、米突(metre)尺,我现在回想大姐所教我的画法,其聪明实在值得佩服。我依照她的指导,竟用柳条枝把一个孔子像的底稿描成了;同画谱上的完全一样,不过大得多,同我自己的身体差不多大。我伴着了热烈的兴味,用毛笔钩出线条;又用大盆子调了多量的颜料,着上色彩,一个鲜明华丽而伟大的孔子像就出现在纸上。店里的伙计,作坊里的司务,看见了这幅孔子像,大家说:"出色!"还有几个老妈子,尤加热烈地称赞我的"聪明"和画的"齐整",并且说:"将来哥儿给我画个容像,死了挂在灵前,也沾些风光。"我在许多伙计、司务和老妈子的盛称声中,俨然成了一个小画家。但听到老妈子要托我画容像,心中却有些儿着慌。我原来只会"依样画葫芦"的。全靠那格子放大的枪花①,把书上的小画改成为我的"大作";又全靠那颜色的文饰,使书上的线描一变而为我的"丹青"。格子放大是大姐教我的,颜料是染匠司务给我的,归到我自己名下的工作,仍旧只

---

① 作者家乡中有"掉枪花"的说法,意即耍手段。

有"依样画葫芦"。如今老妈子要我画容像，说"不会画"有伤体面；说"会画"将来如何兑现？且置之不答，先把画交给先生去。先生看了点头。次日画就粘贴在堂名匾下的板壁上。学生们每天早上到塾，两手捧着书包向它拜一下；晚上散学，再向它拜一下。我也如此。

　　自从我的"大作"在塾中的堂前发表以后，同学们就给我一个绰号"画家"。每天来访先生的那个大块头看了画，点点头对先生说："可以。"这时候学校初兴，先生忽然要把我们的私塾大加改良了。他买一架风琴来，自己先练习几天，然后教我们唱"男儿第一志气高，年纪不妨小"的歌。又请一个朋友来教我们学体操。我们都很高兴。有一天，先生呼我走过去，拿出一本书和一大块黄布来，和蔼地对我说："你给我在黄布上画一条龙，"又翻开书来，继续说，"照这条龙一样。"原来这是体操时用的国旗。我接受了这命令，只得又去向大姐商量；再用老法子把龙放大，然后描线，涂色。但这回的颜料不是从染坊店里拿来，是由先生买来的铅粉、牛皮胶和红、黄、蓝各种颜色。我把牛皮胶煮溶了，加入铅粉，调制各种不透明的颜料，涂到黄布上，同西洋中世纪的fresco（壁画）画法相似。龙旗画成了，就被高高地张在竹竿上，引导学生通过市镇，到野外去体操。我悔不在体操后偷把那龙旗藏过了，好让我的传记里添两句："其画龙点睛后忽不见盖已乘云上天矣。"我的"画家"绰号自此更盛行；而老妈子的画像也催促得更紧了。

我再向大姐商量。她说二姐丈会画肖像,叫我到他家去"偷关子"。我到二姐丈家,果然看见他们有种种特别的画具:玻璃九宫格、擦笔、conté（木炭铅笔）、米突尺、三角板。我向二姐丈请教了些画法,借了些画具,又借了一包照片来,作为练习的样本。因为那时我们家乡地方没有照相馆,我家里没有可用玻璃格子放大的四寸半身照片。回家以后,我每天一放学就埋头在擦笔照相画中。这是为了老妈子的要求而"抱佛脚"的;可是她没有照相,只有一个人。我的玻璃格子不能罩到她的脸上去,没有办法给她画像。天下事有会巧妙地解决的。大姐在我借来的一包样本中选出某老妇人的一张照片来,说:"把这个人的下巴改尖些,就活像我们的老妈子了。"我依计而行,果然画了一幅八九分像的肖像画,外加在擦笔上面涂以漂亮的淡彩:粉红色的肌肉,翠蓝色的上衣,花带镶边;耳朵上外加挂上一双金黄色的珠耳环。老妈子看见珠耳环,心花盛开,即使完全不像,也说"像"了。自此以后,亲戚家死了人我就有差使——画容像。活着的亲戚也拿一张小照来叫我放大,挂在厢房里;预备将来可现成地移挂在灵前。我十七岁出外求学,年假、暑假回家时还常常接受这种义务生意。直到我十九岁时,从先生学了木炭写生画,读了美术的论著,方才把此业抛弃。到现在,在故乡的几位老伯伯和老太太之间,我的擦笔肖像画家的名誉依旧健在;不过他们大都以为我近来"不肯"画了,不再来请教我。前年还有一位老太太把她的新死了的丈夫的四寸照片寄到我上海的寓所来,哀求地托我写照。此道我久已生疏,早已没有画具,况且又没有时间和兴味。但无法对她说明,就把照片送到霞飞路的某照相馆里,托他们放大为廿四寸的,寄了去。后遂无问津者。

假如我早得学木炭写生画,早得受美术论著的指导,我的学画不会走这条崎岖的小径。唉,可笑的回忆,可耻的回忆,写在这里,给世间学画的人作借镜吧。

我的苦学经验

我于一九一九年,二十二岁的时候,毕业于杭州的浙江省立第一师范学校。这学校是初级师范。我在故乡的高等小学毕业,考入这学校,在那里肄业五年而毕业。故这学校的程度,相当于现在的中学校,不过是以养成小学教师为目的的。

但我于暑假时在这初级师范毕业后,既不作小学教师,也不升学,却就在同年的秋季,来上海创办专门学校,而作专门科的教师了。这种事情,现在我自己回头想想也觉得可笑。但当时自有种种的因缘,使我走到这条路上。因缘者何?因为我是偶然入师范学校的,并不是抱了作小学教师的目的而入师范学校的。(关于我的偶然入师范,现在属于题外,不便详述。异日拟另写一文,以供青年们投考的参考。)故我在校中只是埋头攻学,并不注意于教育。在四年级的时候,我的兴味忽然集中在图画上了。甚至抛弃其他一切课业而专习图画,或托事请假而到西湖上去作风景写生。所以我在校的前几年,学期考试的成绩屡列第一名,而毕业时已降至第二十名。因此毕业之后,当然无意于作小学教师,而希望发挥自己所热衷的图画。但我的家境不许我升学而专修绘画。正在踌躇之际，恰好有同校的高等师范图画手工专修科毕业的吴梦非君，和新从日本研究音乐而归国的旧同学刘质平君，计议在上海创办一个养成图画音乐手工教员的学校，名曰专科师范学校。他们正在招求同人。刘君知道我热衷于图画而又无法升学，就来拉我去帮办。我也不自量力，贸然地答允了他。于是我就做了专科师范的创办人之一，而在这学校之中教授西洋画等课了。这当然是很勉强的事。我所有关于绘画的学识，不过在初级师范时偷闲画了几幅木炭石膏模型写生，又在晚上请校内的先生教些日本文，自己向师范学校的藏书楼中借得一部日本明治年间出版的《正则洋画讲义》，从其中窥得一些陈腐的绘画知识而已。我犹记得，这时候我因为自己只有一点对于石膏模型写生的兴味，故竭力主张"忠实写生"的画法，以为绘画以忠实模写自然为第一要义。又向学生演说，谓中国画的不忠于写实，为其最大的缺点；自然中含有无穷的美，惟能忠实于自然模写者，方能发现其美。就拿自己在师范学校时放弃了晚间的自修课而私下在图画教室中费了十七小时而描成的Venus（维纳斯）头像的木炭画揭示学生，以鼓励他们的忠实写生。当一九二〇年的时代，而我在上海的绘画专门学校中厉行这样的画风，现在回想起来，真是闭门造车。然而当时的环境，颇能容纳我这种教法。因为当时中国宣传西洋画的机关绝少，上海只有一所美术专门学校，专科师范是第二个兴起者。当时社会上人士，大半尚未知道西洋画为何物，或以为美女月份牌就是西洋画的代表，或以为香烟牌子就是西洋画的代表。所以在世界上看来我虽然是闭门造车，但在中国之内，我这种教法大可卖野人头呢。但野人头终于不能常卖，后来我渐渐觉得自己的教法陈腐而有破绽了，因为上海宣传西洋画的机关日渐多起来，从东西洋留学归国的西洋画家也时有所闻了。我又在上海的日本书店内购得了几册美术杂志，从中窥知了一些最近西洋画界的消息，以及日本美术界的盛况，觉得从前在《正则洋画讲义》中所得的西洋画知识，实在太陈腐而狭小了。虽然别的绘画学校并不见有比我更新的教法，归国的美术家也并没有什么发表，但我对于自己的信用已渐渐丧失，不敢再在教室中扬眉瞬目而卖野人头了。我懊悔自己冒昧地当了这教师。我在布置静物写生标本的时候，曾为了一只青皮的橘子而起自伤之念，以为我自己犹似一只半生半熟的橘子，现在带着青皮卖掉，给人家当作习画标本了。我想窥见西洋画的全豹，我也想到东西洋去留学，做了美术家而归国。但是我的境遇不许我留学。况且我这时候已经有了妻子。做教师所得的钱，赡养家庭尚且不够，哪里来留学的钱呢？经过了许久烦恼的日月，终于决定非赴日本不可。我在专科师范中当了一年半的教师，在一九二一年的早春，向我的姐丈周印池君借了四百块钱（这笔钱我才于两三年前还他。我很感谢他第一个惠我的同情），就抛弃了家庭，独自冒险的到东京去了。得去且去，以后的问题以后再说。至少，我用完了这四百块钱而回国，总得看一看东京美术界的状况了。但到了东京之后，就有许多关切的亲戚朋友，设法接济我的经济。我的岳父给我约了一个一千元的会，按期寄洋钱给我，专科师范的同人吴刘二君，亦各以金钱相遗赠，结果我一共得了约二千块钱，在东京维持了足足十个月的用度，到了同年的冬季，金尽而返国。这一去称为留学嫌太短，称为旅行嫌太长，成了三不像的东西。同时我的生活也是三不像的。我在这十个月内，前五个月是上午到洋画研究会中去习画，下午读日本文。后五个月废止了日本文，而每日下午到音乐研究会中去学提琴，晚上又去学英文。然而各科都常常请假，拿请假的时间来参观展览会，听音乐会，访图书馆，看opera（歌剧）以及游玩名胜，钻旧书店，跑夜摊（yomise）。因为这时候我已觉悟了各种学问的深广，我只有区区十个月的求学时间，决不济事。不如走马看花，呼吸一些东京艺术界的空气而回国吧。幸而我对于日本文，在国内时已约略懂得一点，会话也早已学得了几声。到东京后，旅舍中唤茶、商店中买物等事，勉强能够对付。我初到东京的时候，随了众同国人入东亚预备学校学习日语，嫌其程度太低，教法太慢，读了几个礼拜就辍学。自己异想天开，为了学习日本语的目的，向一个英语学校的初级班报名，每日去听讲两小时。他们是从A boy，A dog（一个男孩，一只狗）教起的，所用的英文教本与开明第一英文读本程度相同。对于英文我已完全懂得，我的目的是要听这位日本先生怎样地用日本语来解说我所已懂得的英文，便在这时候偷取日本语会话的诀窍，这异想天开的办法果然成功了。我在那英语学校里听了一个月讲，果然于日语会话及听讲上获得了很多的进步。同时看书的能力也进步起来。本来我只能看《正则洋画讲义》一类的刻板的叙述体文字，现在连《不如归》和《金色夜叉》①都会读了。我的对于文学的兴味，是从这时候开始的。以后我就为了学习英语的目的而另入一英语学校。我报名入最高的一班，他们教我读伊尔文的 *Sketch Book*。这时候我方才知道英文中有这许多难记的生字（我在师范学校毕业时只读到《天方夜谭》）。兴味一浓，我便嫌先生教得太慢。后来在旧书店里找到了一册 *Sketch Book* 讲义录，内有详细的注解和日译文，我确信这可以自修，便辍了学，每晚伏在东京的旅舍中自修 *Sketch Book*。我自己限定于几个礼拜之内把此书中所有一切生字抄写在一张图画纸上，把每字剪成一块块的纸牌，放在一只匣子中。每天晚上，像摸数算命一般地向匣子中探摸纸牌，温习生字。不久生字都记诵，*Sketch Book* 全部都会读，而读起别的英语小说来也很自由了。路上遇见英语学校的同学，询知道他们只教了全书的几分之一，我心中觉得非常得意。从此我对于学问相信用机械的方法而下苦功。知识这样东西，要其能够于应用，分量原是有限的。我们要获得一种知识，可以先定一个范围，立一个预算，每日学习若干，则若干日可以学毕，然后每日切实地

---

① 日本旧时很著名的两部小说。

实行,非大故不准间断,如同吃饭一样。照我当时的求学的勇气预算起来,要得各种学问都不难:东西洋知名的几册文学大作品,我可以克日读完;德文法文等,我都可以依赖各种自修书而在最短时期内学得读书的能力;提琴教则本 *Homahmn*(《霍曼》)五册,我能每日练习四小时而在一年之内学毕;除了绘画不能硬要进步以外,其余的学问,在我都可以用机械的用功方法来探求其门径。然而这都是梦想,我的正式求学的时间只有十个月,能学得几许的学问呢?我回国之后,回想在东京所得的,只是描了十个月的木炭画,拉完了三本 *Homahmn*,此外又带了一些读日本文和读英文的能力而回国。回国之后,我为了生活和还债,非操职业不可。没有别的职业可操,只得仍旧做教师。一直做到了今年的秋季。十年来我不断地在各处的学校中做图画、音乐或艺术理论的教师。一场重大的伤寒病令我停止了教师的生活。现在蛰居在嘉兴的穷巷老屋中,伴着了药炉茶灶而写这篇稿子。

　　故我出了中学以后,正式求学的时期只有可怜的十个月。此后都是非正式的求学,即在教课的余暇读几册书而已。但我的绘画音乐的技术,从此日渐荒废了。因为技术不比别的学问,需要种种的设备,又需要每日不断的练习时间。研究绘画须有画室,研究音乐须有乐器,设备不周就无从用功。停止了几天,笔法就生疏,手指就僵硬。做教师的人,居处无定,时间又无定,教课准备又忙碌,虽有利用课余以研究艺术的梦想,但每每不能实行。日久荒废更甚。我的油画箱和提琴，久已高搁在书橱的最高层，其上积着寸多厚的灰尘了。手痒的时候，拿毛笔在废纸上涂抹，偶然成了那种漫画。口痒的时候，在口琴上吹奏简单的旋律，令家里的孩子们和着了唱歌，聊以慰藉我对于音乐的嗜好。世间与我境遇相似而酷嗜艺术的青年们，听了我的自述，恐要寒心吧！

但我幸而还有一种可以自慰的事，这便是读书。我的正式求学的十个月，给了我一些阅读外国文的能力。读书不像研究绘画音乐地需要设备，也不像研究绘画音乐地需要每日不断的练习。只要有钱买书，空的时候便可阅读。我因此得在十年的非正式求学期中读了几册关于绘画、音乐艺术等的书籍，知道了世间的一些些事。我在教课的时候，常把自己所读过的书译述出来，给学生们做讲义。后来有朋友开书店，我乘机把这些讲义稿子交他刊印为书籍，不期地走到了译著的一条路上。现在我还是以读书和译著为生活。回顾我的正式求学时代，初级师范的五年只给我一个学业的基础，东京的十个月间的绘画音乐的技术练习已付诸东流。独有非正式求学时代的读书，十年来一直随伴着我，慰藉我的寂寥，扶持我的生活。这真是以前所梦想不到的偶然的结果。我的一生都是偶然的，偶然入师范学校，偶然欢喜绘画音乐，偶然读书，偶然译著，此后正不知还要逢到何种偶然的机缘呢。

读我这篇自述的青年诸君！你们也许以为我的读书生活是幸运而快乐的；其实不然，我的读书是很苦的。你们都是正式求学，正式求学可以堂堂皇皇地读书，这才是幸运而快乐的。但我是非正式求学，我只能伺候教课的余暇而偷偷隐隐地读书。做教师的人，上课的时候当然不能读书，开议会的时候不能读书，监督自修的时候也不能读书，学生课外来问难的时候又不能读书，要预备明天的教授的时候又不能读书。担任了它一小时的功课，便是这学校的先生，便有参加议会、监督自修、解答问难、预备教授的义务；不复为自由的身体，不能随了读书的兴味而读书了。我们读书常被教务所打断，常被教务所分心，决不能像正式求学的诸君的专一。所以我的读书，不得不用机械的方法而下苦功，我的用功都是硬做的。

我在学校中，每每看见用功的青年们，闲坐在校园里的青草地上，或桃花树下，伴着了蜂蜂蝶蝶、燕燕莺莺，手执一卷而用功。我羡慕他们，真像潇洒的林下之士！又有用功的青年们，拥着棉被高枕而卧在寝室里的眠床中，手执一卷而用功。我也羡慕他们，真像耽书的大学问家！有时我走近他们去，借问他们所读为何书，原来是英文数学或史地理化，他们是在预备明天的考试。这使我更加要羡慕煞了。他们能用这样轻快闲适的态度而研究这类知识科学的书，岂真有所谓"过目不忘"的神力么？要是我读这种书，我非吃苦不可。我须得埋头在案上，行种种机械的方法而用笨功，以硬求记诵。诸君倘要听我的笨话，我愿把我的笨法子一一说给你们听。

在我，只有诗歌、小说、文艺，可以闲坐在草上花下或偃卧在眠床中阅读。要我读外国语或知识学科的书，我必须用笨功。请就这两种分述之。

第一，我以为要通一国的国语，须学得三种要素，即构成其国语的材料、方法，以及其语言的腔调。材料就是"单语"，方法就是"文法"，腔调就是"会话"。我要学得这三种要素，都非行机械的方法而用笨功不可。

"单语"是一国语的根底。任凭你有何等的聪明力，不记单语决不能读外国文的书，学生们对于学科要求伴着趣味，但谙记生字极少有趣味可伴，只得劳你费点心了。我的笨法子即如前所述，要读 *Sketch Book*，先把 *Sketch Book* 中所有的生字写成纸牌，放在匣中，每天摸出来记诵一遍。记牢了的纸牌放在一边，记不牢的纸牌放在另一边，以便明天再记。每天温习已经记牢的字，勿使忘记。等到全部记诵了，然后读书，那时候便觉得痛快流畅，其趣味颇足以抵偿摸纸牌时的辛苦。我想熟读英文字典，曾统计字典上的字数，预算每天记诵二十个字，若干时日可以记完。但终于未曾实行。倘能假我数年正式求学的日月，我一定已经实行这计划了。因为我曾仔细考虑过，要自由阅读一切的英语书籍，只有熟读字典是最根本的善法。后来我向日本购买一册《和英根底一万语》，假如其中一半是我所已知的，则每天记二十个字，不到一年就可记完，但这计划实行之后，终于半途而废。阻碍我的实行的，都是教课。记诵《和英根底一万语》的计划，现在我还保留在心中，等候实行的机会呢。我的学习日本语，也是用机械的硬记法。在师范学校时，就在晚上请校中的先生教日语。后来我买了一厚册的《日语完璧》，把后面所附的分类单语，用前述的方法一一记诵。当时只是硬记，不能应用，且发音也不正确；后来我到了日本，从日本人的口中听到我以前所硬记的单语，实证之后，我脑际的印象便特别鲜明，不易忘记。这时候的愉快也很可以抵偿我在国内硬记时的辛苦。这种愉快使我甘心消受硬记的辛苦，又使我始终确信硬记单语是学外国语的最根本的善法。

　　关于学习"文法"，我也用机械的笨法子。我不读文法教科书，我的机械的方法是"对读"。例如拿一册英文圣书和一册中文圣书并列在案头，一句一句地对读。积起经验来，便可实际理解英语的构造和各种词句的腔调。圣书之外，他种英文名著和名译，我亦常拿来对读。日本有种种英和对译丛书，左页是英文，右页是日译，下方附以注解。我曾从这种丛书得到不少的便利。文法原是本于论理的，只要论理的观念明白，便不学文法，不分noun（名词）与verb（动词）亦可以读通英文。但对读的态度当然是要非常认真。须要一句一字地对勘，不解的地方不可轻轻通过，必须明白了全句的组织，然后前进。我相信认真地对读几部名作，其功效足可抵得学校中数年英文教科。——这也可说是无福享受正式求学的人的自慰的话；能入学校中受先生教导，当然比自修更为幸福。我也知道入学是幸福的，但我真犯贱，嫌它过于幸福了。自己不费钻研而袖手听讲，由先生拖长了时日而慢慢地教去。幸福固然幸福了，但求学心切的人怎能耐烦呢？求学的兴味怎能不被打断呢？学一种外国语要拖长许久的时日，我们的人生有几回可供拖长呢？语言文字，不过是求学问的一种工具，不是学问的本身。学些工具都要拖长许久的时日，此生还来得及研究几许学问呢？拖长了时日而学外国语，真是俗语所谓"拉得被头直，天亮了！"我固然无福消受入校正式求学的幸福；但因了这个理由，我也不愿消受这种幸福，而宁愿独自来用笨功。

关于"会话"，即关于言语的腔调的学习，我又喜用笨法子。学外国语必须通会话。与外国人对晤当然须通会话，但自己读书也非通会话不可。因为不通会话，不能体会语言的腔调；腔调是语言的神情所寄托的地方，不能体会腔调，便不能彻底理解诗歌小说戏剧等文学作品的精神。故学外国语必须通会话。能与外国人共处，当然最便于学会话。但我不幸而没有这种机会，我未曾到过西洋，我又是未到东京时先在国内自习会话的。我的学习会话，也用笨法子，其法就是"熟读"。我选定了一册良好而完全的会话书，每日熟读一课，克期读完。熟读的方法更笨，说来也许要惹人笑。我每天自己上一课新书，规定读十遍。计算遍数，用选举开票的方法，每读一遍，用铅笔在书的下端画一笔，便凑成一个字。不过所凑成的不是选举开票用的"正"字，而是一个"讀"字。例如第一天读第一课，读十遍，每读一遍画一笔，便在第一课下面画了一个"言"字旁和一个"士"字头。第二天读第二课，亦读十遍，亦在

第二课下面画一个"言"字和一个"士"字，继续又把昨天所读的第一课温习五遍，即在第一课的下面加了一个"四"字。第三天在第三课下画一"言"字和"士"字，继续温习昨日的第二课，在第二课下面加一"四"字，又继续温习前日的第一课，在第一课下面再加了一个"目"字。第四天在第四课下面画一"言"字和一"士"字，继续在第三课下加一"四"字，第二课下加一"目"字，第一课下加一"八"字，到了第四天而第一课下面的"讀"字方始完成。这样下去，每课下面的"讀"字，逐一完成。"讀"字共有二十二笔，故每课共读二十二遍，即生书读十遍，第二天温五遍，第三天又温五遍，第四天再温二遍。故我的旧书中，都有铅笔画成的"讀"字，每课下面有了一个完全的"讀"字，即表示已经熟读了。这办法有些好处：分四天温习，屡次反复，容易读熟。我完全信托这机械的方法，每天像和尚念经一般地笨读。但如法读下去，前面的各课自会逐渐地从我的唇间背诵出来，这在我又感到一种愉快，这愉快也足可抵偿笨读的辛苦，使我始终好笨而不迁。会话熟读的效果，我于英语尚未得到实证的机会，但于日本语我已经实证了。我在国内时只是笨读，虽然发音和语调都不正确，但会话的资料已经完备了。故一听了日本人的说话，就不难就自己所已有的资料而改正其发音和语调，比较到了日本而从头学起来的，进步快速得多。不但会话，我又常从对读的名著中选择几篇自己所最爱读的短文，把它分为数段，而用前述的笨法子按日熟读。例如

Stevenson（斯蒂文生）和夏目漱石的作品，是我所最喜熟读的材料。我的对于外国语的理解，和对于文学作品的理解，都因了这熟读的方法而增进一些。这益使我始终好笨而不迁了。以上是我对于外国语的学习法。

第二，对于知识学科的书的读法，我也有一种见地：知识学科的书，其目的主要在于事实的报告；我们读史地理化等书，亦无非欲知道事实。凡一种事实，必有一个系统。分门别类，原原本本，然后成为一册知识学科的书。读这种书的第一要点，是把握其事实的系统。即读者也须原原本本地谙记其事实的系统，却不可从局部着手。例如研究地理，必须原原本本地探求世界共分几大洲，每大洲有几国，每国有何种山川形胜等。则读毕之后，你的头脑中就摄取了地理的全部学问的梗概，虽然未曾详知各国各地的细情，但地理是什么样一种学问，我们已经知道了。反之，若不从大处着眼，而孜孜从事于局部的记忆，即使你能背诵喜马拉雅山高几尺，尼罗河长几里，也只算一种零星的知识，却不是研究地理。故把握系统，是读知识学科的书籍的第一要点。头脑清楚而记忆力强大的人，凡读一书，能处处注意其系统，而在自己的头脑中分门别类，做成井然的条理；虽未看到书中详叙细事的地方，亦能知道这详叙位在全系统中哪一门哪一类哪一条之下，及其在全部中重要程度如何。这仿佛在读者的头脑中画出全书的一览表，我认为这是知识书籍的最良的读法。

但我的头脑没有这样清楚，我的记忆力没有这样强大。我的头脑中地位狭窄，画不起一览表来。倘教我闲坐在草上花下或偃卧在眠床中而读知识学科的书，我读到后面便忘记前面。终于弄得条理不分，心烦意乱，而读书的趣味完全灭杀了。所以我又不得不用笨法子。我可用一本notebook（笔记本）来代替我的头脑，在notebook中画出全书的一览表。所以我读书非常吃苦，我必须准备了notebook和笔，埋头在案上阅读。读到纲领的地方，就在notebook上列表，读到重要的地方，就在notebook上摘要。读到后面，又须时时翻阅前面的摘记，以朗此章此节在全体中的位置。读完之后，我便抛开书籍，把notebook上的一览表温习数次。再从这一览表中摘要，而在自己的头脑中画出一个极简单的一览表。于是这部书总算读过了。我凡读知识学科的书，必须用notebook摘录其内容的一览表。所以十年以来，积了许多的notebook，经过了几次迁居损失之后，现在的废书架上还留剩着半尺多高的一堆notebook呢。我没有正式求学的福分，我所知道于世间的一些些事，都是从自己读书而得来的；而我的读书，都须用上述的机械的笨法子。所以看见闲坐在青草地上，桃花树下，伴着了蜂蜂蝶蝶、燕燕莺莺而读英文数学教科书的青年学生，或拥着棉被高枕而卧在眠床中读史地理化教科书的青年学生，我羡慕得真要怀疑！

癞六伯

癞六伯，是离石门湾五六里的六塔村里的一个农民。这六塔村很小，一共不过十几份人家，癞六伯是其中之一。我童年时候，看见他约有五十多岁，身材瘦小，头上有许多癞疮疤。因此人都叫他癞六伯。此人姓甚名谁，一向不传，也没有人去请教他。只知道他家中只有他一人，并无家属。既然称为"六伯"，他上面一定还有五个兄或姐，但也一向不传。总之，癞六伯是孑然一身。

癞六伯孑然一身，自耕自食，自得其乐。他每日早上挽了一只篮步行上街，走到木场桥边，先到我家找奶奶，即我母亲。"奶奶，这几个鸡蛋是新鲜的，两支笋今天早上才掘起来，也很新鲜。"我母亲很欢迎他的东西，因为的确都很新鲜。但他不肯讨价，总说"随你给吧"。我母亲为难，叫店里的人代为定价。店里人说多少，癞六伯无不同意。但我母亲总是多给些，不肯欺负这老实人。于是癞六伯道谢而去。他先到街上"做生意"，即卖东西。大约九点多钟，他就坐在对河的汤裕和酒店门前的饭桌上吃酒了。这汤裕和是一家酱园，但兼卖热酒。门前搭着一个大凉棚，凉棚底下，靠河口，设着好几张板桌。癞六伯就占据了一张，从容不迫地吃时酒。时酒，是一种白色的米酒，酒力不大，不过二十度，远非烧酒可比，价钱也很便宜，但颇能醉人。因为做酒的时候，酒缸底上用砒霜画一个"十"字，酒中含有极少量的砒霜。砒霜少量原是无害而有益的，它能养筋活血，使酒力遍达全身，因此这时酒颇能醉人，但也醒得很快，喝过之后一两个钟头，酒便完全醒了。农民大都爱吃时酒，就为了它价钱便宜，醉得很透，醒得很快。农民都要工作，长醉是不相宜的。我也爱吃这种酒，后来客居杭州上海，常常从故乡买时酒来喝。因为我要写作，宜饮此酒。李太白"但愿长醉不愿醒"，我不愿。

且说癞六伯喝时酒，喝到饱和程度，还了酒钱，提着篮子起身回家了。此时他头上的癞疮疤变成通红，走步有些摇摇晃晃。走到桥上，便开始骂人了。他站在桥顶上，指手画脚地骂："皇帝万万岁，小人日日醉！""你老子不怕！""你算有钱？千年田地八百主厂""你老子一条裤子一根绳，皇帝看见让三分！"骂的内容大概就是这些，反复地骂到十来分钟。旁人久已看惯，不当一回事。癞六伯在桥上骂人，似乎是一种自然现象，仿佛鸡啼之类。我母亲听见了，就对陈妈妈说："好烧饭了，癞六伯骂过了。"时间大约在十点钟光景，很准确的。

有一次，我到南沈浜亲戚家作客。下午出去散步，走过一爿小桥，一只狗声势汹汹地赶过来。我大吃一惊，想拾石子来抵抗，忽然一个人从屋后走出来,把狗赶走了。一看,这人正是癞六伯,这里原来是六塔村了。这屋子便是癞六伯的家。他邀我进去坐,一面告诉我:"这狗不怕。叫狗勿咬,咬狗勿叫。"我走进他家,看见环堵萧然,一床、一桌、两条板凳、一只行灶之外,别无长物。墙上有一个搁板,堆着许多东西,碗盏、茶壶、罐头,连衣服也堆在那里。他要在行灶上烧茶给我吃,我阻止了。他就向搁板上的罐头里摸出一把花生来请我吃:"乡下地方没有好东西,这花生是自己种的,燥倒还燥。"我看见墙上贴着几张花纸,即新年里买来的年画,有《马浪荡》《大闹天宫》《水没金山》等,倒很好看。他就开开后门来给我欣赏他的竹园。这里有许多枝竹,一群鸡,还种着些菜。我现在回想,癞六伯自耕自食,自得其乐,很可羡慕。但他毕竟孑然一身,孤苦伶仃,不免身世之感。他的喝酒骂人,大约是泄愤的一种方法吧。

不久,亲戚家的五阿爹来找我了。癞六伯又抓一把花生来塞在我的袋里。我道谢告别,癞六伯送我过桥,喊走那只狗。他目送我回南沈浜。我去得很远了,他还在喊:"小阿官!明天再来玩!"

王囡囡

每次读到鲁迅《故乡》中的闰土，便想起我的王囡囡。王囡囡是我家贴邻豆腐店里的小老板，是我童年时代的游钓伴侣。他名字叫复生，比我大一二岁，我叫他"复生哥哥"。那时他家里有一祖母，很能干，是当家人；一母亲，终年在家烧饭，足不出户；还有一"大伯"，是他们的豆腐店里的老司务，姓钟，人们称他为钟司务或钟老七。

祖母的丈夫名王殿英，行四，人们称这祖母为"殿英四娘娘"叫得口顺，变成"定四娘娘"。母亲名庆珍，大家叫她"庆珍姑娘"。她的丈夫叫王三三，早年病死了。庆珍姑娘在丈夫死后十四个月生一个遗腹子，便是王囡囡。请邻近的绅士沈四相公取名字，取了"复生"。复生的相貌和钟司务非常相像。人都说："王囡囡口上加些小胡子，就是一个钟司务。"

钟司务在这豆腐店里的地位，和定四娘娘并驾齐驱，有时竟在其上。因为进货，用人，经商等事，他最熟悉，全靠他支配。因此他握着经济大权。他非常宠爱王囡囡，怕他死去，打一个银项圈挂在他的项颈里。市上凡有新的玩具，新的服饰，王囡囡一定首先享用，都是他大伯买给他的。我家开染坊店，同这豆腐店贴邻，生意清淡；我的父亲中举人后科举就废，在家做私塾。我家经济远不及王囡囡家的富裕，因此王囡囡常把新的玩具送我，我感谢他。王囡囡项颈里戴一个银项圈，手里拿一支长枪，年幼的孩子和猫狗看见他都逃避。这神情宛如童年的闰土。

我从王囡囡学得种种玩意儿。第一是钓鱼，他给我做钓竿，弯钓钩。拿饭粒装在钓钩上，在门前的小河里垂钓，可以钓得许多小鱼。活活地挖出肚肠，放进油锅里煎一下，拿来下饭，鲜美异常。其次是摆擂台。约几个小朋友到附近的姚家坟上去，王囡囡高踞在坟山上摆擂台，许多小朋友上去打，总是打他不下。一朝打下了，王囡囡就请大家吃花生米，每人一包。又次是放纸鸢。做纸鸢，他不擅长，要请教我。他出钱买纸，买绳，我出力糊纸鸢，糊好后到姚家坟去放。其次是攀树。姚家坟附近有一个坟，上有一株大树，枝叶繁茂，形似一顶阳伞。王囡囡能爬到顶上，我只能爬在低枝上。总之，王囡囡很会玩耍，一天到晚精神勃勃，兴高采烈。

有一天，我们到乡下去玩，有一个挑粪的农民，把粪桶碰了王囡囡的衣服。王囡囡骂他，他还骂一声"私生子！"王囡囡面孔涨得绯红，从此兴致大大地减低，常常皱眉头。有一天，定四娘娘叫一个关魂婆来替她已死的儿子王三三关魂。我去旁观。这关魂婆是一个中年妇人，肩上扛一把伞，伞上挂一块招牌，上写"捉牙虫算命"。她从王囡囡家后门进来。凡是这种人，总是在小巷里走，从来不走闹市大街。大约她们知道自己的把戏鬼鬼祟祟，见不得人，只能骗骗愚夫愚妇。牙痛是老年人常有的事，那时没有牙医生，她们就利用这情况，说会"捉牙虫"。记得我有一个亲戚，有一天请一个婆子来捉牙虫。这婆子要小解了，走进厕所去。旁人偷偷地看看她的膏药，原来里面早已藏着许多小虫。婆子出来，把膏药贴在病人的脸上，过了一会，揭起来给病人看："喏！你看，捉出了这许多虫，不会再痛了。"这证明她的捉牙虫全然是骗人。算命，关魂，更是骗人的勾当了。闲话少讲，且说定四娘娘叫关魂婆进来，坐在一只摇纱椅子上。她先问："要叫啥人？"定四娘娘说："要叫我的儿子三三。"关魂婆打了三个呵欠，说："来了一个灵官，长面孔……"定四娘娘说"不是"。关魂婆又打呵欠，说："来了一个灵官……"定四娘娘说："是了，是我三三。三三！你撇得我们好苦！"就一把鼻涕，一把眼泪地哭。后来对着庆珍姑娘说："喏，你这不争气的婆娘，还不快快叩头！"这时庆珍姑娘正抱着她的第二个孩子（男，名掌生）喂奶，连忙跪在地上，孩子哭起来，王囡囡哭起来，棚里的驴子也叫起来。关魂婆又代王三三的鬼魂说了好些话，我大都听不懂。后来她又打一个呵欠，就醒了。定四娘娘给了她钱，她讨口茶吃了，出去了。

　　王囡囡渐渐大起来，和我渐渐疏远起来。后来我到杭州去上学了，就和他阔别。年假暑假回家时，听说王囡囡常要打他的娘。

打过之后,第二天去买一支参来,煎了汤,定要娘吃。我在杭州学校毕业后,就到上海教书,到日本游学。抗日战争前一两年,我回到故乡,王囡囡有一次到我家里来,叫我"子恺先生",本来是叫"慈弟"的。情况真同闰土一样。抗战时我逃往大后方,八九年后回乡,听说王囡囡已经死了,他家里的人不知去向了。而他儿时的游钓伴侣的我,以七十多岁的高龄,还残生在这婆婆世界上,为他写这篇随笔。

笔者曰:封建时代礼教杀人,不可胜数。王囡囡庶民之家,亦受其毒害。庆珍姑娘大可堂皇地再嫁与钟老七。但因礼教压迫,不得不隐忍忌讳,酿成家庭之不幸,冤哉枉也。

旧 话

我想讲些关于升学的话，但我离开学生时代已将十五年，不做教师也已一二年，这个题目似乎对我很疏远，教我讲不出切实的话来。不得已，只好回想二十年前自己入学的旧话来谈谈。但这是过去的时代的事，恐怕无补于读者诸君的实用，只好当作故事读读罢了。

我在十七岁的暑假时毕业于石门湾的崇德县立第三高等小学。我在学时一味用功，勤修课程表上所有的一切功课，但除了赚得一百分以外，我更无别的企图与欲望。故虽然以第一名的成绩在那小学毕了业，但我完全是一个小孩，关于家务，世务，以及自己的前途，完全不闻不问。我家中只有母亲和诸姐弟。我在九岁上丧了父亲之后，母亲是我的兼父职的保护者。我家有数十亩田，一所小染坊店，和两三间房屋。平年的收入，仅敷生活用途；一遇荒年，我的母亲便非自己监理店务而力求节省不可。母亲是不识字的，不能看书看报。故家务、店务虽善处理，但对于时务无法深知。且当时正是清朝末年与民国光复的时候，时务的变化来得剧烈，母亲的持家操心甚劳。例如科举的废止，学校的兴行，服装的改革，辫发的剪除等事，在坐守家庭而不看书报的母亲看来，犹如不测的风云。我的父亲是考乡试而中举人的。父亲的书籍，考篮，知卷，报单以及衣冠等，母亲都郑重地保藏着，将来科举或许再兴，可给我参考或应用。这不是我母亲一人的希望，其时乡里的人都嫌学校不好，而希望皇帝再坐龙廷而科举再兴。"洪宪即位"，他们的希望几乎达到了；后来虽未达到，但他们的希望总是不断。有的亲友依旧请先生在家里教授"四书""五经"，或把儿女送入私塾。他们都是在社会上活动而有声誉的人。母亲听了他们的论见，自然认为可靠。因此母亲关于我的求学问题，曾费不少的烦虑。虽然送我入学校，但这于前途究竟是否有利，终是怀疑。母亲常痛父亲的早死，又恨自己是一不识字的女身，每每讲起这问题，常对我们说："盲子摸在稻田里了！"但我一味埋头用功，不知其他。我当时似乎以为人总是没有父亲而只有母亲的；而母亲总是"盲子摸在稻田里"的。

因此我在小学毕业之后，母亲的烦虑更深了。邻居的沈蕙荪先生，是我的小学校的校长，又是我们的亲戚，又是地方上有德望的长者。母亲就把我的前途的问题去请教他。他为我母亲说明现在的学制，学生将来的出路，还有种种的忠告。母亲就决定送我到杭州去投考中等学校。恰好沈先生也送他的儿子——我的同班毕业的同学沈元君——到杭州去投考，母亲便托他把我带去。这实在是最幸运的机会。因为当时我家没有人能送我到杭州；即使有人送去，也不懂投考学校的门路。我还记得炎热的夏天的早晨，母亲一早起来给我端整了行装，吃了糕和粽子，送我到沈家，跟了沈家父子搭快班船到长安去乘火车，糕和粽子，暗示"高中"的意思。听说从前父亲去考乡试的时候，祖母总是给他吃这两种点心的。

母亲决定命我投考杭州第一师范。这是母亲参考沈先生的说明，经过了仔细的考虑而决定的。母亲的意思：一则当时乡里学校勃兴，教师缺乏，师范毕业可以充当教师；二则我家没有父兄，我将来不能离家，当教师则可在家乡觅职，不必出外；三则师范取费低廉，毕业后又可不再升学，我家堪能担负。母亲曾把这种道理叮咛地关照我。但我的心沉浸在 Royal Reader 和代数中，哪能体会这道理而谅解母亲的苦心呢？我到了杭州，看见各种学校林立，都比我的小学伟大得多；看见书坊和图书馆里书如山积，都比我所见过的高深得多。我的知识欲展开翅膀而欲翱翔了。我已忘却母亲的话，自己的境遇，和其他一切的条件了。我的唯一的挂念，是恐怕这回的入学试验不能通过，落第回家。我在赴杭投考的同乡人中，闻知有同时投考数校的办法。我觉得这办法较为稳当，大可取法。我便不问师范，中学和商业等学校的教育的宗旨及将来的造就，但喜其投考日期不相冲突，便同时向这三校报名。沈先生在逆旅中把三校的性质教示我，使我知道取舍，母亲曾有更切实的叮嘱，她说商业学校毕业后必向外头的银行公司等供职，我家没有父兄，你不好出外，中学毕业后须升高等学校和大学，我家没有本钱，你不好升学。但这种话在我犹如耳边风。况且这是三五年以后的事，在我更觉得渺茫。我的唯一的企求，是目前投考的不落第。自从到了杭州以后，我的心犹似暮春的柳絮，随了机缘与风向而乱走，全不抱定自己的主见。这曾使母亲消受屡次的烦忧。

我投考了三个学校，结果统被录取。中学校录取第八，师范学校录取第三，商业学校录取第一。我在投考的时候，但看学校的形式，觉得师范学校规模最大，似乎最能满足我的知识欲。我便进了师范学校。这是与母亲的意见偶然相合，并非我能体谅母亲的苦心，顾念自己的境遇，或抱着服务小学教育的决心而进这学校的。故入学以后，我因不惯于寄宿舍的团体生活，又不满足于学校的课程——例如英文从ABCD教起，算学从四则教起等——懊悔当初不入中学校。这曾使我自己消受长期的懊恼，而对于这学校始终抱着仇视的态度。

我抱了求知识的目的而入养成小学教员的师范学校，我的懊恼是应该有的。幸而预科以后，学校中的知识学科也多加深起来，我只要能得知识欲的满足，就像小孩得糖而安静了。我又如在小学时一样埋头用功，勤修一切的功课，学期试验成绩也屡次列在第一名。放假回家，报告母亲，母亲也很欢喜。每次假期终了而赴校的时候，母亲总给我吃了糕和粽子而动身。但是糕和粽子的效力，后来终于失却。三年级以后，我成绩一落千丈，毕业时的平均成绩已排在第二十名了。

其原因是这样：

三年级以后，课程渐渐注重教育与教授法等，这些是我所不愿学习的。当时我正梦想将来或从我所钦佩的博学的国文先生而研究古文，或进理科大学而研究理化，或入教会学校而研究外国文。教育与教授法等，我认为是阻碍我前途的进步的。但我终于受着这学校的支配，我自恨不能生翅而奋飞。这时候我又感受长期的烦恼。课程中除了减少知识学科，增加教育与教授法而外，又来一种新奇的变化。我们的图画科改由向来教音乐而常常请假的李叔同先生教授了。李先生的教法在我觉得甚为新奇：我们本来依照商务印书馆出版的《铅笔画帖》及《水彩画帖》而临摹；李先生却教我们不必用书，上课时只要走一个空手的人来。教室中也没有四只脚的桌子，而只有三只脚的画架。画架前面供着石膏制的头像。我们空手坐在画架前面，先生便差级长把一种有纹路的纸分给每人一张，又每人一条细炭，四个图钉（我们的学习用品都是学校发给的，不是自备的）。最后先生从讲桌下拿出一盆子馒头来，使我们大为惊异，心疑上图画课大家得吃馒头的。后来果然把馒头分给各人，但不教我们吃，乃教我们当作橡皮用的。于是先生推开黑板（我们的黑板是两块套合的，可以推上拉下。李先生总在授课之前先把一切应说的要点在黑板上写好，用其他一块黑板遮住。用时推开），教我们用木炭描写石膏模型的画法。我对于这种新奇的画图，觉得很有兴味。以前我闲时注视眼前的物件，例如天上的云，墙上的苔痕，桌上的器物，别人的脸孔等，我的心会跟了这种线条和浓淡之度而活动，感到一种说不出的情趣。我常觉得一切形状中，其线条与明暗都有很复杂的组织和条理。仔细注视而研究起来，颇有兴趣；不过这件事太微小而无关紧要，除了那种情趣以外，对于人们别无何种的效用。我想来世间一定没有专究这种事件的学问。但当时我用木炭描写石膏模型，听了先生的指导之后，恍然悟到这就是我平日间看眼前物件时所常作的玩意儿！先生指着模型说："你看，眉毛和眼睛是连在一块的，并不分明；鼻头须当作削成三角形。这一面最明，这一面最暗，这一面适中；头与脸孔的轮廓不是圆形，是不规则的多角形，须用直线描写，不过其角不甚显著。"这都是我平日间看人面时所曾经注意到的事。原来世间也有研究这些事的学问！我私下的玩意儿，不期也有公开而经先生教导的一日！我觉得这是与英文数理滋味不同的一种兴味，我渐渐疏远其他的功课，而把头埋进木炭画中。我的画逐渐进步，环顾教室中的同学所描的，自觉他们都不及我。

有一晚，我为了别的事体去见李先生，告退之后，先生特别呼我转来，郑重地对我说："你的画进步很快！我在所教的学生中，从来没有见过这样快速的进步！"李先生当时兼授南京高等师范及我们的浙江第一师范两校的图画，他又是我们所最敬佩的先生中的一人。我听到他这两句话，犹如暮春的柳絮受了一阵急烈的东风，要大变方向而突进了。

　　我从此抛弃一切学科，而埋头于西洋画。我写信给我的阿姐，说明我近来新的研究与兴味，托她向母亲要求买油画用具的钱。颜料十多瓶要二十余元，画布五尺要十余元，画箱画架等又要十来元。这使得母亲疑虑而又奇怪。她想，做师范生为什么要学这种画？沈家的儿子与我同学同班，何以他不要学习？颜料我们染坊店里自有，何必另买？布价怎会比缎子还贵？……我终于无法为母亲说明西洋画的价值和我学画的主意。母亲表面信任我，让我恣意研究；但我知道她心中常为我的前途担忧。

　　我在第一师范毕业之后，果然得到了两失的结果：在一方面，我最后两年中时常托故请假赴西湖写生；我几乎完全没有学过关于教育的学科，完全没有到附属小学实习，因此师范生的能力我甚缺乏，不配做小学教师。在另一方面，西洋画是专门的艺术，我的两年中的非正式的练习，至多不过跨进洋画的门槛，遑论升堂入室？以前的知识欲的梦，到了毕业时候反而觉醒。母亲的白发渐渐加多。我已在毕业之年受了妻室。这时候我方才看见自己的家境，想到自己的职业。有一个表兄介绍我在本县做小学循环指导员，有三十块钱一月。母亲劝我就职，但我不愿。一则我不甘心抛弃我的洋画，二则我其实不懂小学的办法，没有指导的能力。我就到上海来求生活。关于以后的事，已经记述在《出了中学校以后》一文中了。总之，我在青年时代不顾义理，任情而动，而以母亲的烦忧偿付其代价，直到母亲死前四五年才付清。现在回想，懊恨无极！但除了空口说话以外，有什么方法可以挽回过去的事实呢？

故我的入师范学校是偶然的，我的学画也是偶然的，我的达到现在的生涯也是偶然的。我倘不入师范，不致遇见李叔同先生，不致学画；也不致遇见夏丏尊先生，不致学文。我在校时不会作文。我的作文全是出校后从夏先生学习的。夏先生常常指示我读什么书，或拿含有好文章的书给我看，在我最感受用。他看了我的文章，有时皱着眉头叫道："这文章有毛病呢！""这文章不是这样做的！"有时微笑点头而说道："文章好呀……"我的文章完全是在他这种话下练习起来。现在我对于文章比对于绘画等更有兴味（在叶圣陶童话集《读后感》中我曾说明其理由）。现在我的生活，可说是文章的生活。这也是偶然而来的。

为青年说弘一法师

弘一法师于去年十月十三日在泉州逝世，至今已有五个多月。傅彬然先生曾有关于他的一篇文章登在本刊上，而我却沉默了五个多月，至今才写这篇文字。许多人来信怪我，以为我对于弘一法师关系较深，何以他死了我没有一点表示。有的人还来信向我要关于弘一法师的死的文字，以为我一定在发起追悼大会，或者编印纪念刊物，为法师装"哀荣"的。其实全无此事。我接到泉州开元寺性常师打来的报告法师"生西"①的电报时，正是去年十月十八日早晨，我正在贵州遵义的寓楼中整理行装，要把全家迁到重庆去。当时坐在窗下沉默了几十分钟，发了一个愿：为法师造像②一百尊，分寄各省信仰他的人，勒石立碑，以垂永久。预定到重庆后动笔。发愿毕，依旧吃早粥，整行装，觅车子。

弘一法师是我的老师，而且是我生平最崇拜的人。如此说

---

① "生西"即往生西方，就是去世的意思。
② 造像即画像。

来，我岂不太冷淡了吗？但我自以为并不。我敬爱弘一法师，我希望他在这世间久住。但我确定弘一法师必有死的一日。因为他是"人"。不过死的时日迟早不得而知。我时时刻刻防他死，同时时刻刻防我自己死一样。他的死是我意中事，并不出于意料之外。所以我接到他的死的电告，并不惊惶，并不恸哭。老实说，我的惊惶与恸哭，在确定他必有死的一日之前早已在心中默默地做过了。

我去冬迁居重庆，忙着人事及疾病，到今年一月方才有工夫动笔作画。一月中，我实行我的前愿，为弘一法师造像。连作十尊，分寄福建、河南诸信士。还有九十尊，正在接洽中，定当后续作。为欲勒石，用线条描写，不许有浓淡光影。所以不容易描得像。幸而法师的线条画像，看的人都说"像"。大概是他的相貌不凡，特点容易捉住之故。但是还有一个原因：他在我心目中印象太深之故。我自己觉得，为他画像的时候，我的心最虔诚，我的情最热烈，远在惊惶恸哭及发起追悼会、出版纪念刊物之上。其实百年之后，刻像会模糊起来，石碑会破烂的。千万年之后，人类会绝灭，地球会死亡的。人间哪有绝对"永久"的事！我的画像勒石立碑，也不过比惊惶恸哭、追悼会、纪念刊稍稍永久一点而已。

读了傅彬然先生的文章之后，我也想来为读者谈谈，就写这篇文章。

距今二十九年前，我十七岁的时候，最初在杭州贡院的浙江省立第一师范学校里见到李叔同先生。那时我是预科生，他是我们的音乐教师。一年中我见他的次数不多。因为他常常请假。走廊上玻璃窗中请假栏内，"音乐李师"一块牌子常常摆着。他不请假的时候我们上他的音乐课，有一种特殊的感觉：严肃。摇过预备铃，我们走向音乐教室（这教室四面临空，独立在花园里，好比一个温室）。推进门去，先吃一惊：李先生早已端坐在讲台上。以为先生还没有到而嘴里随便唱着、喊着，或笑着、骂着而推进门去的同学，吃惊更是不小。他们的唱声、喊声、笑声、骂声以门槛为界限而忽然消灭。接着是低着头，红着脸，去端坐在自己的位子里。端坐在自己的位子里偷偷地仰起头来看看，看见李先生的高高的瘦削的上半身穿着整洁的黑布马褂，露出在讲桌上，宽广得可以走马的前额，细长的凤眼，隆正的鼻梁，形成威严的表情。扁平而阔的嘴唇两端常有深窝，显示和蔼的表情。这副相貌，用"温而厉"三个字来描写，大概差不多了。讲桌上放着点名簿、讲义，以及他的教课笔记簿、粉笔。钢琴衣解开着，琴盖开着，谱表摆着，琴头上又放着一只时表，闪闪的金光直射到我们的眼中。黑板（是上下两块可以推动的）上早已清楚地写好本课内所应写的东西（两块都写好，上块盖着下块，用下块时把上块推开）。在这样布置的讲台上，李先生端坐着。坐到上课铃响出（后来我们知道他这脾气，上音乐课必早到。故上课铃响时，同学早已到齐），他站起身来，深深地一鞠躬，课就开始了。这样地上课，空气严肃得很。

　　有一个人上音乐课时不唱歌而看别的书，有一个人上音乐课时吐痰在地板上，以为李先生不看见的，其实他都知道。但他不立刻责备，等到下课后，他用很轻而严肃的声音郑重地说："某某等一等出去。"于是这位某某同学只得站着。等到别的同学都出去了，他又用轻而严肃的声音向这某某同学和气地说："下次上课时不要看别的书。"或者："下次痰不要吐在地板上。"说过之后他微微一鞠躬，表示"你出去吧"。出来的人大都脸上发红，带着难为情的表情（我每次在教室外等着，亲自看到的）。又有一次下音乐课，最后出去的人无心把门一拉，碰得太重，发出很大的声音。他走了数十步之后，李先生走出门来，满面和气地叫他转来。等他到了，李先生又叫他进教室来。进了教室，李先生用很轻而严肃的声音向他和气地说："下次走出教室，轻轻地关门。"就对他一鞠躬，送他出门，自己轻轻地把门关了。最不易忘却的，是有一次上弹琴课的时候。我们是师范生，每人都要学弹琴，全校有五六十架风琴及两架钢琴。风琴每室两架，给学生练习用；钢琴一架放在唱歌教室里，一架放在弹琴教室里。上弹琴课时，十数人为一组，环立在琴旁，看李先生范奏。有一次正在范奏的时候，有一个同学放一个屁，没有声音，却是很臭。钢琴、李先生及十数同学全都沉浸在亚莫尼亚气体中。同学大都掩鼻或发出讨厌的声音。李先生眉头一皱，自管自弹琴（我想他一定屏息着）。弹到后来，亚莫尼亚气散光了，他的眉头方才舒展。教完以后，下课铃响了。李先生立起来一鞠躬，表示散课。散课以后，同学还未出门，李先生又郑重地宣告："大家等一等去，还有一句话。"大家又肃立了。李先生又用很轻而严肃的声音和气地说："以后放屁，到门外去，不要放在室内。"接着又一鞠躬，表示叫我们出去。同学都忍着笑，一出门来，大家快跑，跑到远处去大笑一顿。

李先生用这样的态度来教我们音乐，因此我们上音乐课时，觉得比其他一切课更严肃。同时对于音乐教师李叔同先生，比对其他教师更敬仰。他虽然常常请假，没有一个人怨他，似乎觉得他请假是应该的。但读者要知道，他的受人崇敬，不仅是为了上述的郑重态度的缘故；他的受人崇敬使人真心地折服，是另有背景的。背景是什么呢？就是他的人格。他的人格，值得我们崇敬的有两点：第一点是凡事认真，第二点是多才多艺。先讲第一点：李先生一生的最大特点是"凡事认真"。他对于一件事，不做则已，要做就非做得彻底不可。

他出身于富裕之家，他的父亲是天津有名的银行家。他是第五位姨太太所生。他父亲生他时，年已七十二岁。他坠地后就遭父丧，又逢家庭之变，青年时就陪了他的生母南迁上海。在上海南洋公学读书奉母时，他是一个翩翩公子。当时上海文坛有著名的沪学会，李先生应沪学会征文，名字屡列第一。从此他就为沪上名人所器重，而交游日广，终以"才子"驰名于当时的上海。所以后来他母亲死了，他赴日本留学的时候，作一首《金缕曲》，词曰："披发佯狂走。莽中原，暮鸦啼彻，几株衰柳。破碎河山谁收拾，零落西风依旧。便惹得离人消瘦。行矣临流重太息,说相思刻骨双红豆。愁黯黯,浓于酒。漾情不断淞波溜。恨年年,絮飘萍泊,庶难回首。二十文章惊海内,毕竟空谈何有!听匣底苍龙狂吼。长夜西风眠不得,度群生那惜心肝剖。是祖国,忍孤负?"读这首词,可想见他当时豪气满胸,爱国热情炽盛。他出家时把过去的照片统统送我,我曾在照片中看见过当时在上海的他:丝绒碗帽,正中缀一方白玉,曲襟背心,花缎袍子,后面挂着胖辫子,底下缎带扎脚管,双梁厚底鞋子,头抬得很高,英俊之气,流露于眉目间(读者恐没有见过上述的服装。这是光绪年间上海最时髦的打扮。问你们的祖父母,一定知道)。真是当时上海一等的翩翩公子。这是最初表示他的特性:凡事认真。他立意要做翩翩公子,就彻底地做个翩翩公子。

后来他到日本,看见明治维新的文化,就渴慕西洋文明。他立刻放弃了翩翩公子的态度,改做一个留学生。他入东京美术学校,同时又入音乐学校。这些学校都是模仿西洋的,所教的都是西洋画和西洋音乐。李先生在南洋公学时英文学得很好;到了日本,就买了许多西洋文学书。他出家时曾送我一部残缺的原本《莎士比亚全集》,他对我说:"这书我从前细读过,有许多笔记在上面,虽然不全,也是纪念物。"由此可想见他在日本时,对于西洋艺术全面进攻,绘画、音乐、文学、戏剧都研究。后来他在日本创办春柳剧社,纠集留学同志,共演当时西洋著名的悲剧《茶花女》。他自己把腰束小，把发拖长，粉墨登场，扮作茶花女。这照片，他出家时也送给我，一向归我保藏，直到抗战时为兵火所毁。现在我还记得这照片：鬈发，白的上衣，白的长裙拖着地面，腰身小到一把，两手举起托着后头，头向右歪侧，眉峰紧蹙，眼波斜睇，正是茶花女自伤命薄的神情。另外还有许多演剧的照片，不可胜记。这春柳剧社后来迁回中国，李先生就脱出，由另一班人去办，便是中国最初的"话剧"社。由此可以想见，李先生在日本时，是彻头彻尾的一个留学生。我见过他当时的照片：高帽子、硬领、硬袖、燕尾服、史的克（手杖）、尖头皮鞋，加之长身、高鼻，没有脚的眼镜夹在鼻梁上，竟活像一个西洋人。这是第二次表示他的特性：凡事认真。学一样，像一样。要做留学生，就彻底地做个留学生。

  他回国后，在上海《太平洋报》报社当编辑。不久，就被南京高等师范请去教图画、音乐。后来又应杭州的浙江两级师范学校（就是我就学的浙江第一师范的前身。李先生从两级师范一直教到第一师范）之聘，同时教两地两校，每月中半个月住南京，半个月住杭州。两校都请助教，他不在时由助教代课。这时候，李先生已由留学生变为"教师"。这一变，变得真彻底：漂亮的洋装不穿了，却换上灰色粗布袍子、黑布马褂、布底鞋子。金丝边眼镜也换了黑的钢丝边眼镜。他是一个修养很深的美术家，所以对于仪表很讲究。虽然布衣，形式却很称身，色泽常常整洁。他穿布衣，全无穷相，而另具一种朴素的美。你可想见，他是扮过茶花女的，身材生得非常窈窕。穿了布衣，仍是一个美男子。"淡妆浓抹总相宜"，这诗句原是描写西子的，但拿来形容我们的李先生的仪表，也最适用。今人侈谈"生活艺术化"，大都好奇立异，非艺术的。李先生的服装，才真可称为生活的艺术化。他一时代的服装，表出着一时代的思想与生活。各时代的思想与生活判然不同，各时代的服装也判然不同。布衣布鞋的李先生，与洋装时代的李先生、曲襟背心时代的李先生，判若三人。这是第三次表示他的特性：认真。

我二年级时，图画归李先生教。他教我们木炭石膏模型写生。同学一向描惯临画，起初无从着手。四十余人中，竟没有一个人描得像样的。后来他范画给我们看。画毕把范画揭在黑板上。同学们大都看着黑板临摹。只有我和少数同学，依他的方法从石膏模型写生。我对于写生，从这时候开始发生兴味。我到此时，恍然大悟：那些粉本原是别人看了实物而写生出来的。我们也应该直接从实物写生入手，何必临摹他人，依样画葫芦呢？于是我的画进步起来。有一晚，我为级长的公事，到李先生房间里去报告。报告毕，我将退出，李先生喊我转来，又用很轻而严肃的声音和气地对我说："你的图画进步快。我在南京和杭州两处教课，没有见过像你这样进步快速的人。你以后可以……"当晚这几句话，便确定了我的一生。可惜我不记得年月日时，又不相信算命。如果记得，而又迷信算命先生的话，算起命来，这一晚一定是我一生中一个重要关口。

因为从这晚起，我打定主意，专门学画，把一生奉献给艺术，直到现在没有变志。从这晚以后，我对师范学校的功课忽然懈怠，常常逃课学画。以前学期考试联列第一，此后一落千丈，有时竟考末名。幸有前两年的好成绩，平均起来，毕业成绩犹得第二十名。这些关于我的话现在不应详述。且说李先生自此以后与我接近的机会更多。因为我常去请他教画，又教日本文。因此以后的李先生的生活，我所知道的更为详细。他本来常读性理的书，后来忽然信了道教，案头常常放着道教的经书。那时我还是一个毛头青年，谈不到宗教。李先生除绘事外，并不对我谈道。但我发现他的生活日渐收敛起来，像一个人就要动身赴远方时的模样。他常把自己不用的东西送给我。后来又介绍我从夏丏尊先生学日本文，因他没有工夫教我。他的朋友日本画家大野隆德、河合新藏、三宅克己等到西湖来写生时，他带了我去请他们吃一次饭，以后就把这些日本人交给我，叫我引导他们（我当时已能讲普通应酬的日本话）。他自己就关起房门来研究道学。有一天，他决定入大慈山去断食，我有课事，不能陪去，由校工闻玉陪去。数日之后，我去望他。见他躺在床上，面容消瘦，但精神很好，对我讲话，同平时差不多。他断食共十七日，由闻玉扶起来，摄一个影，影片上端由闻玉题字："李息翁先生断食后之像，侍子闻玉题。"这照片后来制成明信片分送朋友。像的下面用铅字排印着。"某年月日，入大慈山断食十七日，身心灵化，欢乐康强——欣欣道人记。"李先生这时候已由

"教师"一变而为"道人"了。学道就断食十七日，也是他凡事认真的表示。

但他学道的时候很短。断食以后，不久他就学佛。他自己对我说：他的学佛是受马一浮先生指示的。出家前数日，他同我到西湖玉泉去看一位程中和先生。这程先生原来是当军人的，现在退伍，住在玉泉，正想出家为僧。李先生同他谈得很久。此后不久，我陪大野隆德到玉泉去投宿，看见一个和尚坐着，正是这位程先生。我想称他"程先生"，觉得不合。想称他法师，又不知道他的法名（后来知道是弘伞）。一时周章得很。我回去对李先生讲了，李先生告诉我，他不久也要出家为僧，就做弘伞的师弟。我愕然不知所对。过了几天，他果然辞职，要去出家。出家的前晚，他叫我和同学叶天瑞、李增庸三人到他的房间里，把房间里所有的东西送给我们三人。第二天，我们三人送他到虎跑。我们回来分得了他的"遗产"，再去望他时，他已光着头皮，穿着僧衣，俨然一位清癯的法师了。我从此改口，称他为"法师"。法师的僧腊（就是做和尚的年代）二十四年。这二十四年中，我颠沛流离，他一贯到底，而且修行功夫愈进愈深。当初修净土宗，后来又修律宗。律宗是讲究戒律的。一举一动，都有规律，做人认真得很。这是佛门中最难修的一宗。数百年来，传统断绝，直到弘一法师方才复兴，所以佛门中称他为"重兴南山律宗第十一代祖师"。修律宗如何认真呢？一举一动，都要当心，勿犯戒律（戒律很详细，弘一法师手写一部,昔年由中华书局印行的,名曰《四分律比丘戒相表记》)。举一例说:有一次我寄一卷宣纸去,请弘一法师写佛号。宣纸很多,佛号所需很少。他就要来信问我,余多的宣纸如何处置。我原是多备一点,由他随意处置的,但没有说明,这些纸的所有权就模糊,他非问明不可。我连忙写回信去说,多余的纸,赠予法师,请随意处置。以后寄纸,我就预先说明这一点了。又有一次,我寄回件邮票去,多了几分。他把多的几分寄还我。以后我寄邮票,就预先声明:多余的邮票送与法师。诸如此类,俗人马虎的地方,修律宗的人都要认真。有一次他到我家。我请他藤椅子里坐。他把藤椅子轻轻摇动,然后慢慢地坐下去。起先我不敢问。后来看他每次都如此,我就启问。法师回答我说:"这椅子里头,两根藤之间,也许有小虫伏着。突然坐下去,要把它们压死,所以先摇动一下,慢慢地坐下去,好让它们走避。"读者听到这话,也许要笑。但这正是做人认真至极的表示。模仿这种认真的精神去做社会事业,何事不成,何功不就?我们对于宗教上的事情,不可拘泥其"事",应该观察其"理"。如上所述,弘一法师由翩翩公子一变而为留学生,又变而为教师,三变而为道人,四变而为和尚。每做一种人,都十分像样。好比全能的优伶:起老生像个老生,起小生像个小生,起大面又很像个大面……都是"认真"的缘故。以上已经说明了李先生人格上的第一特点。

李先生人格上的第二特点是"多才多艺"。西洋文艺批评家批评德国的歌剧大家华葛纳尔（Wagner）有这样的话："阿普洛（Apollo）①右手持文才，左手持乐才，分赠给世间的文学家和音乐家。华葛纳尔却兼得了他两手的赠物。"意思是说，华葛纳尔能作曲，又能作歌，所以做了歌剧大家。拿这句话批评我们的李先生，实在还不够用。李先生不但能作曲，能作歌，又能作画、作文、吟诗、填词、写字、治金石、演剧。他对于艺术，差不多全般皆能。而且每种都很出色。专门一种的艺术家大都不及他，要向他学习。作曲和作歌，读者可在开明书店出版的《中文名歌五十曲》中窥见。这集子中载着李先生的作品不少。每曲都脍炙人口。他的油画，大部分寄存在北平美专，现在大概还在北平。写实风而兼印象派笔调，每幅都很稳健、精到，为我国洋画界难得的佳作。他的诗词文章，载在从前出版的《南社文集》中，典雅秀丽，不亚于苏曼殊。他的字，功夫尤深，早年学黄山谷，中年专研北碑，得力于《张猛龙碑》尤多。晚年写佛经，脱胎换骨，自成一家，轻描淡写，毫无烟火气。他的金石，同字一样秀美。出家前，他的友人把他所刻的印章集合起来，藏在西湖上西泠印社的石壁的洞里。洞口用水泥封好，题着"息翁印藏"四字（现在也许已被日本人偷去）。他的演剧，前已说过，是中国话剧的鼻祖。总之，在艺术上，他是无所不精的一个作家。艺术之外，他又曾研究理学（阳

---

①阿普洛即阿波罗，罗马神话中的"文艺之神"。

明、程、朱之学,他都做过功夫。后来由此转入道教,又转入佛教的)。研究外国文,……李先生多才多艺,一通百通。所以他虽然只教我音乐、图画,他所擅长的却不止这两种。换言之,他的教授图画、音乐,有许多其他修养作背景,所以我们不得不崇敬他。借夏先生的话来讲:他做教师,有人格作背景,好比佛菩萨的有"后光"。所以他从不威胁学生,而学生见他自生敬畏。从不严责学生(反之,他自己常常请假),而学生自会用功。他是实行人格感化的一位大教育家。我敢说:自有学校以来,自有教师以来,未有盛于李先生者也。

青年的读者,看到这里,也许要发生这样的疑念:李先生为什么不做教育家,不做艺术家,而做和尚呢?

是的,我曾听到许多人发这样的疑问。他们的意思,大概以为做和尚是迷信的、消极的、暴弃的,可惜得很!倘不做和尚,他可在这僧腊二十四年中教育不少的人才,创作不少的作品,这才有功于世呢。

这话,近看是对的,远看却不对。用低浅的眼光,从世俗习惯上看,办教育,制作品,实实在在的事业,当然比做和尚有功于世。远看,用高远的眼光,从人生根本上看,宗教的崇高伟大,远在教育之上。——但在这里须加重要声明:一般所谓佛教,千百年来早已歪曲化而失却真正佛教的本意。一般佛寺里的和尚,其实是另一种奇怪的人,与真正佛教毫无关系。因此世人对佛教的误解,越弄越深。和尚大都以念经念佛做道场为营业。居士大都想拿佞佛来换得世间名利恭敬,甚或来生福报。还有一班恋爱失败、经济破产、作恶犯罪的人,走投无路,遁入空门,以佛门为避难所。于是乎,未曾认明佛教真相的人,就排斥佛教,指为消极,迷信,而非打倒不可。歪曲的佛教应该打倒;但真正的佛教,崇高伟大,胜于一切。——读者只要穷究自身的意义,便可相信这话。譬如:为什么入学校?为了欲得教养。为什么欲得教养?为了要做事业。为什么要做事业?为了满足你的人生欲望。再问下去,为什么要满足你的人生欲望?你想了一想,一时找不到根据,而难于答复。你再想一想,就会感到疑惑与虚空。你三想的时候,也许会感到苦闷与悲哀。这时候你就要请教"哲学",和他的老兄"宗教"。这时候你才相信真正的佛教高于一切。

所以李先生的放弃教育与艺术而修佛法,好比出于幽谷,迁于乔木,不是可惜的,正是可庆的。

访梅兰芳

复员返沪后不久,我托友介绍,登门拜访梅兰芳先生。次日的《申报》自由谈中曾有人为文记载,并登出我和他合摄的照片来,我久想自己来写一篇访问记:只因意远言深,几次欲说还休。今夕梅雨敲窗,银灯照壁;好个抒情良夜,不免略述予怀。

我平生自动访问素不相识的有名的人,以访梅兰芳为第一次。阔别十年的江南亲友闻知此事,或许以为我到大后方放浪十年,变了一个"戏迷"回来,一到就去捧"伶王"。其实完全不然。我十年流亡,一片冰心,依然是一个艺术和宗教的信徒。我的爱平剧(京剧)是艺术心所迫,我的访梅兰芳是宗教心所驱,这真是意远言深,不听完这篇文章,是教人不能相信的。

我的爱平剧,始于抗战前几年,缘缘堂初成的时候,我们新造房子,新买一架留声机。唱片多数是西洋音乐,略买几张梅兰芳的唱片点缀。因为"五四"时代,有许多人反对平剧,要打倒它,我读了他们的文章,觉得有理,从此看不起平剧。不料留声机上的平剧音乐,渐渐牵惹人情,使我终于不买西洋音乐片子而专买平剧唱片，尤其是梅兰芳的唱片了。原来"五四"文人所反对的，是平剧的含有封建毒素的陈腐的内容，而我所爱好是平剧的夸张的象征的明快的形式——音乐与扮演。

西洋音乐是"和声的"（harmonic），东洋音乐是"旋律的"（melodic）。平剧的音乐，充分地发挥了"旋律的音乐"的特色。试看：它没有和声，没有伴奏（胡琴是助奏），甚至没有短音阶（小音阶），没有半音阶，只用长音阶（大音阶）的七个字（哆来咪法嗖拉西），能够单靠旋律的变化来表出青衣，老生，大面等种种个性。所以听戏，虽然不熟悉剧情，又听不懂唱词，也能从音乐中知道其人的身份，性格，及剧情的大概。推想当初创作这些西皮二黄的时候，作者对于人生情味，一定具有异常充分的理解；同时对于描写音乐一定具有异常敏捷的天才，故能抉取世间贤母、良妻、忠臣、孝子、莽夫、奸雄等各种性格的精华，加以音乐的夸张的象征的描写，而造成洗练明快的各种曲调，颠扑不破地沿用到今日。抗战以前，我对平剧的爱好只限于听，即专注于其音乐的方面，故我不上戏馆，而专事收集唱片。缘缘堂收藏的百余张唱片中，多数是梅兰芳唱的。廿六（1937）年冬，这些唱片与缘缘堂同归于尽；胜利后重置一套，现已近于齐全了。

我的看戏的爱好，还是流亡后在四川开始的。有一时我旅居涪陵，当地有一平剧院，近在咫尺。我旅居无事，同了我的幼女一吟，每夜去看。起初，对于红袍进，绿袍出，不感兴味。后来渐渐觉得，这种扮法与演法，与其音乐的作曲法同出一轨，都是夸张的，象征的表现。例如红面孔一定是好人；白面孔一定是坏人；花面孔一定是武人；旦角的走路像走绳索；净角的走路像拔泥脚……凡此种种扮演法，都是根据事实加以极度的夸张而来的。盖善良正直的人，脸色光明威严，不妨夸张为红；奸邪暴戾的人，脸色冷酷阴惨，不妨夸张为白；好勇斗狠的人，其脸孔峥嵘突厄，不妨夸张为花。窈窕的女人的走相，可以夸张为一直线。堂堂的男子的踏大步，可以夸张得像拔泥足……因为都是根据写实的，所以初看觉得奇怪，后来自会觉得当然。至于骑马只要拿一根鞭子，开门只要装一个手势等，既免啰嗦繁冗之弊，又可给观者以想象的余地。我觉得这比写实的明快得多。

从此，我变成了平剧的爱好者；但不是戏迷，不过欢喜听听看看而已。戏迷的倒是我的女孩子们。我的长女陈宝，三女宁馨，幼女一吟，公余课毕，都热衷于唱戏。就中一吟迷得最深，竟在学校游艺会中屡次上台扮演青衣。俨然变成了一个票友。因此我家中的平剧空气很浓。复员的时候，我们把这种空气当作行李之一，从四川带回上海。到得上海，适逢蒋主席六十诞辰，梅兰芳演剧祝寿。我们买了三万元一张的戏票，到天蟾舞台去看。抗战前我只看过他一次，那时我不爱京戏，印象早已模糊。抗战中，我得知他在上海沦陷区坚贞不屈，孤芳自赏；又有友人寄到他的留须的照片。我本来仰慕他的技术，至此又赞佩他的人格，就把照片悬之斋壁，遥祝他的健康。那时胜利还渺茫,我对着照片想:无常迅速,人寿几何,不知梅郎有否重上氍毹之日,我生有否重来听赏之福!故我坐在天蟾舞台的包厢里,看到梅兰芳在《龙凤呈祥》中以孙夫人之姿态出场的时候,连忙俯仰顾盼,自拊其背,检验是否做梦。弄得邻座的朋友莫名其妙,怪问"你不欢喜看梅兰芳的?"后来他到中国大戏院续演,我跟去看,一连看了五夜。他演毕之后,我就去访他。

我访梅兰芳的主意,是要看看造物者这个特殊的杰作的本相。上帝创造人,在人类各部门都有杰作,故军政界有英雄,学术界有豪杰。然而他们的法宝,大都全在于精神,而不在于身体。即全在于运筹,指挥,苦心,孤诣的功夫上,而不在于声音笑貌上(所以常有闻名向往,而见面失望的)。只有"伶王",其法宝全在于身体的本身上。美妙的歌声,艳丽的姿态,都由这架巧妙的机器——身体——上表现出来。这不是造物者的"特殊"的杰作吗?故英雄豪杰不值得拜访,而伶王应该拜访,去看看卸妆后的这架巧妙的机器的本相。

一个阳春的下午,在一间闹中取静的洋楼上,我与梅博士对坐在两只沙发上了。照例寒暄的时候,我一时不能相信这就是舞台上的伶王。只从他的两眼的饱满上,可以依稀仿佛地想见虞姬、桂英的面影。我细看他的面孔,觉得骨子的确生得很好,又看他的身体,修短肥瘠,也恰到好处。西洋的标准人体是希腊的凡奴司

（Venus）①，在中国也有她的石膏模型流行。我想：依人体美的标准测验起来，梅郎的身材容貌大概近于凡奴司，是具有东洋标准人体的资格的。他很高兴和我说话，他的本音洪亮而带粘润。由此也可依稀仿佛地想见"云敛晴空，冰轮乍涌"和"孩儿舍不得爹爹"的音调。

从他的很高兴说话的口里，我知道他在沦陷期中如何苦心地逃避，如何从香港脱险。据说，全靠犯香港的敌兵中，有一个军官，自言幼时曾由其母亲带去看梅氏在东京的演戏，对他有好感，因此幸得脱险。又知道他的担负很重，许多梨园子弟都要他赡养，生活并不富裕。这时候他的房东正在对他下逐客令，须得几根金条方可续租。他慨然地对我说："我唱戏挣来的钱，哪里有几根金条呢！"我很惊讶，为什么他的话使我特别感动。仔细研究，原来他爱用两手的姿势来帮助说话；而这姿势非常自然，是普通人所做不出的！

然而当时使我感动最深的，不是这种细事，却是人生无常之恸。他的年纪比我大，今年五十六②了。无论他身体如何好，今后还有几年能唱戏呢？上帝手造这件精妙无比的杰作十余年后必须坍损失效；而这坍损是绝对无法修缮的！政治家可以奠定万世之基，

---

①凡奴司即维纳斯，罗马神话中"美的女神"。
②梅兰芳生于1894年。当时应为53岁。

使自己虽死犹生；文艺家可以把作品传之后世，使人生短而艺术长。因为他们的法宝不是全在于肉体上的。现在坐在我眼前的这件特殊的杰作，其法宝全在这六尺之躯；而这躯壳比这茶杯还脆弱，比这沙发还不耐用，比这香烟罐头（他请我吸的是三五牌）还不经久！对比之下，使我何等的感慨，何等的惋惜？于是我热忱地劝请他，今后多灌留声片，多拍有声有色的电影，唱片与电影虽然也是必朽之物，但比起这短短的十余年来，永久得多，亦可聊以慰情了。但据他说，似有种种阻难，亦未能畅所欲为。引导我去访的，是摄影家郎静山先生，和身带镜头的陈警瞶、盛学明两君。两君就在梅氏的院子里替我们留了许多影。摄影毕，我告辞。他和我握手很久。手相家说："男手贵软，女手贵硬。"他的手的软，使我吃惊。

　　与郎先生等分手之后，我独自在归途中想：依宗教的无始无终的大人格看来，艺术本来是昙花泡影，电光石火，霎时幻灭，又何足珍惜！独怪造物者太无算计；既然造得这样精巧，应该延长其保用年限；保用年限既然死不肯延长，则犯不着造得这样精巧；大可马马虎虎草率了事，也可使人间减省许多痴情。

　　唉！恶作剧的造物主啊！忽然黄昏的黑幕沉沉垂下，笼罩了上海市的万千众生。我隐约听得造物主之声："你们保用年限又短一天！"

悼夏丏尊先生

我从重庆郊外迁居城中，候船返沪。刚才迁到，接得夏丏尊老师逝世的消息。记得三年前，我从遵义迁重庆，临行时接得弘一法师往生的电报。我所敬爱的两位教师的最后消息，都在我行旅倥偬的时候传到。这偶然的事，在我觉得很是蹊跷。因为这两位老师同样的可敬可爱，昔年曾经给我同样宝贵的教诲。如今噩耗传来，也好比给我同样的最后训示。这使我感到分外的哀悼与警惕。

我早已确信夏先生是要死的，同确信任何人都要死的一样。但料不到如此其速。八年违教，快要再见，而终于不得再见！真是天实为之，谓之何哉！

犹忆二十六年秋，卢沟桥事变之际，我从南京回杭州，中途在上海下车，到梧州路去看夏先生。先生满面忧愁，说一句话，叹一口气。我因为要乘当天的夜车返杭，匆匆告别。我说："夏先生再见。"夏先生好像骂我一般愤然地答道："不晓得能不能再见！"同时又用凝注的眼光，站立在门口目送我。我回头对他发笑。因为夏先生老是善愁，而我总是笑他多忧。岂知这一次正是我们的最后一面，果然这一别"不能再见了"！

后来我扶老携幼，仓皇出奔，辗转长沙、桂林、宜山、遵义、重庆各地。夏先生始终住在上海。初年还常通信。自从夏先生被敌人捉去监禁了一回之后，我就不敢写信给他，免得使他受累。胜利一到，我写了一封长信给他。见他回信的笔迹依旧遒劲挺秀，我很高兴。字是精神的象征，足证夏先生精神依旧。当时以为马上可以再见了，岂知交通与生活日益困难，使我不能早归；终于在胜利后八个半月的今日，在这山城客寓中接到他的噩耗，也可说是"抱恨终天"的事！

夏先生之死，使"文坛少了一位老将"，"青年失了一位导师"，这些话一定有许多人说，用不着我再讲。我现在只就我们的师弟情缘上表示哀悼之情。夏先生与李叔同先生，具有同样的才调，同样的胸怀。不过表面上一位做和尚，一位是居士而已。

犹忆三十余年前，我当学生的时候，李先生教我们图画、音乐，夏先生教我们国文。我觉得这三种学科同样的严肃而有兴趣。就为了他们二人同样的深解文艺的真谛，故能引人入胜。夏先生常说："李先生教图画、音乐，学生对图画、音乐，看得比国文、数学等更重。这是有人格作背景的缘故。因为他教图画、音乐，而他所懂得的不仅是图画、音乐。他的诗文比国文先生的更好，他的书法比习字先生的更好，他的英文比英文先生的更好……这好比一尊佛像，有灵光，故能令人敬仰。"这话也可说是"夫子自道"。夏先生初任舍监，后来教国文。但他也是博学多能，只除不弄音乐以外，其他诗文、绘画（鉴赏）、金石、书法、理学、佛典，以至外国文、科学等，他都懂得。因此能和李先生交游，因此能得学生的心悦诚服。

他当舍监的时候，学生们私下给他起个诨名，叫夏木瓜。但这并非恶意，却是好心。因为他对学生如对子女，率直开导，不用敷衍、欺蒙、压迫等手段。学生们最初觉得忠言逆耳，看见他的头大而圆，就给他起这个诨名。但后来大家都知道夏先生是真爱我们，这绰号就变成了爱称而沿用下去。凡学生有所请愿，大家都说："同夏木瓜讲，这才成功。"他听到请愿，也许嗜呜叱咤地骂你一顿，但如果你的请愿合乎情理，他就当作自己的请愿，而替你设法了。

他教国文的时候，正是"五四运动"将近。我们做惯了"太王留别父老书"、"黄花主人致无肠公子书"之类的文题之后，他突然叫我们作一篇"自述"。而且说："不准讲空话，要老实写。"有一位同学，写他父亲客死他乡，他"星夜匍伏奔丧"。夏先生苦笑着问他："你那天晚上真个是在地上爬去的？"引得大家发笑，那位同学脸孔绯红。又有一位同学发牢骚，赞隐遁，说要"乐琴书以消忧，抚孤松而盘桓"。夏先生厉声问他："你为什么来考师范学校？"弄得那人无言可对。这样的教法，最初被顽固守旧的青年所反对。他们以为文章不用古典，不发牢骚，就不高雅。竟有人说:"他自己不会做古文(其实做得很好),所以不许学生做。"但这样的人,毕竟是少数。多数学生,对夏先生这种从来未有的、大胆的革命主张,觉得惊奇与折服,好似长梦猛醒,恍悟今是昨非。这正是"五四运动"的初步。

李先生做教师,以身作则,不多讲话,使学生衷心感动,自然诚服。譬如上课,他一定先到教室,黑板上应写的,都先写好(用另一黑板遮住,用到的时候推开来)。然后端坐在讲台上等学生到齐。譬如学生还琴时弹错了,他举目对你一看,但说:"下次再还。"有时他没有说,学生吃了他一眼,自己请求下次再还了。他话很少,说时总是和颜悦色的。但学生非常怕他,敬爱他。夏先生则不然,毫无矜持,有话直说。学生便嬉皮笑脸,同他亲近。偶然走过校庭,看见年纪小的学生弄狗,他也要管:"为啥同狗为难!"放假日子,学生出门,夏先生看见了便喊:"早些回来,勿可吃酒啊!"学生笑着连说:"不吃,不吃!"赶快走路。走得远了,夏先生还要大喊:"铜钿少用些!"学生一方面笑他,一方面实在感激他,敬爱他。

夏先生与李先生对学生的态度,完全不同。而学生对他们的敬爱,则完全相同。这两位导师,如同父母一样。李先生的是"爸爸的教育",夏先生的是"妈妈的教育"。夏先生后来翻译的"爱的教育",风行国内,深入人心,甚至被取作国文教材。这不是偶然的事。我师范毕业后,就赴日本。从日本回来就同夏先生共事,当教师，当编辑。我遭母丧后辞职闲居，直至逃难。但其间与书店关系仍多，常到上海与夏先生相晤。故自我离开夏先生的绛帐，直到抗战前数日的诀别，二十年间，常与夏先生接近，不断地受他的教诲。其时李先生已经做了和尚，芒鞋破钵，云游四方，和夏先生仿佛是两个世界的人。但在我觉得仍是以前的两位导师，不过所导的范围由学校扩大为人世罢了。李先生不是"走投无路，遁入空门"的，是为了人生根本问题而做和尚的。他是真正做和尚，他是痛感于众生疾苦而"行大丈夫事"的。夏先生虽然没有做和尚，但也是完全理解李先生的胸怀的，他是赞善李先生的行大丈夫事的。只因种种尘缘的牵阻，使夏先生没有勇气行大丈夫事。夏先生一生的忧愁苦闷，由此发生。凡熟识夏先生的人，没有一个不晓得夏先生是个多忧善愁的人。他看见世间的一切不快、不安、不真、不善、不美的状态，都要皱眉、叹气。他不但忧自家，又忧友、忧校、忧店、忧国、忧世。朋友中有人生病了，夏先生就皱着眉头替他担忧；有人失业了，夏先生又皱着眉头替他着急；有人吵架了，有人吃醉了，甚至朋友的太太要生产了，小孩子跌跤了……夏先生都要皱着眉头替他们忧愁。学校的问题，公司的问题，别人都当作例行公事处理的，夏先生却当作自家的问题，真心地担忧。国家的事，世界的事，别人当作历史小说看的，在夏先生都是切身问题，真心地忧愁、皱眉、叹气。

故我和他共事的时候，对夏先生凡事都要讲得乐观些，有时竟瞒过他，免得使他增忧。

他和李先生一样的痛感众生的疾苦。但他不能和李先生一样行大丈夫事；他只能忧伤终老。

在"人世"这个大学校里，这二位导师所施的仍是"爸爸的教育"与"妈妈的教育"。

朋友的太太生产，小孩子跌跤等事，都要夏先生担忧。那么，八年来水深火热的上海生活，不知为夏先生增添了几十万斛的忧愁！忧能伤人，夏先生之死，是供给忧愁材料的社会所致使，日本侵略者所促成的！

以往我每逢写一篇文章，写完之后总要想："不知这篇东西夏先生看了怎么说。"因为我的写文，是在夏先生的指导鼓励之下学起来的。今天写完了这篇文章，我又本能地想："不知这篇东西夏先生看了怎么说。"两行热泪，一齐沉重地落在这原稿纸上。

天童寺忆雪舟

春到江南，百花齐放。我动了游兴，就在三月中风和日暖的一天，乘轮船到宁波去作旅行写生了。

宁波是我旧游之地，然而一别已有二十多年，走入市区，但觉面目一新，完全不可复识了。从前的木造老江桥现在已变成钢架大桥，从前的小屋现已变成层楼，从前的石子路现已变成柏油马路……街上车水马龙，商店百货山积。二十多年不见，这老朋友已经返老还童了！

我是来作旅行写生的，希望看看风景，首先想起有名的天童寺。这千年古刹除风景优胜之外，对我还有一点吸引力：这是日本有名的画僧雪舟等杨驻锡之处，因此天童二字带着美术的香气。我看过宁波市区后，次日即驱车赴天童寺。

天童寺离市区约五十里，小汽车一小时即到。将近寺院，一路上长松夹道，荫蔽天日；松风之声，有如海潮。走进山门，但见殿宇巍峨，金碧辉煌；庄严七宝，香气氤氲。寺屋大小不下数百间，都布置得清楚齐整，了无纤尘。寺址在山坡上，层层而上，从最高的罗汉堂中可以望见寺院全景。我凭栏俯瞰,想象五百年前曾有一位日本高僧兼大画家住在这里,不知哪一个房间是他的起居坐卧作画之处。古人云:"登高望远,令人心悲。"我现在是登高怀古,不胜憧憬!

在寺吃素斋后,与同游诸人及僧众闲谈,始知此寺已有千余年历史,其间两次遭大火,一次遭山洪,因此文物损失殆尽,现在已经没有雪舟的纪念物了。但同游诸人都知道雪舟之名,因为1956年雪舟逝世四百五十年纪念,上海曾经开过雪舟遗作展览会,我曾经作文在报上介绍。我们就闲谈雪舟的往事。僧众听了,都很高兴,庆幸他们远古时具有这一段美术胜缘。我所知道的雪舟是这样:

雪舟姓小田,名等杨,是十五世纪日本有名画僧,是日本"宋元水墨画派"的代表作家。日本人所宗奉的中国水墨画家,是宋朝的马远与夏珪。雪舟要探访这画派的发源地,曾随日本的遣唐使来华,其时正是明朝宪宗年间。明朝宫廷办有画院,画家都封官职。明代名画家戴文进、倪端、李在、王谔等,都是画院里的人。李在是马远、夏珪的嫡派,雪舟一到北京,就拜李在为师,专心学习水墨画。他一方面临摹古画,一方面自己创作。经过若干时之后,他忽然悟到:作画不能专看古人及别人之作,必须师法大自然,从现实中汲取画材。于是离开北京,遍游中国名山大川。后来到了浙江宁波,看见这天童寺地势佳胜,风景优美,就在这寺里当了和尚。僧众尊崇他,称他为"天童第一座"。他在天童寺一面礼佛,一面研究绘画，若干时之后，画道大进。明宪宗闻知了，就召他进宫，请他为礼部院作壁画。这壁画画得极好，见者无不赞叹。于是求雪舟作画的人越来越多，使得他应接不暇。他在中国住了约四年，然后回国。他在这四年间与中国人结了不少翰墨因缘。

我又想起了雪舟的两种逸话，乘兴也讲给大家听。

有一个中国人求雪舟一幅画，要求他画日本风景。雪舟就画日本田之浦地方的清见寺的风景，其中有个宝塔，亭亭独立，非常美观。后来雪舟返国，来到田之浦，一看，清见寺旁边并没有宝塔。大约是原来有塔，后来坍倒了。雪舟想起了在中国应嘱所写的那幅画，觉得不符现实，很不称心。他就自己拿出钱来，在清见寺旁边新造一个宝塔，使实景和他的画相符合。于此可见他作画非常注重反映现实。

雪舟十二三岁就做和尚。但他不喜诵经念佛，专爱描画。他的师父命令他诵经，他等师父去了，便把经书丢开，偷偷地拿出画具来描画。有一次他正在描画，师父忽然来了。师父大怒，拉住他的耳朵，到大殿里，用绳子把他绑在柱子上，不许他行动和吃饭。雪舟很苦痛，呜咽地哭泣，眼泪滴在面前的地上。滴得多了，形状约略像个动物。雪舟便用脚趾蘸眼泪作画，画一只老鼠。即将画成的时候，师父悄悄地走来了。他站在雪舟背后，看见地上一只他老鼠正在咬雪舟的脚趾。仔细一看，原来是画。因为画得很好，师父以为是真的老鼠。这时候师父才认识了他的绘画天才，便释放他，从此任凭他自由学画。这便是这大画家发迹的第一步。

我们谈了许多旧话之后，就由寺僧引导，攀登寺旁的玲珑岩，欣赏松涛。那里有老松千百株，郁郁苍苍，犹似一片绿海。松风之声，时起时伏，亦与海涛相似。有亭翼然，署曰"听涛"，是我所手书的。寺僧告我，某树是宋代之物，某树是元代之物。我想：某些树一定是曾经见过雪舟，可惜它们不肯说话，不然，关于这位画僧我们可以得知更多的史实。

肆

你若爱,
生活哪里都可爱

闲居

闲居，在生活上人都说是不幸的，但在情趣上我觉得是最快适的了。假如国民政府新定一条法律："闲居必须整天禁锢在自己的房间里"，我也不愿出去干事，宁可闲居而被禁锢。

在房间里很可以自由取乐；如果把房间当作一幅画看的时候，其布置就如画的"置陈"了。譬如书房，主人的座位为全局的主眼，犹之一幅画中的 middle point（中心点），须居全幅中最重要的地位。其他自书架、茶几、椅、藤床、火炉、壁饰、自鸣钟，以至痰盂、纸篓等，各以主眼为中心而布置，使全局的焦点集中于主人的座位，犹之画中的附属物，背景，均须有护卫主物，显衬主物的作用。这样妥帖之后，人在里面，精神自然安定，集中，而快适。这是谁都懂得，谁都可以自由取乐的事。虽然有的人不讲究自己的房间的布置，然走进一间布置很妥帖的房间，一定谁也觉得快适。这可见人都会鉴赏，鉴赏就是被动的创作，故可说这是谁也懂得，谁也可以自由取乐的事。

我在贫乏而粗末①的自己的书房里，常常欢喜做这个玩意儿。把几件粗陋的家具搬来搬去，一月中总要搬数回。搬到痰盂不能移动一寸，脸盆架子不能旋转一度的时候，便有很妥帖的位置出现了。那时候我自己坐在主眼的座上，环视上下四周，君临一切。觉得一切都朝宗于我，一切都为我尽其职司，如百官之朝天，众星之拱北辰。就是墙上一只很小的钉，望去也似乎居相当的位置，对全体为有机的一员，对我尽专任的职司。我统御这个天下，想象南面王的气概，得到几天的快适。

有一次我闲居在自己的房间里，曾经对自鸣钟寻了一回开心。自鸣钟这个东西，在都会里差不多可说是无处不有，无人不备的了。然而它这张脸皮，我看惯了真讨厌得很。罗马字的还算好看；我房间里的一只，又是粗大的数学码子的。数学的九个字，我见了最头痛，谁愿意每天做数学呢！有一天，大概是闲日月中的闲日，我就从墙壁上请它下来，拿油画颜料把它的脸皮涂成天蓝色，在上面画几根绿的杨柳枝，又用硬的黑纸剪成两只飞燕，用糨糊粘住在两只针的尖头上。这样一来，就变成了两只燕子飞逐在杨柳中间的一幅圆额的油画了。凡在三点二十几分，八点三十几分等时候，画的构图就非常妥帖，因为两只飞燕适在全幅中稍偏的位置，而且追随在一块，画面就保住均衡了。辨识时间，没有数目字也是很容易

---

① 日语中有此词，意即粗陋、不精致。

的：针向上垂直为十二时，向下垂直为六时，向左水平为九时，向右水平为三时。这就是把圆周分为四个quarter（一刻钟），是肉眼也很容易办到的事。一个quarter里面平分为三格，就得长针五分钟的距离了，这不十分容易正确，然相差至多不过一两分钟，只要不是天文台、电报局或火车站里，人家家里上下一两分钟本来是不要紧的。倘眼睛锐利一点，看惯之后，其实半分钟也是可以分明辨出的。这自鸣钟现在还挂在我的房间里，虽然惯用之后不甚新颖了，然终不觉得讨厌，因为它在壁上不是显明的实用的一只自鸣钟，而可以冒充一幅油画。

　　除了空间以外，闲居的时候我又欢喜把一天的生活的情调来比方音乐。如果把一天的生活当作一个乐曲，其经过就像乐章（movement）的移行了。一天的早晨，晴雨如何？冷暖如何？人事的情形如何？犹之第一乐章的开始，先已奏出全曲的根底的"主题"（theme）。一天的生活，例如事务的纷忙，意外的发生，祸福的临门，犹如曲中的长音阶（大音阶）变为短音阶（小音阶）的，C调变为F调，adagio（柔板）变为allegro（快板）。其或昼永人闲，平安无事，那就像始终C调的andante（行板）的长大的乐章了。以气候而论，春日是门德尔松（Mendelssohn），夏日是贝多芬（Beethoven），秋日是肖邦（Chopin）、舒曼（Schumann），冬日是舒伯特（Schubert）。这也是谁也可以感到，谁也可以懂得的事，试看无论什么机关里，团体里，做无论什么事务的人，在阴雨的天气，办事一定不及在晴天的起劲，高兴、积极。如果有不论天气，天天照常办事的人，这一定不是人，是一架机器。只要看挑到我们后门头来卖臭豆腐干的江北人，近来秋雨连日，他的叫声自然懒洋洋地低钝起来，远不如一月以前的炎阳下的"臭豆腐干"的热辣了。

读 书

《中学生》杂志社出了一个关于"书"的题目来,命我写一篇随笔。倘要随我的笔写出,我新近到杭州去医眼疾,独游西湖,看了西湖上的字略有所感,让我先写些关于字的话吧。

以前到杭州,必伴着一群人,跟着众人的趋向而游西湖。走马看花地巡行,于各处皆不曾久留。这回独自来游,毫无牵累。又是为求医而来,闲玩似属天经地义,不妨于各处从容淹留。我每在一个寻常惯到的地方泡一碗茶,闲坐、闲行、闲看、闲想,便可勾留半日之久。

听了医生的话,身边不带一册书。但不幸而识字,望见眼前有文字的地方,会不期地睁着病眼去辨识。甚至于苦苦地寻认字迹,探索意味。我这回才注意到:西湖上发表着的文字非常之多,皇帝的御笔,名人士夫的联额,或勒石,或刻木冠,冠冕堂皇的,金碧辉煌的,装点在到处的寺院台榭中。这些都是所谓名笔,将与湖山同朽,千古留名的。但寺院台榭内的墙壁上、栋柱上,甚至门窗上,还拥挤着无数游客的题字,也是想留名于湖山的。其文字大意不过是"某年某月某日某人到此"而已，但表现之法各人不同：有的用炭条写，有的用铅笔写，有的带了（或许是借了）毛笔去写，又有的深恐风雨侵蚀他的芳名，特用油漆涂写。或者不是油漆，是画家的油画颜料。画家随身带着永不褪色的法国罗佛朗制的油画颜料，要在这里留名千古，是很容易的。写的形式，又各人不同：有的字特别大，有的笔画特别粗，皆足以牵惹人目。有的在别人直书的上面故用横行、斜行的文字，更为显著而立异。又有的引用英文、世界语，使在满壁的汉字中别开生面。我每到一处地方，不论碑上的、额上的、壁上的、柱上的，凡是文字，都喜观玩。但有的地方实在汗牛充栋，尽半日淹留之长，到底不能一一读遍所有各家的大作。我想，倘要尽读全西湖上发表着的所有的文字，恐非有积年累月的闲工夫不可。

  我这回仅在惯到的几处闲玩两三日。但所看到的文字已经不少。推想别处，也不过是同样性质的东西增加分量罢了。每当月瞑意倦的时候，便回想关于所见的所感。勒石的御笔和金碧的名人手迹中，佳作固然有，但劣品亦处处皆是。它们全靠占着优胜的地位，施着华美的装潢，故能掩丑于无知者之前。若赤裸裸地品起美术的价值来，不及格的恐怕很多。壁上的炭条文字中，涂鸦固然多，但真率自然之笔亦复不少。有的似出于天真烂漫的儿童之手，有的似出于略识之无的工人之手。然而一种真率简劲的美，为金碧辉煌的作品中所不能见。可惜埋没在到处的暗壁角里，不易受世人的赏识，长使笔者为西湖上无名的作家耳。假如湖山的管领者肯选拔这些文字来，勒在石上，刻在木上，其美术的价值当比御笔的石碑高贵得多呢。

  我的感想已经写完，但终于没有写到本题。倘读书与看字有共通的情形，就让读者"闻一以知二"吧。不然，我这篇随笔文不对题，让编辑先生丢在字纸篓里吧。

胡桃云片

凭窗闲眺，想觅一个随感的题目。

说出来真觉得有些惭愧：今天我对于展开在窗际的"一·二八"战争的炮火的痕迹，不能兴起"抗日救国"的愤慨，而独仰望天际散布的秋云，甜蜜地联想到松江的胡桃云片。也想把胡桃云片隐藏在心里，而在嘴上说抗日救国。但虚伪还不如惭愧些吧。

三四年前在松江任课的时候，每星期课毕返上海，黄包车经过望江楼隔壁的茶食店，必然停一停车，买一尺胡桃云片带回去吃。这种茶食是否松江的名物，我没有调查过。我是有一回同一个朋友在望江楼喝茶，想买些点心吃吃，偶然在隔壁的茶食店里发现的。发现以后，我每次携了藤箧坐黄包车出城的时候必定要买。后来成为定规，那店员看见我的车子将停下来，就先向橱窗里拿一尺糕来称分量。我走到柜上，不必说话，只需摸出一块钱来等他找我。他找我的有时两角小洋，有时只几个铜板，视糕的分量轻重而异。每月的糕钱约占了我的薪水的十二分之一。我为什么肯拿薪水的十二分之一来按星期致送这糕店呢？因为这种糕实有使我欢喜之处，且听我说：

云片糕，这个名词高雅得很。"云片"二字是糕的色彩形状的印象的描写。其白如云，其薄如片，名之曰云片，真是高雅而又适当。假如有一片糕向空中不翼而飞，我们大可用古人"白云一片去悠悠"之句来题赞这景象。但我还以为这名词过于象征了些。因为糕的厚薄固然宜于称片，但就糕的轮廓的形状上看，对于上面的"云"字似觉不切。这糕的四边是直线，四根直线围成一个长方形。用直线围成的长方形来比拟天际缭绕不定的云，似乎过于象征而有些牵强了。若把"云片"二字专用于胡桃云片上，那么我就另有一种更有趣味的看法。

胡桃云片，本是加有胡桃的云片糕的意思。想象它的制法，大约是把一块一块的胡桃肉装入米粉里，做成一段长方柱形，然后用刀切成薄薄的片。这样一来，每一片糕上都有胡桃肉的各种各样的切断面的形状。胡桃肉的形体本是非常复杂，现在装入糕中而切成片子，就因了它的位置、方向，及各部形体的不同，而在糕片上显出变化多样的形象来。试切下几片糕来，不要立刻塞进口里，先来当作小小的画片观赏一下。有许多极自然的曲线，描出变化多样的形象，疏疏密密地排列在这些小小的画片上。倘就各个形象看：有的像果物，有的像人形，有的像鸟兽，还有许多像台湾。就全体看：有时像蠹鱼钻过的古书，有时像别的世界的地图，有时像古代的象形文字，然而大都疏密无定，颇像现在窗外的散布着秋云的天空。古人诗云："人似秋云散处多。"秋天的云，大都是一朵一朵地分散而疏密无定的。这颇像胡桃云片上的模样。故我每吃胡桃云片便想起秋天，每逢秋天便想吃胡桃云片。根据了这看法而称这种糕曰"胡桃云片"，岂不更为雅致适切而更有趣味吗？

松江人似乎曾在胡桃云片上发现了这种画意的。他们所制的糕，不像别处的产物似的仅在云片中嵌入胡桃肉，他们在糕的四周用红色的线条作一黄金律的缘，而把胡桃的断面装点在这缘线内。这宛如在一幅中国画上加了装裱，或是在一幅西洋画上加了镜框，画的意趣更加焕发了。这些胡桃肉受了缘的隔离，已与实际的世间绝缘，不复是可食的胡桃肉，而成为独立的美的形体了。

因这缘故，松江的胡桃云片使我特别欢喜。辞了松江的教职以后，我不能常得这种胡桃糕，但时时要想念它——例如今天凭窗闲眺而望天际散布的秋云的时候。读者也许要笑："你在想吃松江胡桃糕，何必絮絮叨叨地说出这一大篇！"不，不，我要吃糕很容易：到江湾街上去买两百文胡桃肉，七个铜板云片糕，拿回家来用糕包裹胡桃肉，闭了眼睛塞进嘴里，嚼起来味道和松江胡桃云片完全一样。我的想念松江胡桃云片，是为了想看。至少，半是为了想看，半是为了想吃。若要说吃，我吃这种糕是并用了眼睛和嘴巴而吃的。

我们中国的市上，仅用嘴巴吃的东西太多了。因此使我拿薪水的十二分之一来按星期致送松江的糕店，又使我在江湾的窗际遥遥地想念松江的胡桃云片。我希望我国到处的市上,并用眼睛和嘴巴来吃的东西渐渐多起来。不但嘴吃的东西,身体各部所用的东西,也都要教眼睛参加进去才好。我又希望我国到处的市上,并用眼睛和身体来用的东西也渐渐多起来。

吃瓜子

从前听人说：中国人人人具有三种博士的资格：拿筷子博士、吹煤头纸博士、吃瓜子博士。

拿筷子，吹煤头纸，吃瓜子，的确是中国人独得的技术。其纯熟深造，想起了可以使人吃惊。这里精通拿筷子法的人，有了一双筷，可抵刀锯叉瓢一切器具之用，爬罗剔抉，无所不精。这两根毛竹仿佛是身体上的一部分，手指的延长，或者一对取食的触手。用时好像变戏法者的一种演技，熟能生巧，巧极通神。不必说西洋了，就是我们自己看了，也可惊叹。至于精通吹煤头纸法的人，首推几位一天到晚捧水烟筒的老先生和老太太。他们的"要有火"比上帝还容易，只消向煤头纸上轻轻一吹，火便来了。他们不必出数元乃至数十元的代价去买打火机，只要有一张纸，便可临时在膝上卷起煤头纸来，向铜火炉盖的小孔内一插，拔出来一吹，火便来了。我小时候看见我们染坊店里的管账先生，有种种吹煤头纸的特技。我把煤头纸高举在他的额头旁边了，他会把下唇伸出来，使风向上吹；我把煤头纸放在他的胸前了，他会把上唇伸出来，使风向下吹；我把煤头纸放在他的耳旁了，他会把嘴歪转来，使风向左右吹；我用手按住了他的嘴，他会用鼻孔吹，都是吹一两下就着火的。中国人对于吹煤头纸技术造诣之深，于此可以窥见。所可惜者，自从卷烟和火柴输入中国而盛行之后，水烟这种"国烟"竟被冷落，吹煤头纸这种"国技"也很不发达了。生长在都会里的小孩子，有的竟不会吹，或者连煤头纸这东西也不曾见过。在努力保存国粹的人看来，这也是一种可虑的现象。近来国内有不少人努力于国粹保存。国医、国药、国术、国乐，都有人在那里提倡。也许水烟和煤头纸这种国粹，将来也有人起来提倡，使之复兴。

但我以为这三种技术中最进步最发达的，要算吃瓜子。近来"瓜子大王"的畅销，便是其老大的证据。据关心此事的人说，"瓜子大王"一类的装纸袋的瓜子，最近市上流行的有许多牌子。最初是某大药房"用科学方法创制"的，后来有什么好吃来公司、顶好吃公司……种种出品陆续产出。到现在差不多无论哪个穷乡僻处的糖食摊上，都有纸袋装的瓜子陈列而倾销着了。现代中国人的精通吃瓜子术，由此盖可想见。我对于此道，一向非常短拙，说出来有伤于中国人的体面，但对自家人不妨谈谈。我从来不曾自动地找求或买瓜子来吃。但到人家做客，受人劝诱时；或者在酒席上、杭州的茶楼上，看见桌上现成放着瓜子盆时，也便拿起来咬。我必须注意选择，选那较大、较厚，而形状平整的瓜子，放进口里，用臼齿"格"地一咬，再吐出来，用手指去剥。幸而咬得恰好，两瓣瓜子壳各向两旁扩张而破裂，瓜仁没有咬碎，剥起来就较为省力。若用力不得其法，两瓣瓜子壳和瓜仁叠在一起而折断了，吐出来的时候我就担忧。那瓜子已纵断为两半，两半瓣的瓜仁紧紧地装塞在两半瓣的瓜子壳中，好像日本版的洋装书，套在很紧的厚纸函中，不容易取它出来。这种洋装书的取出法，现在都已从日本人那里学得，不要把指头塞进厚纸函中去力挖，只要使函口向下，两手扶着函，上下振动数次，洋装书自会脱壳而出。然而半瓣瓜子的形状太小了，不能应用这个方法，我只得用指爪细细地剥取。有时因为练习弹琴，两手的指爪都剪平，和尚头一般的手指对它简直毫无办法。我只得乘人不见把它抛弃了。在痛感困难的时候，我本拟不再吃瓜子了。但抛弃了之后，觉得口中有一种非甜非咸的香味，会引逗我再吃。我便不由得伸起手来，另选一粒，再送交臼齿去咬。不幸而这瓜子太燥，我的用力又太猛，"格"的一响，玉石不分，咬成了无数的碎块，事体就更糟了。我只得把粘着唾液的碎块尽行吐出在手心里，用心挑选，剔去壳的碎块，然后用舌尖舐食瓜仁的碎块。然而这挑选颇不容易，因为壳的碎块的一面也是白色的，与瓜仁无异，我误认为全是瓜仁而舐进口中去嚼，其味虽非嚼蜡，却等于嚼砂。壳的碎片紧紧地嵌进牙齿缝里，找不到牙签就无法取出。碰到这种钉子的时候，我就下个决心，从此戒绝瓜子。戒绝之法，大抵是喝一口茶来漱一漱口，点起一支香烟，或者把瓜子盆推开些，把身体换个方向坐了，以示不再对它发生关系。然而过了几分钟，与别人谈了几句话，不知不觉之间，会跟了别人而伸手向盆中摸瓜子来咬。等到自己觉察破戒的时候，往往是已经咬过好几粒了。这样，吃了非戒不可，戒了非吃不可；吃而复戒，戒而复吃，我为它受尽苦痛。这使我现在想起了瓜子觉得害怕。

但我看别人，精通此技的很多。我以为中国人的三种博士才能中，咬瓜子的才能最可叹佩。常见闲散的少爷们，一只手指间夹着一支香烟，一只手握着一把瓜子，且吸且咬，且咬且吃，且吃且谈，且谈且笑。从容自由，真是"交关写意"！他们不须拣选瓜子，也不须用手指去剥。一粒瓜子塞进了口里，只消"格"地一咬，"呸"地一吐，早已把所有的壳吐出，而在那里嚼食瓜子的肉了。那嘴巴真像一具精巧灵敏的机器，不绝地塞进瓜子去，不绝地"格""呸""格""呸"……全不费力，可以永无罢休。太太们、小姐们的咬瓜子，态度尤加来得美妙：她们用兰花似的手指摘住瓜子的圆端，把瓜子垂直地塞在门牙中间，而用门牙去咬它的尖端。"的，的"两响，两瓣壳的尖头便向左右绽裂。然后那手敏捷地转个方向，同时头也帮着了微微地一侧，使瓜子水平地放在门牙口，用上下两门牙把两瓣壳分别拨开，咬住了瓜子肉的尖端而抽它出来吃。这吃法不但"的，的"的声音清脆可听，那手和头的转侧的姿势窈窕得很，有些儿妩媚动人，连丢去的瓜子壳也模样姣好，有如朵朵兰花。由此看来，咬瓜子是中国少爷们的专长，而尤其是中国小姐、太太们的拿手戏。

在酒席上、茶楼上，我看见过无数咬瓜子的圣手。近来"瓜子大王"畅销，我国的小孩子们也都学会了咬瓜子的绝技。我的技术，在国内不如小孩子们远甚，只能在外国人面前占胜。记得从前我在赴横滨的轮船中，与一个日本人同舱。偶检行箧，发现亲友所赠的一罐瓜子。旅途寂寥，我就打开来和日本人共吃。这是他平生没有吃过的东西，他觉得非常珍奇。在这时候，我便老实不客气地装出内行的模样，把吃法教导他，并且示范地吃给他看。托祖国的福，这示范没有失败。但看那日本人的练习，真是可怜得很！他如法将瓜子塞进口中，"格"地一咬，然而咬时不得其法，将唾液把瓜子的外壳全部浸湿，拿在手里剥的时候，滑来滑去，无从下手，终于滑落在地上，无处寻找了。他空咽一口唾液，再选一粒来咬。这回他剥时非常小心，把咬碎了的瓜子陈列在舱中的食桌上，俯伏了头，细细地剥，好像修理钟表的样子。约莫一二分钟之后，好容易剥得了些瓜仁的碎片，郑重地塞进口里去吃。我问他滋味如何，他点点头连称umai，umai！（好吃，好吃！）我不禁笑了出来。我看他那阔大的嘴里放进一些瓜仁的碎屑，犹如沧海中投以一粟，亏他辨出umai的滋味来。但我的笑不仅为这点滑稽，本由于骄矜自夸的心理。我想，这毕竟是中国人独得的技术，像我这样对于此道最拙劣的人，也能在外国人面前占胜，何况国内无数精通此道的少爷、小姐呢？

发明吃瓜子的人，真是一个了不起的天才！这是一种最有效的"消闲"法。要"消磨岁月",除了抽鸦片以外,没有比吃瓜子更好的方法了。其所以最有效者,为了它具备三个条件:一、吃不厌;二、吃不饱;三、要剥壳。

俗语形容瓜子吃不厌,叫作"勿完勿歇"。为了它有一种非甜非咸的香味,能引逗人不断地要吃。想再吃一粒不吃了,但是嚼完吞下之后,口中余香不绝,不由你不再伸手向盆中或纸包里去摸。我们吃东西,凡一味甜的,或一味咸的,往往易于吃厌。只有非甜非咸的,可以久吃不厌。瓜子的百吃不厌,便是为此。有一位老于应酬的朋友告诉我一段吃瓜子的趣话:说他已养成了见瓜子就吃的习惯。有一次同了朋友到戏馆里看戏,坐定之后,看见茶壶的旁边放着一包打开的瓜子,便随手向包里掏取几粒,一面咬着,一面看戏。咬完了再取,取了再咬。如是数次,发现邻席的不相识的观剧者也来掏取,方才想起了这包瓜子的所有权。低声问他的朋友:"这包瓜子是你买来的吗?"那朋友说"不",他才知道刚才是擅吃了人家的东西,便向邻座的人道歉。邻座的人很漂亮,付之一笑,索性正式地把瓜子请客了。由此可知瓜子这样东西,对中国人有非常的吸引力,不管三七二十一,见了瓜子就吃。

俗语形容瓜子吃不饱,叫作"吃三日三夜,长个屁尖头"。因为这东西分量微小,无论如何也吃不饱,连吃三日三夜,也不过多排泄一粒屁尖头。为消闲计,这是很重要的一个条件。倘分量大了,一吃就饱,时间就无法消磨。这与赈饥的粮食目的完全相反。

赈饥的粮食求其吃得饱，消闲的粮食求其吃不饱。最好只尝滋味而不吞物质。最好越吃越饿，像罗马亡国之前所流行的"吐剂"一样，则开筵大嚼，醉饱之后，咬一下瓜子可以再来开筵大嚼，一直把时间消磨下去。

要剥壳也是消闲食品的一个必要条件。倘没有壳，吃起来太便当，容易饱，时间就不能多多消磨了。一定要剥，而且剥的技术要有声有色，使它不像一种苦工，而像一种游戏，方才适合于有闲阶级的生活，可让他们愉快地把时间消磨下去。

具足以上三个利于消磨时间的条件的，在世间一切食物之中，想来想去，只有瓜子。所以我说发明吃瓜子的人是了不起的天才。而能尽量地享用瓜子的中国人，在消闲一道上，真是了不起的积极的实行家！试看糖食店、南货店里的瓜子的畅销，试看茶楼、酒店、家庭中满地的瓜子壳，便可想见中国人在"格""呸""的，的"的声音中消磨去的时间，每年统计起来为数一定可惊。将来此道发展起来，恐怕是全中国也可消灭在"格""呸""的，的"的声音中呢。

我本来见瓜子害怕，写到这里，觉得更加害怕了。

闲

"闲"在过去时代是一个可爱的字眼；在现代变成了一个可恶的字眼。例如失业者的"赋闲"，不劳而食者的"有闲"，都被视为现代社会的病态。有闲被视为奢侈的、颓废的。但也有非奢侈、非颓废的有闲阶级，如儿童便是。

儿童，尤其是十岁以前的儿童，不论贫富，大都是有闲阶级者。他们不必自己谋生，自有大人供养他们。在入学、进店、看牛或捉草①以前，除了忙睡觉，忙吃食以外，他们所有的都是闲工夫。到了入学、进店、看牛或捉草的时候，虽然名为读书、学商或做工，其实工作极少而闲暇极多。试看幼稚园、小学校中的儿童，一日中埋头用功的时间有几何？试看商店的学徒，一日中忙着生意的时间有几何？试看田野中的牧童，一日中为牛羊而劳苦工作的时间有几何？除了读几遍书，做几件事，牵两次牛，捉几根草以外，他们在学校中、店铺里、田野间，都只是闲玩而已。

---

①捉草，即割草，作者家乡方言。

在饱尝了尘世的辛苦的中年以上的人，"闲"是最可盼的乐事。假如盼得到，即使要他们终生高卧空山上，或者独坐幽篁里，他们也极愿意。在有福的痴人，"闲"也是最可盼的乐事。假如盼得到，即使要他们吃饭便睡，睡醒便吃，终生同猪猡一样，在他们正是得其所哉。但在儿童，"闲"是一件最苦痛的事。因为"闲"就是"没事"，没事便静止，静止便没有兴味。而儿童是兴味最旺盛的一种人。

　　在长途的火车中，可以看见儿童与成人的态度的大异。成人大都安定地忍耐地坐着，静候目的地的到达，儿童便不肯安定，不能忍耐。他们不绝地要向窗外探望，要买东西吃；看厌吃饱之后，要嚷"为什么还不到"，甚至哭着喊"我要回家去了"，于是领着他们的成人便骂他们、打他们。讲老实话，成人们何尝欢喜坐长途火车？他们的感情中或许也在嚷着"为什么还不到"，也在哭着喊"我要回家去了"，只因重重的世智包裹着他们的感情，使这感情无从爆发出来。这仿佛一瓶未开盖的汽水，看似静静的、安定的，其实装着满肚皮的气，无从发泄！感情的长久的抑制，渐渐使成人失却热烈的兴味，变成"颓废"的状态。成人和儿童比较起来，个个多少是"颓废"的。

　　只有颓废者盼羡着"闲"；不颓废的人——儿童——见了

"闲"都害怕。他们称这心情为"没心相"①。在兴味最旺盛的儿童,"没心相"似乎比"没饭吃"更加苦痛。为了"没心相"而啼哭,为了"没心相"而做种种的恶戏;因了啼哭和恶戏而受大人的骂和打,是儿童生活上常见的事。他们为欲避免"没心相",不绝地活动,除了睡眠及生病以外,孩子们极少有持续静止至半小时以上者。假如把一个不绝地追求生活兴味的活泼的孩子用绳子绑缚了,关闭在牢屋里,我想这孩子在"饿"死以前一定先已"没心相"死了。假如强迫这种孩子学习因是子静坐法,所得的效果一定相反。在儿童们看来,静坐法和禅定等,是成人们的自作之刑。而在许多成人看来,各种辛苦的游戏也是儿童们的犯贱的行为。有的老人躺在安乐椅中观看孩子们辛辛苦苦地奔走叫喊而游戏,会讥笑似的对他们说:"看你们何苦!静静儿坐一下子有什么不好?"倘有孩子在游戏中跌痛了,受伤了,这种老人便振振有词:"教你勿,你板要,难(现在)你好!"②其实儿童并不因此而懊悔游戏,同成人事业磨折并不懊悔做事业一样。儿童与成人分居着两个世界,而两方互相不理解的状态,到处可见。

儿童的游戏,犹之成人的事业。现世的成人与儿童,大家多苦痛:许多的成人为了失业而苦痛,许多的儿童为了游戏不满足而

---

①"没心相"意即无聊。
②作者家乡俗话。"勿"是不要,"板要"是一定要。

苦痛。住在都会里的孩子可以享用儿童公园；有钱人家的孩子可以购买种种的玩具。但这些是少数的幸运的孩子。多数的住在乡村里的穷人家的孩子，都有游戏不满足的苦痛。他们的保护人要供给他们衣食，非常吃力；能养活他们几条小性命，已是尽责了。讲到玩具、游戏设备，在现今的乡村间真是过分的奢求了。孩子们像猪猡一般地被豢养在看惯的破屋里。大人们每天喂了他们三顿之外，什么都不管。春天、夏天，白昼特别长；儿童的百无聊赖的生活状态，看了真是可怜。无衣无食的苦是有形的，人皆知道其可怜；"没心相"的苦是无形的，没人知道，因此更觉可怜。人的生活，饱食暖衣而无事，远不如为衣为食而奔走的有兴味。人的生活大半是由兴味维持的；儿童的生活则完全以兴味为原动力。热衷于赌博的成人，输了还是要赌。热衷于游戏的儿童，常常忘餐废寝。于此可见人类对于兴味的要求，有时比衣食更加热烈。

在种种简单的游戏法中，更可窥见人对于"闲"何等不耐，对于"兴味"何等渴慕。这种游戏法，大都不需设备，只要一只手一张嘴，随时随地都可开始游戏，而游戏的兴味并不简单。这显然是人为了兴味的要求，而费了许多苦心发明出来的。就吾乡所见，最普通的游戏是猜拳。只要一举手便可游戏，而且其游戏颇有兴味。这本来是侑酒的一种方法，但近来风行愈广，已变成一种赌博，或一种消闲游戏。工人们休息的时候，各人袋里摸出几个铜板来摆在地上，便在其上面开始捋战，胜的拿进铜板。年纪稍长的儿童们也会弄这玩意：他们摘三根草放在地上，便开始猜拳。赢一拳拿进一根，输一拳吐出一根。到了三根草归入了一人手中，这人得胜，便可拉过对方的手来打他十记手心。用自己的手来打别人的手，两人大家有些儿痛；但伴着兴味，痛也情愿了。

年幼的儿童也有一种猜拳的游戏法，叫作"呱呱啄蛀虫"。这方法更加简单，只要每人拿一根指头来一比，便见胜负。例如一人出大指，一人出食指。这局面叫作"老土地杀呱呱（即鸡）吃"。因为大指是代表老土地，食指是代表呱呱的。又如一人出中指，一人出无名指，这局面叫作"扁担打杀黄鼠狼"。因为中指是代表扁担，无名指是代表黄鼠狼的，又如一人出食指，一人出小指，这局面叫作"呱呱啄蛀虫"。因为小指是代表蛀虫的。这游戏法的名称即根据于此。其规则，每一指必有所克制的二指，同时又必有被克制的二指。即："老土地杀呱呱吃"，"老土地踏杀蛀虫"。"呱呱啄蛀虫"，"呱呱飞过扁担"。"扁担打杀老土地"，"扁担赶掉黄鼠狼"。"黄鼠狼放个屁，臭杀老土地"，"黄鼠狼拖呱呱"。"蛀虫蛀断扁担"，"蛀虫蛀断黄鼠狼脚跟"。所以五个手指的势力相均等，无须选择；玩时只要任意出一根指，全视机缘而定胜否。像这几天的长夏，户外晒着炎阳，出去玩不得；屋内又老是这样，没有一点玩具。日长如小年，四五六七岁的孩子吃了三餐饭无所事事，其"没心相"之苦难言。幸而手是现成生在身上的，不必费钱去买。两人坐在门槛上伸出指头来一比，兴味来了，欢笑声也来了。静寂的破屋子里忽然充满了生趣。

更有一种简单的猜拳玩法，流行于吾乡的幼儿间，手的形式只有三种，捏拳头表示"石头"，五指平伸表示"纸头"，伸食中二指表示"剪刀"。若一人出拳头，一人出食中二指，叫作"石头敲断剪刀"，前者赢。一共有三句口诀，其余的两句是"剪刀剪碎纸头"，"纸头包石头"。这玩法另有一种形式：以手加额，表示"洋鬼子"，以手加口作摸须状，表示"大老爷"，以食指点鼻表示"乡下人"，玩时先由两人一齐拍手三下，然后各做一种手势。若一人以食指点鼻，一人以手加口，叫作"乡下人怕大老爷"，后者胜。其余两句口诀是"大老爷怕洋鬼子"，"洋鬼子怕乡下人"。乡下人就是农民，大老爷就是县长，洋鬼子当然就是外国人。这三句口诀似是前时代——《官场现形记》或《二十年目睹之怪现状》的时代——遗留下来的。但是儿童们至今只管沿用着。听说儿童是预言者，童谣能够左右天下大势。或许他们的话不会错，现在社会还这般，或者未来的社会要做到这般。

近来看见儿童间流行着一种很可笑的徒手游戏，也是用五官为游戏工具的，但方法比前者巧妙。例如一人问："眉毛在哪里？"另一人立刻伸手指着自己的鼻头答道："耳朵在这里。"一人问："眼睛在哪里？"另一人立刻伸手指着自己的耳朵答道："嘴巴在这里。"……诸如此类，凡所指非所答，所答非所问的，才算不错。详言之，这游戏的规则，是须得所问、所指、所答，三者各不相关，方为得胜。若有关联，反而认为错误，算是输的。这游戏的滑稽味即在于此。顽皮的孩子，都会随机应变地做这种是非颠倒的玩意儿。正直的孩子玩时便常常要输，他们不能口是心非，不会假痴假呆，有时只学会了动作的虚伪：例如你问他"鼻头在哪里"，他便指着耳朵回答你说"鼻头在这里"，便是半错。有时只学会了言语的虚伪：例如你问他"眼睛在哪里"，他指着眼睛回答你说"耳朵在这里"。也是半错。最正直的孩子，一点也不会虚伪：你问他"耳朵在哪里"，他老老实实地指着耳朵回答你说"耳朵在这里"，那便是大错，而且大输了。我于此益信儿童是预言者，儿童的游戏有左右天下大势之力。现今的世间是非颠倒，已近于这游戏；未来的世间的是非也许可以完全同这游戏中的一样。

上述数种游戏都是用口和手指为工具。还有仅用手的动作的游戏与仅用口说话的游戏，更加简单。有一种互相打手心的游戏叫作"拍荞麦"。其法：二人相对同声拍手三下，作为拍子快慢的标准。第四下即由二人各出右手互相一拍。第五下各自拍手，第六下二人各出左手互相一拍，余例推。总之，其方法是自拍一下，交拍一下，相间而进行。"噼啪噼啪"之声继续响下去，没有限制。谁的手心拍得痛了，宣告罢休，便是谁输。大家怕输而好胜。就大家不惜手掌，拼命地互相殴打。直到手掌拍得红肿而麻木了，方始罢休。孩子们的被私塾先生或小学教师打手心，好像已经上了瘾，不被打是难过的。所以在放学之后，或假期之中，没得被先生打，必须自己互相打一会儿手心来过过瘾。而且这种瘾头,到他们年纪长大时恐怕也不会断绝。有许多大人欢喜被虐待,不受人虐待时便难过。他们也常在自己找寻方法来过被虐待狂的瘾,不过不取拍荞麦的形式罢了。不用手而仅用口的游戏法,如唱歌猜谜等皆是。然而唱歌需要练习,猜谜需要智力,在很小的孩子们嫌其程度太高。他们另有种种更简易的言语游戏法,像"夺三十"便是其一例。夺三十者,是两人竞夺一月的末日——三十日——的一种游戏。其法每人轮流说日子名目,以一日或两日为限。譬如甲儿说"初一初二",乙儿便接上去说"初三",甲儿再说"初四",乙儿又说"初五初六"。总之,说一日或二日随便,但不能说三日或以上。说到后来,谁夺得"三十",便是谁胜。大人们看来,在这游戏中得胜是很容易的,只要捉住三的倍数,最后的一日总是归你到手。换言之,开始说的人总是吃亏,他说一日,你接上两日去,他说两日,你接上一日去。这样,三的倍数常轮到你手里,"三十"总是被你夺得了。但是很小的孩子都不解这秘诀,两人都盲从地说下去,偶然夺到"三十"的孩子便自以为强。在旁看他们游戏的大人便觉得浅薄可笑。等到其中一人夺了"三十"而表示十分得意的时候,大人们插进去叫道:"三十一!月底被我夺到了!"便表示十二分得意。"夺三十"原是旧历时代旧有的游戏法,以三十为月底最后一日。现在虽然用阳历为国历,但乡村的儿童还是沿用着旧有游戏法,不知道一月有三十一日。世间原有种种新时代的游戏,然都需要很复杂的设备，很高价的玩具，只有都市的富家子弟有福消受，乡村的小儿是享用不着的，穷乡僻处的儿童，从他们的老祖母那里学得些过去时代的极简单的徒口游戏法，也可聊解长闲的"没心相"了。

倘若不是徒手徒口而能得到一种极简单的物件，怕"闲"的人们便会想出更巧妙的种种游戏法来。譬如夏天，几个"没心相"的儿童会集在一块，而大家手中拿着折扇的时候，他们便会把折扇当作玩具的代用品。男孩子大都欢喜模仿卖艺者的手技，把折扇抛起来，叫它在空中翻几个筋斗，仍旧落到手中。这就可以比较胜负：例如定三十个筋斗为满额，然后各人顺次轮流地抛扇子，计算筋斗的和数，先满三十者为胜。倘落地一次，以前所积的筋斗就全部作废，须得重新积受起来。这种玩法有江湖气和赌博气，女孩子就不甚欢喜弄。她们拿到扇子，自有一种较文雅的玩法，便是数扇骨。她们想出四个字，叫作"偷买拾送"。把扇骨一根一根地依照这四字数下去。数到末脚一根扇骨倘是"偷"字，便认定这扇子是偷来的，而和这扇的所有者相揶揄。余例推。有的人又加三个字，合成七字："偷买拾送抢骗讨"，玩时花样更多。倘某人的扇子的骨数到"抢"字上完结，余人就都叫她"强盗！"

几个"没心相"的人倘会坐在桌旁，就可以利用桌子为玩具而做"拍七"的游戏。这是大人们也常弄的玩意儿。但年长的孩子们玩起来兴味更高。玩法：六七个人空手围坐在桌旁，其中一个人叫"一",其邻席的人接着叫"二",以下顺次周流地叫下去,轮到"七"却不准叫,须得用手在桌缘的上面拍一下,以代替叫。他拍过之后,以下的人接着叫"八""九"……到了"十四"又不准叫,须得用手在桌缘的下面向上拍一下,以代替叫。即前者"七"称为"明七",须在桌缘上面拍;后者十四称为暗七,须在桌缘下面拍。以后凡"十七""廿七"等皆是明七,轮到的人皆须向桌缘上面拍;"廿一""廿八""卅五"等皆是暗七,轮到的人皆须向桌缘下面拍。倘然不小心,轮到明暗七时叫了一声,其人便输;大人们以此赌酒,孩子们以此赌手心。叫错拍错的人都得被打手心。但这玩法需要智力,没有学过算学的很小的孩子都不会玩,须得稍大的小学生方有玩的能力。且玩时叫的数目有限制,大概到七十为满。七十以上的暗七,为九九表所不载,大人们玩起来也觉太吃力了。曾经有位算学先生大奖励这个玩法,令儿童常常玩习。并且依此例推,添进"拍八""拍九"等同类的玩法来教他们做,说这是可以补助算学功课的。但是说也奇怪,被他这样一提倡,孩子们反而不欢喜玩,当作一种功课而勉强地实行了。

  孩子们"没心相"起来,虽在废墟中,也能利用瓦砖为玩具而开始游戏。他们拾七粒小砖瓦,向阶沿石上磨一磨光,做成七只棋子模样,便以阶沿石为游戏场而"投七"了。投七之法先由一人用右手将七粒砖头随意撒散在阶沿上,然后选取其中一粒,向上抛起,趁这空的机会,向下摸取另一粒砖头,然后回过手来,接取上面落下来的那一粒。手中就拿着两粒砖头了。再把其中一粒向上抛起，乘机向下摸取一粒，回过手来接了上面落下来的一粒，于是手中就拿着三粒砖头了。这样抛过六次之后，七粒砖头全都在手。以上算是一番辛苦的工作，以后便是收获了。但收获不是完全享乐，仍须得费些气力来背出斤数来。即将七粒砖头从手心里全都抛起，立刻翻转手背来接。接住几粒，便是收获几斤。孩子们的手背是凸起的，大都不会全部接住，四斤、五斤，已算是丰收了。一人收获之后，把七粒砖头交与第二人，由他照样工作且收获。游戏者二人、三人、四人都可。预先议定三十斤为满，则轮流玩下去，先满三十的便是得胜。但规则很严：在工作中，倘接不住落下来的粒子，或在取子时带动了旁的粒子，其工作就失败，须得半途停工，把工具让给别人；而且以前收获所积蓄的斤数全部"烂光"。烂光，就是"作废"的意思。倘然满额的斤数定得很高——例如五十斤为满、一百斤为满，这玩的工作就非常严重。到了功亏一篑的时候，尤加紧张。一不小心，就要遭逢"前功尽去"的不幸。其工作法也有种种，如上所述，一粒一粒地摸进手里去，是最简易的一法。更进步的，叫作"幺二三"，就是第一次抛时摸取一粒。第二次抛时要摸取二粒，第三次抛时要摸取三粒。在这时候，撒子及撮子都要考虑。撒子时不可撒得太疏，亦不可撒得太密。太疏了，同时摸两粒三粒不易摸得到手；太密了，摸时容易带动旁的粒子。撮子时须考虑其余六子的位置，务使其余六子分作相当隔远的三堆，一粒作一堆，二粒作一堆，三粒作一堆，然后摸时可得便利。倘使撒得不巧，撮得不妥，玩这"么二三"时摸子就容易失败。少摸一粒，多摸一粒，或带动了旁的粒子，就前功尽弃了。所以孩子们玩时个个抖擞精神，个个汗流满面。一切的"没心相"全被这手技竞争的兴味所打消了。

近来大旱，河底向天，农人无处踏水，对秋收已经绝望，生活反而空闲了。孩子们本来只要相帮大人刈草、送饭，现在竟一无所事了。但春间收下来的蚕豆没有吃完，一时还不会饿死。在这坐以待毙的时期，笑也不成，哭也没用，只是这些悠长如小年的日子无法过去，"没心相"之苦真难禁受。就有种种简单的游戏发现在日暮途穷的乡村间。这好比囚徒已经被判死刑，而刑期未到。与其在牢中哭泣，倒不如大家寻些笑乐吧。都会里用自来水的人闻知乡间大旱，在其同情的想象中，大约以为农家的人一天到晚在那里号哭；或枕藉地在那里饿死了。其实不尽然，号哭的饿死的固然有，但闲着、笑着、玩着而待毙的也还不少。不过这种种玩笑乐实比号哭与饿死更加悲惨！

爆炒米花

楼窗外面"砰"的一响,好像放炮,又好像轮胎爆裂。推窗一望,原来是"爆炒米花"。

这东西我小时候似乎不曾见过,不知是什么时候开始有的,这个名称我也不敢确实,因为那人的叫声中音乐的成分太多,字眼听不清楚。问问别人,都说"爆炒米花吧"。然而爆而又炒,语法欠佳,恐非正确。但这姑且不论,总之,这是用高热度把米粒放大的一种工作。这工作的工具是一个有柄的铁球,一只炭炉,一只风箱,一只麻袋和一张小凳。爆炒米花者把人家托他爆的米放进铁球里,密封起来,把铁球架在炭炉上;然后坐在小凳上了,右手扯风箱,左手握住铁球的柄,把它摇动,使铁球在炭炉上不绝地旋转。旋到相当的时候,他把铁球从炭炉上卸下,放进麻袋里,然后启封——这时候发出"砰"的一响,同时米粒从铁球中迸出,落在麻袋里,颗颗同黄豆一般大了!爆炒米花者就拿起麻袋来,把这些米花倒在请托者拿来的篮子里,然后向他收取若干报酬。请托者大都笑嘻嘻地看看篮子里黄豆一般大的米花,带着孩子,拿着篮子回去了。这原是孩子们的闲食,是一种又滋养、又卫生、又经济的闲食。

我家的劳动大姐主张不用米粒,而用年糕来托他爆。把水磨年糕切成小拇指大的片子放在太阳里晒干,然后拿去托他爆。爆出来的真好看:小拇指大的年糕片,都变得同十支香烟篦子一般大了!爆的时候加入些糖,吃起来略带甜味,不但孩子们爱吃,大人们也都喜欢,因为它质地很松,容易消化,多吃些也不会伤胃。"空隆空隆"地嚼了好久,而实际上吃下去的不过小拇指大的一片年糕。

我吃的时候曾经作如是想:倘使不爆,要人吃小拇指大的几片硬年糕,恐怕不见得大家都要吃。因为硬年糕虽然营养丰富,但是质地太致密,不容易嚼碎,不容易消化,只有胃健的人,消化力强大的人,例如每餐"斗米十肉"的古代人,才能吃硬年糕;普通人大都是没有这胃口的吧。而同是这硬年糕,一经爆过,一经放松,普通人就也能吃,并且爱吃,即使是胃弱的人也消化得了。这一爆的作用就在于此。

想到这里,恍然若有所感。似乎觉得这东西象征着另一种东西。我回想起了三十年前,我初作《缘缘堂随笔》时的一件事。

《缘缘堂随笔》结集成册,在开明书店出版了。那时候我已经辞去教师和编辑之职,从上海迁回故乡石门湾,住在老屋后面的平屋里。我故乡有一位前辈先生,姓杨名梦江,是我父亲的好友,我两三岁的时候,父亲教我认他为义父,我们就变成了亲戚。我迁回故乡的时候,我父亲早已故世,但我常常同这位义父往来。他是前清秀才,诗书满腹。有一次,我把新出版的《缘缘堂随笔》送他一册,请他指教。过了几天他来看我,谈到了这册随笔,我敬求批评。他对那时正在提倡的白话文向来抱反对态度,我料他的批评一定是否定的。果然,他起初就局部略微称赞几句,后来的结论说:"不过,这种文章,教我们做起来,每篇只要廿八个字——一首七绝;或者二十个字——一首五绝。"

我初听到这话,未能信受。继而一想,觉得大有道理!古人作文,的确言简意繁,辞约义丰,不像我们的白话文那么啰里啰唆。回想古人的七绝和五绝,的确每首都可以作为一篇随笔的题材。例如最周知的唐诗:"去年今日此门中,人面桃花相映红。人面不知何处去,桃花依旧笑春风。""少小离家老大回,乡音无改鬓毛衰。儿童相见不相识,笑问客从何处来。"这两个题材,倘使教我来表达,我得写每篇两三千字的两篇抒情随笔。"昨日入城市,归来泪满巾。遍身罗绮者,不是养蚕人。""长安买花者,一枝值万钱。道旁有饥人,一钱不肯捐。"这两个题材,倘教我来表达,我也许要写成——倘使我会写的话——两篇讽喻短篇小说呢!于是我佩服这位老前辈的话,表示衷心地接受批评。

三十年前这位老前辈对我说的话,我一直保存在心中,不料今天同窗外的"爆炒米花"相结合了,我想:原来我的随笔都好比是爆过、放松过的年糕!

吃酒

酒，应该说饮，或喝。然而我们南方人都叫吃。古诗中有"吃茶"，那么酒也不妨称吃。说起吃酒，我忘不了下述几种情境：

二十多岁时，我在日本结识了一个留学生，崇明人黄涵秋。此人爱吃酒，富有闲情逸致。我二人常常共饮。有一天风和日暖，我们乘小火车到江之岛去游玩。这岛临海的一面，有一片平地，芳草如茵，柳荫如盖，中间设着许多矮榻，榻上铺着红毡毯，和环境作成强烈的对比。我们两人踞坐一榻，就有束红带的女子来招待。"两瓶正宗，两个壶烧。"正宗是日本的黄酒，色香味都不亚于绍兴酒。壶烧是这里的名菜，日本名叫tsuboyaki，是一种大螺蛳，名叫荣螺（sazae），约有拳头来大，壳上生许多刺，把刺修整一下，可以摆平，像三足鼎一样。把这大螺蛳烧杀，取出肉来切碎，再放进去，加入酱油等调味品，煮熟，就用这壳作为器皿，请客人吃。这器皿像一把壶，所以名为壶烧。其味甚鲜，确是侑酒佳品。用的筷子更佳：这双筷用纸袋套好，纸袋上印着"消毒割箸"四个字，袋上又插着一个牙签，预备吃过之后用的。从纸袋中拔出筷来，但见一半已割裂，一半还连接，让客人自己去裂开来。这木头是消毒过的，而且没有人用过，所以用时心地非常快适。用后就丢弃，价廉并不可惜。我赞美这种筷，认为是世界上最进步的用品。西洋人用刀叉，太笨重，要洗过方能再用；中国人用竹筷，也是洗过再用，很不卫生，即使是象牙筷也不卫生。日本人的消毒割箸，就同牙签一样，只用一次，真乃一大发明。他们还有一种牙刷，非常简单，到处杂货店发卖，价钱很便宜，也是只用一次就丢弃的。于此可见日本人很有小聪明。且说我和老黄在江之岛吃壶烧酒，三杯入口，万虑皆消。海鸟长鸣，天风振袖。但觉心旷神怡，仿佛身在仙境。老黄爱调笑，看见年青侍女，就和她搭讪，问年纪，问家乡，引起她身世之感，使她掉下泪来。于是临走多给小帐，约定何日重来。我们又仿佛身在小说中了。

又有一种情境，也忘不了。吃酒的对手还是老黄，地点却在上海城隍庙里。这里有一家素菜馆，叫作春风松月楼，百年老店，名闻遐迩。我和老黄都在上海当教师，每逢闲暇，便相约去吃素酒。我们的吃法很经济：两斤酒，两碗"过浇面"，一碗冬菇，一碗十景。所谓过浇，就是浇头不浇在面上，而另盛在碗里，作为酒菜。等到酒吃好了，才要面底子来当饭吃。人们叫别了，常喊作"过桥面"。这里的冬菇非常肥鲜，十景也非常入味。浇头的分量不少，下酒之后，还有剩余，可以浇在面上。我们常常去吃，后来那堂倌熟悉了，看见我们进去，就叫"过桥客人来了，请坐请坐！"现在，老黄早已作古，这素菜馆也改头换面，不可复识了。

另有一种情境，则见于患难之中。那年日本侵略中国，石门湾沦陷，我们一家老幼九人逃到杭州，转桐庐，在城外河头上租屋而居。那屋主姓盛，兄弟四人。我们租住老三的屋子，隔壁就是老大，名叫宝函。他有一个孙子，名叫贞谦，约十七八岁，酷爱读书，常常来向我请教问题，因此宝函也和我要好，常常邀我到他家去坐。这老翁年约六十多岁，身体很健康，常常坐在一只小桌旁边的圆鼓凳上。我一到，他就请我坐在他对面的椅子上，站起身来，揭开鼓凳的盖，拿出一把大酒壶来，在桌上的杯子里满满地斟了两盅；又向鼓凳里摸出一把花生米来，就和我对酌。他的鼓凳里装着棉絮，酒壶裹在棉絮里，可以保暖，斟出来的两碗黄酒，热气腾腾。酒是自家酿的，色香味都上等。我们就用花生米下酒，一面闲谈。谈的大都是关于他的孙子贞谦的事。他只有这孙子，很疼爱他。说"这小人一天到晚望书，身体不好……"望书即看书，是桐庐土白。我用空话安慰他，骗他酒吃。骗得太多，不好意思，我准备后来报谢他。但我们住在河头上不到一个月，杭州沦陷，我们匆匆离去，终于没有报谢他的酒惠。现在，这老翁不知是否在世，贞谦已入中年，情况不得而知。

最后一种情境，见于杭州西湖之畔。那时我僦居在里西湖招贤寺隔壁的小平屋里，对门就是孤山，所以朋友送我一副对联，叫作"居邻葛岭招贤寺，门对孤山放鹤亭"。家居多暇，则闲坐在湖边的石凳上,欣赏湖光山色。每见一中年男子,蹲在岸上,向湖边垂钓。他钓的不是鱼,而是虾。钓钩上装一粒饭米,挂在岸石边。一会儿拉起线来,就有很大的一只虾。其人把它关在一个瓶子里。于是再装上饭米,挂下去钓。钓得了三四只大虾,他就把瓶子藏入藤篮里,起身走了。我问他:"何不再钓几只?"他笑着回答说:"下酒够了。"我跟他去,见他走进岳坟旁边的一家酒店里,拣一座头坐下了。我就在他旁边的桌上坐下,叫酒保来一斤酒,一盆花生米。他也叫一斤酒,却不叫菜,取出瓶子来,用钓丝缚住了这三四只虾,拿到酒保烫酒的开水里去一浸,不久取出,虾已经变成红色了。他向酒保要一小碟酱油,就用虾下酒。我看他吃菜很省,一只虾要吃很久,由此可知此人是个酒徒。

此人常到我家门前的岸边来钓虾。我被他引起酒兴,也常跟他到岳坟去吃酒。彼此相熟了,但不问姓名。我们都独酌无伴,就相与交谈。他知道我住在这里,问我何不钓虾。我说我不爱此物。我就向我劝诱,尽力宣扬虾的滋味鲜美,营养丰富。又教我钓虾的窍门。他说:"虾这东西,爱躲在湖岸石边。你倘到湖心去钓,是永远钓不着的。这东西爱吃饭粒和蚯蚓。但蚯蚓龌龊,它吃了,你就吃它,等于你吃蚯蚓。所以我总用饭粒。你看,它现在死了,还抱着饭粒呢。"他提起一只大虾来给我看,我果然看见那虾还抱着半粒饭。他继续说:"这东西比鱼好得多。鱼,你钓了来,要剖,要洗,要用油盐酱醋来烧,多少麻烦。这虾就便当得多:只要到开水里一煮,就好吃了。不须花钱,而且新鲜得很。"他这钓虾论讲得头头是道,我真心赞叹。

这钓虾人常来我家门前钓虾,我也好几次跟他到岳坟吃酒,彼此熟识了,然而不曾通过姓名。有一次,夏天,我带了扇子去吃酒。他借看我的扇子,看到了我的名字,吃惊地叫道:"啊!我有眼不识泰山!"于是叙述他曾经读过我的随笔和漫画,说了许多仰慕的话,我也请教他姓名,知道他姓朱,名字现已忘记,是在湖滨旅馆门口摆刻字摊的。下午收了摊,常到里西湖来钓虾吃酒。此人自得其乐,甚可赞佩。可惜不久我就离开杭州,远游他方,不再遇见这钓虾的酒徒了。

写这篇琐记时,我久病初愈,酒戒又开。回想上述情景,酒兴顿添。正是"昔年多病厌芳樽,今日芳樽唯恐浅"。

酒令

我父亲中举人后,科举就废。他走不上仕途,在家闲居终老。每逢春秋佳日,必邀集亲友,饮酒取乐。席上必行酒令。我还是一个孩童,有些酒令我不懂得。懂得的是"击鼓传花"。其法,叫一个不参加饮酒的人在隔壁房间里敲鼓。主人手持一枝花,传给邻座的人,依次传递,周流不息。鼓声停止之时,花在谁手中,谁饮酒。传花时非常紧张,每人一接到花,立刻交出,深恐在他手中时鼓声停止。击鼓的人,必须隔室,防止作弊。有的击鼓人很有技巧:忽而缓起来,好像要停止,却又响起来;忽而响起来,好像要继续,却突然停止了。持花的人就在一片笑声中饮酒。有时正在交代之际,鼓声停止了。两人大家放手,花落在地上。主人就叫这二人猜拳,输者饮酒。

又有一种酒令,是掷骰子。三颗骰子,每颗都用白纸糊住六面,上面写字。第一只上面写人物,第二只上面写地方,第三只上面写动作。文句是:公子章台走马,老僧方丈参禅,少妇闺阁刺绣,屠沽市井挥拳,妓女花街卖俏,乞儿古墓酣眠。第一只骰子上写人物,即公子、老僧、少妇、屠沽、妓女、乞儿。第二只骰子上写地方,即章台、方丈、闺阁、市井、花街、古墓。第三只骰子上写动作,即走马、参禅、刺绣、挥拳、卖俏、酣眠。于是将骰子放在一只碗里,叫大家掷。凭掷出来的文句而行酒令。

如果手运奇好,掷出来是原句,例如"公子章台走马",那么满座喝彩,大家为他满饮一杯。但这是极难得的。有的虽非原句,而情理差可,则酌量罚酒或免饮。例如"老僧古墓挥拳",大约此老僧喜练武功;"公子闺阁酣眠",大约这闺阁是他的妻子的房间;"乞儿市井酣眠",也是寻常之事。但是骰子无知,有时乱说乱话:"屠沽章台卖俏""老僧闺阁酣眠""乞儿方丈走马"……那就满座大笑,讥议抨击,按例罚酒。众口嚣嚣,谈论纷纷,这正是侑酒的佳肴。原来饮酒最怕沉闷,有说有笑,酒便乘势入唇。

小孩子不吃酒,但也仿照这酒令,做三只骰子,以取笑乐。一只骰子上写"爸爸、妈妈、哥哥、姐姐、弟弟、妹妹";一只骰子上写"在床里、在厕所里、在街上、在船里、在学校里、在火车里";一只骰子上写"吃饭、唱歌、跳绳、大便、睡觉、踢球"。掷出来的,是"爸爸在床里睡觉""哥哥在学校里踢球""姐姐在船里唱歌""哥哥在厕所里大便""弟弟在学校里跳绳",便是好的。如果是"爸爸在床里大便""妈妈在火车里跳绳""姐姐在厕所里踢球",那就要受罚。如果这一套玩厌了,可以另想一套新的。这玩法比打扑克牌另有风味。

山水间的生活

我家迁住白马湖上后三天,我在火车中遇见一个朋友,对我这样说:"山水间虽然清静,但物质的需要不便之外,住家不免寂寞,办学校不免闭门造车,有利亦有弊。"我当时对于这话就起一种感想,后来忙中就忘却了。

现在春晖在山水间已生活了近一年了,我的家庭在山水间已生活了一月多了。我对于山水间的生活,觉得有意义,又想起了火车中的友人的话。写出我的几种感想在下面。

我曾经住过上海,觉得上海住家,邻人都是不相往来,而且敌视的。我也曾做过上海的学校教师,觉得上海的繁华和文明,能使聪明的明白人得到暗示和觉悟,而使悟力薄弱的人受到很恶的影响。我觉得上海虽热闹,实在寂寞,山中虽冷静,实在热闹,不觉得寂寞。就是上海是骚扰的寂寞,山中是清静的热闹。

在火车里的几小时,是在这社会里四五十年的人生的缩图。座位被占,提包被偷等恐慌,就是生活恐慌的缩形。倘嫌山水间的生活的寂寞,而慕都会的热闹,犹之在只乘四五个相熟的人的火车里嫌寂寞，要望别的拥挤着的车子里去。如果有这样的人，他定是要描写拥挤的车子而去观察的小说家，否则是想图利去的pickpocket（扒手）。

我在教授图画唱歌的时候，觉得以前曾在别处学过图画唱歌的人最难教授，全然没有学过的人容易指导。同样，我觉得在社会里最感到困难的是"因袭的打破难"。许多学校风潮，许多家庭悲剧，许多恶劣的人类分子，都是"因袭的罪恶"，何尝是人间本身的不良？因袭好比遗传，永不断绝。新文化一次输入因袭旧恶的社会里，仿佛注些花露水在粪里，气味更难当。再输入一次，仿佛在这花露水和粪里再注入些香油，又变一种臭气。我觉得无论什么改造，非先除去因袭的恶弊终归越弄越坏。在山水间的学校和家庭，不拘何等孤僻，何等少见闻，何等寂寥，"因袭的传染的隔远"和"改造的容易入手"是实实在在的事实。

我从前往往听见人讲到子弟求学或职业等问题，都说："总要出上海①！"听者带着一种对于将来生活的恐慌的自警的态度默应着。把这等话的心理解剖起来，里面含着这样的几个要素：（一）上海确是文明地，冠盖之区，要路津；（二）少年应当策高足，先据这要路津；（三）这就是吾人应走的前途。所谓闭门造车，也是具有这样的内容的话。怀着这样的思想的人，是因袭的奴隶，是因

---

①指到上海去。

袭的维持者。

闭门造车，是指说不符合门外的轨道的大小，造了不能在门外的轨道上运行的车。行车一定要在已成的轨道上吗？这已成的轨道确是引导我们走正路的吗？有了车不能造轨道的吗？在这"闭门造车"一句话里，分明表示着人们的依赖、因袭和创造力多么薄弱。

不造则已，如果要造车，一定非闭门造不可。如果依照已成的轨道而造，所造出的车子和以前已有的车子一样，就在已成的轨道上随波逐流地去了。即使已有的车子是好的，已成的轨道是正的，造车的效力也不过加多了车，不是造车的进步。何况已有的车子或者不好，已成的轨道或者不正呢。

"好久不到都会了，好久不看报了，退步了。"这样说的人也有。实在，进步是前进的意思，进步越快，离社会越远，离社会越远，进步越深（这是厨川白村说的）。子路说道："吾过矣，吾离群而索居，亦已久矣。"这便是子路所以为子路。

"山水间生活，有利亦有弊"，这大概是指清静、空气新鲜、生活程度低……是利。需要不便、寂寞、闭门造车……是弊。这是要计较两方的利弊长短而取舍的意思。这话的内容和"新思想并不恶、时势变更了不得已而然的。但从前的习惯一概不好，也不能说"的话同是乡愿的话。

这话的变形，就是"凡物都有明暗两方面的"。这话固然不错。但我觉得明暗是一体的。非但如此，明是因为有暗而益明的。

仿佛绘画，明调子因暗调子而益美，暗调子因明调子而也美了。断不是明面好，暗面不好。如果取明而弃暗，就是Ruskin（罗斯金）所谓："自然像日光和阴影相交一般混合着优劣两种要素，使双方相互地供给效用和势力的。所以除去阴影的画家，定要在他自己造出来的无荫的沙漠里烧死！"

爱一物，是兼爱它的明暗两方面。否，没有暗的明是不明的，是不可爱的。我往往觉得山水间的生活，因为需要不便而菜根更香，豆腐更肥。因为寂寥而邻人更亲。

且勿论都会的生活与山水间的生活孰优孰劣，孰利孰弊。人生随处皆不满，欲图解脱，唯于艺术中求之。

山中避雨

前天同了两女孩到西湖山中游玩,天忽下雨。我们仓皇奔走,看见前方有一小庙,庙门口有三家村,其中一家是开小茶店而带卖香烟的。我们趋之如归。茶店虽小,茶也要一角钱一壶。但在这时候,即使两角钱一壶,我们也不嫌贵了。

茶越冲越淡,雨越落越大。最初因游山遇雨,觉得扫兴;这时候山中阻雨的一种寂寥而深沉的趣味牵引了我的感兴,反觉得比晴天游山趣味更好。所谓"山色空蒙雨亦奇",我于此体会了这种境界的好处。然而两个女孩子不解这种趣味,她们坐在这小茶店里躲雨,只是怨天尤人,苦闷万状。我无法把我所体验的境界为她们说明,也不愿使她们"大人化"而体验我所感的趣味。

茶博士坐在门口拉胡琴。除雨声外,这是我们当时所闻的唯一的声音。拉的是《梅花三弄》,虽然声音摸得不大正确,拍子还拉得不错。这好像是因为顾客稀少,他坐在门口拉这曲胡琴来代替收音机做广告的。可惜他拉了一会儿就罢,使我们所闻的只是嘈杂而冗长的雨声。为了安慰两个女孩子,我就去向茶博士借胡琴。"你的胡琴借我弄弄好不好?"他很客气地把胡琴递给我。

我借了胡琴回茶店,两个女孩很欢喜。"你会拉的?你会拉的?"我就拉给她们看。手法虽生,音阶还摸得准。因为我小时候曾经请我家邻近的柴主人①阿庆教过《梅花三弄》,又请对面弄内一个裁缝司务大汉教过胡琴上的工尺。阿庆的教法很特别,他只是拉《梅花三弄》给你听,却不教你工尺的曲谱。他拉得很熟,但他不知工尺。我对他的拉奏望洋兴叹,始终学他不来。后来知道大汉识字,就请教他。他把小工调、正工调的音阶位置写了一张纸给我,我的胡琴拉奏由此入门。现在所以能够摸出正确的音阶者,一半由于以前略有摸violin(小提琴)的经验,一半仍是根基于大汉的教授的。在山中小茶店里的雨窗下,我用胡琴从容地(因为快了要拉错)拉了种种西洋小曲。两女孩和着了歌唱,好像是西湖上卖唱的,引得三家村里的人都来看。一个女孩唱着《渔光曲》,要我用胡琴去和她。我和着她拉,三家村里的青年们也齐唱起来,一时把这苦雨荒山闹得十分温暖。我曾经吃过七八年音乐教师饭,曾经用piano(钢琴)伴奏过混声四部合唱,曾经弹过Beethoven(贝多芬)的sonata(奏鸣曲)。但是有生以来,没有尝过今日般的音乐的趣味。

两部空黄包车拉过,被我们雇定了。我付了茶钱,还了胡琴,

---

①指卖柴火为生的人。

辞别三家村的青年们，坐上车子。油布遮盖我面前，看不见雨景。我回味刚才的经验，觉得胡琴这种乐器很有意思。Piano笨重如棺材，violin要数十百元一具，制造虽精，世间有几人能够享用呢？胡琴只要两三角钱一把，虽然音域没有violin之广，也尽够演奏寻常小曲。虽然音色不比violin优美，装配得法，其发音也还可听。这种乐器在我国民间很流行，剃头店里有之，裁缝店里有之，江北船上有之，三家村里有之。倘能多造几个简易而高尚的胡琴曲，使像《渔光曲》一般流行于民间，其艺术陶冶的效果，恐比学校的音乐课广大得多呢。我离去三家村时，村里的青年们都送我上车，表示惜别。我也觉得有些儿依依（曾经搪塞他们说："下星期再来！"其实恐怕我此生不会再到这三家村里去吃茶且拉胡琴了）。若没有胡琴的因缘，三家村里的青年对于我这路人有何惜别之情，而我又有何依依于这些萍水相逢的人呢？古语云："乐以教和。"我做了七八年音乐教师没有实证过这句话，不料这天在这荒村中实证了。

沙坪的酒

胜利快来到了，逃难的辛劳渐渐忘却了。我辞去教职，恢复了战前的闲居生活。住在重庆郊外的沙坪坝庙湾特五号自造的"抗建式"小屋中的数年间，晚酌是每日的一件乐事，是白天笔耕的一种慰劳。

我不喜吃白酒，味近白酒的白兰地，我也不要吃。巴拿马赛会得奖的贵州茅台酒，我也不要吃。总之，凡白酒之类的，含有多量酒精的酒，我都不要吃。所以我逃难中住在广西贵州的几年，差不多戒酒。因为广西的山花、贵州的茅台，均含有多量酒精，无论本地人说得怎样好，我都不要吃。

自从由贵州茅台酒的产地遵义迁居到重庆沙坪坝，我开始恢复晚酌，酌的是"渝酒"，即重庆人仿造的黄酒。

富有风趣的一位朋友讥笑我说："你不吃白酒，而爱吃黄酒，我知道你的意思了：吃白酒是不出钱的，揩别人的油。你不用人间造孽钱，笔耕墨稼，自食其力，所以讨厌'白酒'两字。黄酒是你们故乡的特产，你身窜异地，心念故乡，所以爱吃黄酒。对不对？"我说："其然，岂其然欤？"这朋友的话颇有诗意，然而并没有猜中我不爱白酒爱黄酒的原因。揩别人的油，原是我所不欲的；然而吃酒揩油，我觉得比其他的揩油好些。古人诗云："三杯不记主人谁。"吃酒是兴味的，是无条件的，是艺术的。既然共饮，就不必斤斤计较酒的所有权；吝情去留，反而煞风景，反而有伤生活的诗趣。我倒并不绝对不吃"白酒"（不出钱的酒）。至于为了怀乡而吃黄酒，也大可不必。我住在大后方各省各地的时候，天天嘴上所说的是家乡土白。若要怀乡，这已尽够，不必再用吃黄酒来表示了。

我所以不喜白酒而喜黄酒，原因很简单：就为了白酒容易醉，而黄酒不易醉。"吃酒图醉，放债图利"，这种功利地吃酒，实在不合于吃酒的本旨。吃饭、吃药，是功利的。吃饭求饱，吃药求愈，是对的。但吃酒这件事，性状就完全不同。吃酒是为兴味，为享乐，不是求其速醉。譬如两三人情投意合，促膝谈心，倘添上各人一杯黄酒在手，话兴一定更浓。吃到三杯，心窗洞开，真情挚语，娓娓而来。古人所谓"酒三昧"，即在于此。但决不可吃醉，醉了，胡言乱语，诽谤唾骂，甚至呕吐、打架。那真是不会吃酒，违背吃酒的本旨了。所以吃酒绝不是图醉。所以容易醉人的酒绝不是好酒。巴拿马赛会的评判员倘换了我，一定把一等奖给绍兴黄酒。

沙坪的酒，当然远不及杭州、上海的绍兴酒。然而"使人醺醺而不醉",这重要条件是具足了的。人家都讲究好酒,我却不大关心。有的朋友把从上海坐飞机来的真正"陈绍"送我。其酒固然比沙坪的酒气味清香些,上口舒适些;但其效果也不过是"醺醺而不醉"。在抗战期间,请绍酒坐飞机,与请洋狗坐飞机有相似的意义。这意义所给人的不快,早已抵消了其气味的清香与上口的舒适了。我与其吃这种绍酒,宁愿吃沙坪的渝酒。

"醉翁之意不在酒",这真是善于吃酒的人说的至理名言。我抗战期间在沙坪小屋中的晚酌,正是"意不在酒"。我借饮酒作为一天的慰劳,又作为家庭聚会的助兴品。在我看来,晚餐是一天的大团圆。我的工作完毕了;读书的、办公的孩子们都回来了;家离市远,访客不再光临了;下文是休息和睡眠,时间尽可从容了。若是这大团圆的晚餐只有饭菜而没有酒,则不能延长时间,匆匆地把肚皮吃饱就散场,未免太功利,太少兴趣。况且我的吃饭,从小养成一种快速习惯,要慢也慢不来。有的朋友吃一餐饭能消磨一两小时,我不相信他们如何吃法。在我,吃一餐饭至多只花十分钟。这是我小时从李叔同先生学钢琴时养成的习惯。那时我在师范学校读书,只有吃午饭后到一点钟上课的时间,和吃夜饭后到七点钟上自修的时间是教弹琴的时间。我十二点吃午饭,十二点一刻须得到弹琴室;六点钟吃夜饭,六点一刻须得到弹琴室。吃饭、洗碗、洗面,都要在十五分钟内了结。这样的数年,使我养成了快吃的习惯。后来虽无快吃的必要,但我仍是非快不可。这就好比反刍类的牛，野生时代因为怕狮虎侵害而匆匆地把草吞入胃内，急忙回到洞内，再吐出来细细地咀嚼，养成了反刍的习惯，做了家畜以后，虽无快吃的必要，但它仍是要反刍。如果有人劝我慢慢吃，在我是一件苦事。因为慢吃违背了惯性，很不自然，很不舒服。一天的大团圆的晚餐，倘使我以十分钟了事，岂不太草草了？所以我的晚酌，意不在酒，是要借饮酒来延长晚餐的时间，增加晚餐的兴味。

　　沙坪的晚酌，回想起来颇有兴味。那时我的儿女五人，正在大学或专科或高中求学，晚上回家，报告学校的事情，讨论学业的问题。他们的身体在我的晚酌中渐渐地高大起来。我在晚酌中看他们升级，看他们毕业，看他们任职，就差一个没有看他们结婚。在晚酌中看成群的儿女长大成人，照一般的人生观说来是"福气"，照我的人生观说来只是"兴味"。这好比饮酒赏春，眼看花草树木，欣欣向荣；自然的美，造物的用意，神的恩宠，我在晚酌中历历地感到了。陶渊明诗云："试酌百情远，重觞忽忘天。"我在晚酌三杯以后，便能体会这两句诗的真味。我曾改古人诗云："满眼儿孙身外事，闲将美酒对银灯。"因为沙坪小屋的电灯特别明亮。

　　还有一种兴味，却是千载一遇的：我在沙坪小屋的晚酌中，眼看抗战局势的好转。我们白天各自看报，晚餐桌上大家报告讨论。我在晚酌中眼看东京的大轰炸，墨索里尼的被杀，德国的败亡，独山的收复，直到《波茨坦宣言》的发出，八月十日夜日本的无条件投降。我的酒味越吃越美。我的酒量越吃越大，从每晚八两增加到一斤。大家说我们的胜利是有史以来的一大奇迹。我更觉得奇怪。我的胜利的欢喜，是在沙坪小屋晚上吃酒吃出来的！所以我确认，世间的美酒，无过于沙坪坝的四川人仿造的渝酒。我有生以来，从未吃过那样的美酒。即如现在，我已"胜利复员，荣归故乡"；故乡的真正陈绍，比沙坪坝的渝酒好到不可比拟。我也照旧每天晚酌；然而味道远不及沙坪坝的渝酒。因为晚酌的下酒物，不是物价狂涨，便是盗贼蜂起；不是贪污舞弊，便是横暴压迫！沙坪小屋中的晚酌的那种兴味，现在了不可得了！唉，我很想回重庆去，再到沙坪小屋里去吃那种美酒。

湖畔夜饮

前天晚上,四位来西湖游春的朋友,在我的湖畔小屋里饮酒。酒阑人散,皓月当空。湖水如镜,花影满堤。我送客出门,舍不得这湖上的春月,也向湖畔散步去了。柳荫下一条石凳,空着等我去坐,我就坐了,想起小时在学校里唱的春月歌:"春夜有明月,都作欢喜相。每当灯火中,团团清辉上。人月交相庆,花月并生光。有酒不得饮,举杯献高堂。"觉得这歌词温柔敦厚,可爱得很!又念现在的小学生,唱的歌粗浅俚鄙,没有福分唱这样的好歌,可惜得很!回味那歌的最后两句,觉得我高堂俱亡,虽有美酒,无处可献,又感伤得很!三个"得很"逼得我立起身来,缓步回家。不然,恐怕把老泪掉在湖堤上,要被月魄花灵所笑了。

回进家门,家中人说,我送客出门之后,有一上海客人来访,其人名叫CT①,住在葛岭饭店。家中人告诉他,我在湖畔看月,他就向湖畔去找我了。这是半小时以前的事,此刻时钟已指十时半。

---

① 即郑振铎。

我想，CT找我不到，一定已经回旅馆去歇息了。当夜我就不去找他，管自睡觉了。第二天早晨，我到葛岭饭店去找他，他已经出门，茶役正在打扫他的房间。我留了一张名片，请他正午或晚上来我家共饮。正午，他没有来。晚上，他又没有来。料想他这上海人难得到杭州来，一见西湖，就整日寻花问柳，不回旅馆，没有看见我留在旅馆里的名片。我就独酌，照例倾尽一斤。

黄昏八点钟，我正在酩酊之余，CT来了。阔别十年，多经浩劫，他反而胖了，反而年轻了。他说我也还是老样子，不过头发白些。"十年离乱后，长大一相逢，问姓惊初见，称名忆旧容。"这诗句虽好，我们可以不唱。略略几句寒暄之后，我问他吃夜饭没有。他说，他是在湖滨吃了夜饭——也饮一斤酒——不回旅馆，一直来看我的。我留在他旅馆里的名片，他根本没有看到。我肚里的一斤酒，在这位青年时代共我在上海豪饮的老朋友面前，立刻消解得干干净净，清清醒醒。我说："我们再吃酒！"他说："好，不要什么菜蔬。"窗外有些微雨，月色朦胧。西湖不像昨夜的开颜发艳，却有另一种轻颦浅笑，温润静穆的姿态。昨夜宜于到湖边步月，今夜宜于在灯前和老友共饮。"夜雨剪春韭"，多么动人的诗句！可惜我没有家园，不曾种韭。即使我有园种韭，这晚上也不想去剪来和CT下酒。因为实际的韭菜，远不及诗中的韭菜好吃。照诗句实行，是多么愚笨的事呀！

女仆端了一壶酒和四只盆子出来，酱鸭、酱肉、皮蛋和花生米，放在收音机旁的方桌上。我和CT就对坐饮酒。收音机上面的墙上，正好贴着一首我写的，数学家苏步青的诗："草草杯盘共一欢，莫因柴米话辛酸。春风已绿门前草，且耐余寒放眼看。"有了这诗，酒味特别的好。我觉得世间最好的酒肴，莫如诗句。而数学家的诗句，滋味尤为纯正。因为我又觉得，别的事都可有专家，而诗不可有专家。因为作诗就是做人。人做得好的，诗也作得好。倘说作诗有专家，非专家不能作诗，就好比说做人有专家，非专家不能做人，岂不可笑？因此，有些"专家"的诗，我不爱读。因为他们往往爱用古典，蹈袭传统；咬文嚼字，卖弄玄虚；扭扭捏捏，装腔作势；甚至神经过敏，出神见鬼。而非专家的诗，倒是直直落落，明明白白，天真自然，纯正朴茂，可爱得很。樽前有了苏步青的诗，桌上酱鸭、酱肉、皮蛋和花生米，味同嚼蜡；唾弃不足惜了！

　　我和CT共饮，另外还有一种美味的酒肴！就是话旧。阔别十年，身经浩劫。他沦陷在孤岛上，我奔走于万山中。可惊可喜，可歌可泣的话，越谈越多。谈到酒酣耳热的时候，话声都变了呼号叫啸，把睡在隔壁房间里的人都惊醒。谈到二十余年前他在宝山路商务印书馆当编辑，我在江湾立达学园教课时的事，他要看看我的子女阿宝、软软和瞻瞻——《子恺漫画》里的三个主角，幼时他都见过的。瞻瞻现在叫作丰华瞻，正在北平北大研究院，我叫不到；阿宝和软软现在叫丰陈宝和丰宁馨，已经大学毕业而在中学教课了，此刻正在厢房里和她们的弟妹们练习平剧（京剧）！我就喊她们来"参见"。CT用手在桌子旁边的地上比比，说："我在江湾看见你们时，只有这么高。"她们笑了，我们也笑了。这种笑的滋味，半甜半苦，半喜半悲。所谓"人生的滋味"，在这里可以浓烈地尝到。CT叫阿宝"大小姐"，叫软软"三小姐"。我说："《花生米不满足》《瞻瞻新官人，软软新娘子，宝姐姐做媒人》《阿宝两只脚，凳子四只脚》等画，都是你从我的墙壁上揭去，制了锌板在《文学周报》上发表的，你这老前辈对她们小孩子又有什么客气？依旧叫'阿宝''软软'好了。"大家都笑。人生的滋味，在这里又浓烈地尝到了。我们就默默地干了两杯。我见CT的豪饮，不减二十余年前。我回忆起了二十余年前的一件旧事，有一天，我在日升楼前，遇见CT。他拉住我的手说："子恺，我们吃西菜去。"我说"好的"。他就同我向西走，走到新世界对面的晋隆西菜馆楼上，点了两客公司菜。外加一瓶白兰地。吃完之后，仆欧（boy）送账单来。CT对我说："你身上有钱吗？"我说："有！"摸出一张五元钞票来，把账付了。于是一同下楼，各自回家——他回到闸北，我回到江湾。过了一天，CT到江湾来看我，摸出一张拾元钞票来，说："前天要你付账，今天我还你。"我惊奇而又发笑，说："账付过算了，何必还我？更何必加倍还我呢？"我定要把拾元钞票塞进他的西装袋里去，他定要拒绝。坐在旁边的立达同事刘薰宇，就过来抢了这张钞票去，说："不要客气，拿到新江湾小店里去吃酒吧！"大家赞成。于是号召了七八个人，夏丏尊先生、匡互生、方光焘都在内，到新江湾的小酒店里去吃酒。吃完这张拾元钞票时，大家都已烂醉了。此情此景，憬然在目。如今夏先生和匡互生均已作古，刘薰宇远在贵阳，方光焘不知又在何处。只有CT仍旧在这里和我共饮。这岂非人世难得之事！我们又浮两大白。

夜阑饮散，春雨绵绵。我留CT宿在我家，他一定要回旅馆。我给他一把伞，看他的高大的身子在湖畔柳荫下的细雨中渐渐地消失了。我想："他明天不要拿两把伞来还我！"

在喧嚣的世界里,
坚持以匠人心态认认真真打磨每一本书,
坚持为读者提供
有用、有趣、有品位、有价值的阅读。
愿我们在阅读中相知相遇,在阅读中成长蜕变!

好读,只为优质阅读。

心安,一切皆安:丰子恺的生命智慧

策划出品:好读文化	装帧设计:所以设计馆
监　　制:姚常伟	内文制作:鸣阅空间
产品经理:罗　元　张　翠	责任编辑:管　文

图书在版编目（CIP）数据

心安，一切皆安：丰子恺的生命智慧/丰子恺著. — 北京：北京联合出版公司，2023.7
ISBN 978-7-5596-6765-6

Ⅰ.①心… Ⅱ.①丰… Ⅲ.①散文集—中国—现代 Ⅳ.①I266

中国国家版本馆CIP数据核字(2023)第041626号

心安，一切皆安：丰子恺的生命智慧

作　　者：丰子恺
出 品 人：赵红仕
责任编辑：管　文

北京联合出版公司出版
（北京市西城区德外大街83号楼9层　100088）
北京联合天畅文化传播公司发行
北京美图印务有限公司印刷　新华书店经销
字数169千字　840毫米×1194毫米　1/32　9印张
2023年7月第1版　2023年7月第1次印刷
ISBN 978-7-5596-6765-6
定价：49.80元

版权所有，侵权必究
未经许可，不得以任何方式复制或抄袭本书部分或全部内容
本书若有质量问题，请与本公司图书销售中心联系调换。
电话：010-65868687　010-64258472-800